Hayfa Al Mansour

Das Mädchen Wadjda

Hayfa Al Mansour

Das Mädchen Wadjda

Aus dem Englischen
von Catrin Frischer

cbt

Dieses Buch ist auch als E-Book erhältlich.

FSC www.fsc.org
MIX
Papier aus verantwortungsvollen Quellen
FSC® C014496

Verlagsgruppe Random House FSC® N001967

5. Auflage

Published by arrangement with Hayfa Al Mansour.
Die Originalausgabe erschien unter dem Titel
»The Green Bicycle« bei Dial Books for Young Readers. An Imprint of
Penguin Group (USA) LLC. A Penguin Random House Company.
Dieses Werk wurde vermittelt durch die Literarische Agentur
Thomas Schlück GmbH, 30827 Garbsen.

Aus dem Englischen von Catrin Frischer
Lektorat: Julia Hanauer
Umschlaggestaltung: Geviert, Grafik & Typografie
Umschlagmotive: Shutterstock (Vinata, Vronska,
Unni Bente Knag Langedal, Fotana)
mi · Herstellung: kw
Satz: KompetenzCenter, Mönchengladbach
Druck: GGP Media GmbH, Pößneck
ISBN: 978-3-570-16378-8
Printed in Germany

www.cbt-buecher.de

Für meine Eltern, meinen Ehemann
und für Adam und Haylie

1. KAPITEL

Wadjda dachte überhaupt nicht an ihre Eintrittskarte ins Paradies. Das sah man an ihrem Gesicht.

Genau genommen sang sie nicht mal davon, sie bewegte nur die Lippen und wiegte sich im Rhythmus des Liedes, das von den anderen Mädchen der Klasse gesungen wurde. Dabei wanderten ihre braunen Augen ruhelos durch die Aula. Vielleicht gab es da ja irgendwas Interessanteres zu entdecken.

Wadjda steckte in der gleichen Schuluniform wie die anderen, einem langweiligen, grauen Kleid – trotzdem stach sie hervor aus der Masse der Mädchen mit den glatt gekämmten Haaren, den vorschriftsmäßig sitzenden Kleidern und der guten Haltung. Ihr langes, leicht lockiges Haar fiel ihr ins Gesicht, und das wirkte ein bisschen unordentlich, vielleicht sogar frech. Und hätte irgendjemand gesehen, wie sie da hinten in der Mitte der letzten Reihe herumstand, hätte derjenige schnell bemerkt, dass sie nicht ganz hierher passte.

»*Es ist Zeit für die Schlacht, das ist der einzige Weg*«, schmetterte Salma neben ihr voller Inbrunst. »*Der Krieg ruft.*«

Irgendwie schienen sie immer nur darüber zu singen, dass es ihre Pflicht war, tugendhafte junge Mädchen zu sein und Ungläubige in der Ferne zu bekämpfen – oder sonst wen, der kein Muslim war. Das war das Größte und Beste, das man als

Gläubiger tun konnte. Besser noch als auf die *haddj* zu gehen, die heilige Pilgerreise, besser als *zakat*, Geldspenden für die Armen, besser noch als einen Sklaven zu befreien. Es war der sicherste Weg, ins Paradies zu gelangen.

Doch das machte das Singen auch nicht interessanter. Seufzend ließ Wadjda ihren Blick weiterwandern. Sie las die Plakate, die an den Wänden der leeren Aula hingen, eines nach dem anderen. Während der *dhuhr*-Gebete wurde der Raum in eine Moschee für Mädchen verwandelt. Auf jedem Plakat standen Verse aus dem Koran oder bekannte Aussprüche des Propheten über Frauen. Auf dem Plakat neben ihr war zu lesen: *Meine muslimische Schwester, hüte dich vor den Wölfen in Menschengestalt – den Männern. Beschütze deine Ehre vor denen, die dich töten wollen.*

Wadjda lächelte, als sie versuchte, sich ihren Freund Abdullah als Wolf vorzustellen.

Na ja, dachte sie, schwarze Haare hat er ja – irgendwie schon wie ein Wolf. Aber er hat nichts Wildes an sich. Er ist eher wie ein Hamster!

Wadjda musste lachen, aber das konnte sie hinter dem anschwellenden Gesang verbergen. Sie hatte ziemlich viele Zeilen ausgelassen und Salma sah sie wütend an. Wadjda schaute sich schuldbewusst um und bemühte sich, den Anschluss wiederzufinden.

Sie sangen zu einer männlichen Stimme vom Kassettenrekorder, den die Lehrerin für sie eingeschaltet hatte, damit sie üben konnten. Doch so sehr Wadjda sich auch anstrengte, mehr als ein Flüstern kam nicht aus ihrem Mund. In der ersten Reihe schmetterten drei Mädchen mit hocherhobenem Kinn aus voller Kehle. Sie hatten die besten Stimmen und wurden immer nach vorn gestellt.

Ganz anders als die Mädchen in Wadjdas Reihe, die nicht ohne Grund ganz hinten standen. Yasmine gab einen besonders schrillen Ton von sich und Wadjda zuckte zusammen – sie hätte sich gern die Finger in die Ohren gesteckt. Es war eindeutig besser, auf stille Art schlecht zu sein als auf laute, fand sie.

Inzwischen übten sie schon so lange, dass alle müde und unruhig geworden waren. Wahrscheinlich dachten die meisten ans Mittagessen und überlegten, wo sie sich in der Cafeteria am besten in die Schlange stellen sollten, um ein Falafelbrot zu ergattern. Es gab nur eine begrenzte Anzahl und sie waren immer schnell ausverkauft.

»Mädchen! Stellt euch auf eure Plätze!«, brüllte Ms Noof.

Mit einem ungeduldigen Schnauben musterte sie die drei Reihen der Elfjährigen auf der handgezimmerten Bühne. Die massige Gestalt der Lehrerin wurde von ihrem sehr weiten Rock und der langen, schlichten Bluse völlig verhüllt.

Diese Art von Kleidung wurde überall auf der 13. Straße in Olaya angeboten, dem Einkaufsviertel von Riad. Wadjda beobachtete dort gern die jemenitischen Händler beim Feilschen mit ihren Kundinnen, von denen die meisten strenge Lehrerinnen wie Ms Noof waren.

In der Öffentlichkeit trugen zwar alle saudischen Frauen meist die gleiche schwarze *abaya* mit einem um den Kopf gewickelten Schleier und entweder einem maskenähnlichen *niqab* oder einem anderen Gesichtsschleier, aber darunter konnte es gar nicht verrückt und bunt genug sein. Von all den Hochzeiten und Zusammenkünften, auf denen Wadjda ihre Lehrerinnen traf – manchmal hatte das riesige Riad etwas von einer Kleinstadt – wusste sie, dass Ms Noof Leopardenmuster liebte.

Sie würde bestimmt eine Leopardenbluse und dazu passende

hochhackige Schuhe tragen, wenn die Schule das erlauben würde, dachte Wadjda.

Die Mädchen stellten sich blitzschnell auf ihre Plätze. Sämtliche Füße, alle in schlichten schwarzen Lederschuhen, waren perfekt auf der Bühne aufgereiht. Das große Banner über ihnen gab Wadjda das Gefühl, ganz klein zu sein.

Herzlich willkommen an der 4. Mädchenschule von Riad-Ost stand darauf. Streng genommen stimmte das nicht. Das war gar nicht die vierte Schule im Ostteil der Stadt. Da aber alle Jungenschulen nach berühmten muslimischen Kämpfern und Gelehrten benannt waren, hatte man den Mädchenschulen nur beliebige Nummern gegeben.

Wadjda seufzte. Das ist eine der Lektionen, die Mädchen in Riad lernen, dachte sie. Vom ersten Schultag an hatte man ihr gesagt, dass Demut, Stille und ein Leben, in dem niemand etwas über sie wusste oder über sie redete, nie, die höchsten Tugenden waren, die sie zu erreichen hoffen konnte.

»Noch mal von vorn.« Ms Noof beugte sich vor und drückte die Playtaste des Kassettenrekorders, sie hing über dem kleinen Apparat und sah aus wie ein Elefant, der sich am Fuß kratzen wollte. Als sie sich wieder aufgerichtet hatte, sah sie eine Schülerin nach der anderen finster an.

Der Kassettenrekorder kreischte schrill, dann dröhnte das Lied aus den Lautsprechern. Wadjda bemühte sich wirklich sehr um respektvolle Aufmerksamkeit, aber trotzdem wanderten ihre Augenbrauen nach oben. Was waren das denn für neue Soundeffekte? Sie versteckte ihr Grinsen hinter der vorgehaltenen Hand. Wer hätte gedacht, dass es so dramatisch werden würde?

Doch nicht einmal die Geräuschkulisse einer mittelalterlichen Schlacht, das Donnern von Hufen und Pferdegewieher, konnte Wadjda bei der Sache halten. Ihr Blick ging wieder zu dem staubigen roten Teppich vor der Bühne und wanderte dann die Reihen leerer Holzstühle entlang, die im Raum verteilt waren.

Die müssen sie aus dem Chemieraum geholt haben, dachte sie. Die verblasste grüne Farbe erinnerte sie an die Stunden, in denen sie Experimente gemacht hatten, damals, als ihre Klasse an der Reihe gewesen war, das Labor zu nutzen. Ob sie wohl den Stuhl wiederfinden konnte, in den sie ihre Anfangsbuchstaben geritzt hatte? Ob das Holz wohl noch nach Chemikalien roch?

Zwei der älteren Mädchen betraten die Aula und holten Wadjda aus ihren Tagträumen. Fatin und Fatima waren cool, ohne sich besonders darum zu bemühen. Fatin war frech und nie um eine witzige Bemerkung verlegen. Fatima wirkte nach außen hin immer still und ruhig, aber hinter dieser Fassade verbarg sich ein cleveres Köpfchen. Ihre Streiche waren legendär in der Schule, obwohl sie nie darüber redete – eigentlich redete sie überhaupt nicht.

Einmal, Wadjda erinnerte sich noch gut, hatte Fatima während des Gebets jedem Lehrer einen Schuh weggenommen. Sie hatte die Schuhe überall auf dem Schulhof versteckt, einen Schnürschuh im Sand vergraben und feine Damenschuhe in den staubigen Winkeln und Ecken verteilt. Als die Lehrer endlich kapiert hatten, was passiert war, mussten sie kreuz und quer auf dem Schulhof herumflitzen und im Sand buddeln wie Piraten auf Schatzsuche. Obwohl Fatima es nie zugegeben hatte, wussten alle Mädchen, dass so eine tolle Aktion nur ihre Idee gewesen sein konnte.

Abgesehen von dem Spaß und dem Gelächter, für das Fatima und Fatin immer sorgten, mochte Wadjda die beiden Mädchen gern, weil sie nie Bemerkungen über ihre unordentlichen Haare oder ihre ungewöhnlichen Kleider machten, sie spotteten auch nie über die Buttons, die Wadjda sammelte und an ihre Schultasche steckte. Fatin hatte sogar eines der bunten Armbänder gekauft, die Wadjda anfertigte, um sich ein bisschen Geld dazuzuverdienen. Es war ein besonderes Armband gewesen, eines mit einem Justin-Bieber-Anhänger.

Fatin und Fatima hätten eigentlich im Unterricht sitzen müssen, aber heute hatte sie – wie so oft – offenbar etwas abgelenkt, das mehr Spaß versprach.

Fatima drängte Fatin, leise zu sein, sie kicherte und stupste ihre Freundin an der Schulter, als sie am Chor vorbeigingen. Fatin trug eine Landkarte und Fatima einen Globus, doch das waren offensichtlich nur Requisiten, um einen Grund vorzutäuschen, durch die Schule zu laufen. Höchstwahrscheinlich heckten sie etwas aus.

Wadjda versuchte die beiden auf sich aufmerksam zu machen, indem sie zum Playback wellenartige Handbewegungen machte. Fatin und Fatima erwiderten das mit einem kaum sichtbaren Nicken. Ein zufriedenes Lächeln ging über Wadjdas Gesicht. Sie drehte sich um. Hoffentlich hatten die anderen Mädchen in ihrer Reihe das mitbekommen.

Das hatten sie. Aber außer ihnen noch jemand: Ms Noof Und jetzt traf Wadjda der finstere Blick der Lehrerin. Mit den Händen auf den Hüften und düster gerunzelter Stirn hatte Ms Noof etwas von einem drohenden Gewitter, einem, das gleich über Wadjda hereinbrechen würde. Wadjdas Herz setzte einen Schlag aus. Sie durfte jetzt keinen Ärger kriegen, sie hatte den

Text des Liedes nicht auswendig gelernt. Wenn Ms Noof sie jetzt aufrief? Sie wollte sich gar nicht ausmalen, was dann passieren würde. Wadjda sah blitzschnell zu Boden, steckte die Hände in die Taschen ihrer Schuluniform und schaukelte auf ihren Füßen vor und zurück. Damit sie besonders unschuldig aussah, machte sie beim Singen ganz große Augen.

Es funktionierte nicht. Ms Noof drückte die Stopptaste des Rekorders. Das Lied verstummte jäh, mitten in einem triumphierenden Trommelwirbel. Die Mädchenstimmen verloren sich in der Stille und schauten Führung suchend auf.

»Wadjda! Tritt vor, bitte.« Ms Noof zeigte mit einem Finger auf sie. Wadjda biss sich auf die Lippe und schleppte sich zögernd nach vorn. Auf dem Weg in die erste Reihe waren ihre Turnschuhe für alle sichtbar. Die Chucks waren nicht mehr ganz neu und schwarz, aber sie waren auch noch nicht zu abgetragen und löchrig. Sie hatten genau den verschossenen Grauton, den sie sich vorgestellt hatte, als sie stundenlang mit Abdullah durch die Straßen gerannt war. Dieser Farbton wurde durch die ausgeblichenen lila Schnürsenkel perfekt ergänzt.

Zwischen den schwarzen Lederschuhen der anderen Mädchen wirkten ihre Schuhe allerdings nicht ganz so perfekt. Wadjda schloss die Augen und rieb die verschwitzten Handflächen an der Schuluniform ab. Noura, die das süße, vollkommene Lächeln eines süßen, vollkommenen Mädchens lächelte, stieß Wadjda heftig gegen die Schulter. Wadjda wimmerte und warf Noura einen tödlichen Blick zu. Dann drehte sie sich langsam zu Ms Noof um. Wadjda hatte das Gefühl, Eisengewichte in den Augen zu haben, die ihren Blick zum Boden zogen. Bis sie den Mut zusammenhatte, ihrer Lehrerin in die Augen zu sehen, war Ms Noof schon ganz nah herangekommen und ragte vor ihr auf. Wadjda wusste, dass es keine größere Sünde gab als ihren Mangel an Begeisterung für dieses Lied. So leicht würde ihr nicht vergeben werden.

»Lass uns doch alle deine wunderschöne Singstimme hören. Fang bei der ersten Strophe an.« Wadjda konnte das höhnische Grinsen in den Augen der Lehrerin sehen.

Die anderen Mädchen kicherten. Jemand bohrte Wadjda einen Finger in den Rücken. Wadjda schaute über die Schulter, weil sie wissen wollte, wer es war. Wut und Verlegenheit vermischten sich mit der kristallklaren Gewissheit, dass sie wieder einmal versagte. Ihr Gesicht lief rot an und wurde so glühend heiß, dass ihre Klassenkameraden es bestimmt bemerkten. Blödes Rotwerden. Blödes Lied.

Wieder richtete Wadjda ihren Blick starr auf den Boden, wieder scharrte sie mit den Füßen. Dann machte sie fest entschlossen den Mund zum Singen auf – aber nein, ihr Mund klappte wieder zu und der Blick bohrte sich tief in den Boden. Die ganze Klasse lachte sie aus. Wie konnte sie da singen?

»Nun?« Jetzt grinste Ms Noof hämisch. »Wenn du nicht willst, dass alle deine wunderschöne Stimme hören …«

Sie beendete den Satz nicht, sondern machte nur eine Kopfbewegung Richtung Tür.

Wadjda ging, ohne ein Wort zu sagen. Jetzt wirkte die Gruppe einheitlicher, eine perfekt zusammenpassende Klasse ordentlicher Mädchen. Ms Noof lächelte zufrieden wie ein General, der seine Truppe inspiziert und für einsatzbereit hält.

»Gut, Mädchen. Noch einmal von vorn!«

Nicht zu fassen, ich bin wirklich rausgeworfen worden. Schon wieder!

Wadjdas Fuß rammte einen Stein, der in hohem Bogen

durch die Luft flog. Er traf aber nichts, sondern plumpste nur wieder in den Sand und wirbelte Staub auf.

Neun Uhr morgens. Der Tag hatte gerade erst begonnen, aber die Sonne brannte schon gnadenlos auf Wadjda herunter, die allein mitten auf dem Hof stand. Die Hand schützend über die Augen gelegt, suchte sie den Horizont ab, ob irgendwo Erleichterung in Sicht war. Am Himmel war nicht eine Wolke zu sehen. Nicht mal der bedrohlich hohe Zaun der Schule warf einen Schatten. Und als ob das noch nicht schlimm genug gewesen wäre, traf die heiße Abluft aus der Klimaanlage Wadjda auch noch mit voller Wucht.

Seufzend und die Kleider schüttelnd, um etwas Luft auf die Haut zu bekommen, lief Wadjda auf der Suche nach Schatten über den staubigen Schulhof. Sie war schon öfter an diesen Ort verbannt worden. Sie war in diesem Jahr auch schon oft genug im Büro der Rektorin gewesen und wusste genau, dass sie sich bemühen musste, nicht weiter aufzufallen. Ihre Mutter sollte schließlich nicht schon wieder zu einer Unterredung in die Schule bestellt werden. Sie würde alles, wirklich alles dafür tun, damit das nicht passierte.

Durch das Rauschen der Klimaanlage hörte sie die Stimmen der Mädchen in der Aula.

»Es ist Zeit für die Schlacht, das ist der einzige Weg. Der Krieg ruft. Die Pferde sind gezäumt, die Schlacht beginnt. Der Krieg heilt die Wunden besser als unterdrückte Wut!«

Wadjda seufzte. Sie gab ihre Suche nach Schatten auf, lehnte sich an die heiße Mauer und ließ das Lied über sich strömen.

2. KAPITEL

Der warme Duft nach Kardamom und Safran kitzelte Wadjda wach. Der traditionelle saudische Kaffee kochte in der Küche, und sie hörte, wie ihre Mutter Vorbereitungen für den Tag traf.

Wadjda liebte ihr Zuhause. Es war alt und gemütlich, hier war sie geboren worden. Sie konnte sich nicht vorstellen, irgendwo anders zu wohnen. Perfekt war es natürlich nicht. Die Wände waren so dünn, dass selbst das kleinste Geräusch in alle Winkel drang. Der Strom fiel ab und zu aus, manchmal weil ihre Mutter die Rechnung nicht bezahlt hatte, aber meistens, weil eine Sicherung raussprang oder ein Schalter kaputtging. Wadjda hatte gelernt, was dann zu tun war. Wegen der ständigen Reparaturen und der Hypothekenzahlungen stöhnte ihre Mutter immer, dass Haus sei ein Fass ohne Boden.

Ja, ihr Zuhause machte Probleme, aber für Wadjda war es ein sicherer Ort, der einzige, an dem sie und ihre Mutter ganz sie selbst sein konnten, entspannt und glücklich und vor der Welt draußen verborgen.

Es war gerade mal fünf Uhr morgens. Trotz der frühen Stunde trug Wadjda schon ihre graue Schuluniform und zerrte die Bürste durch die Haare. Sie stand gern früh auf, ehe ihre Mutter sich auf den langen Weg zu der entlegenen Schule machte, in der sie unterrichtete. Wadjda mochte es, für ihre Mutter da zu sein, sie kümmerte sich gern um sie und sorgte dafür, dass alles in Ordnung war. Zur selben Zeit wie sie aufzustehen, war ein stummer Akt der Unterstützung.

Wadjda schaltete das Radio an. Ihr Radio. Sie lächelte und strich mit den Fingern über das Metallgehäuse. Das war ihr allerliebstes Stück in dem kleinen Zimmer. Die Musik berührte sie, machte ihr gute Laune. Während sie die Laken auf ihrem Bett glatt zog und die Hausschuhe darunterkickte, ließ sie die Hüften kreisen, und ihre Schultern wippten im Rhythmus der Musik. Das würde ein guter Tag werden – und Wadjda war bereit, ihn beginnen zu lassen.

Heiß würde es auch werden. Schon jetzt brannte die Sonne durch das kleine Fenster über ihrem Schreibtisch. Wadjda hatte es mit Tapete beklebt, doch nicht mal diese dicke Papierschicht konnte die Wüstenhitze abschirmen. Wadjda kletterte auf ihren Schreibtischstuhl und ergänzte die Collage auf dem Tapetenstreifen mit ein paar Bildern, die sie aus Zeitschriften ausgeschnitten hatte. Die brachte ihr Vater immer von seiner Arbeit bei der Ölgesellschaft an der Ostküste mit.

Sie hüpfte vom Stuhl und blätterte eine der Zeitschriften durch, sie suchte nach Bildern von Mädchen in ihrem Alter. Sie lächelten sie von den Hochglanzseiten an: zwei Mädchen mit Skateboards oben auf einer Rampe, ein Mädchen, das Gitarre spielte, eine Gruppe Jugendlicher am Strand, Mädchen und Jungen zusammen, sie hatten sich die Arme um die Schultern gelegt. Die Hitze brannte an Wadjdas Fingern, als sie noch mal auf den Stuhl kletterte und die neuen Bilder auf die Tapete klebte. Die Collage war ihre Checkliste, sie sollte sie an all die Dinge erinnern, die sie machen würde, sobald sich die Gelegenheit dazu bot.

Im Radio kündigte der Sprecher den nächsten Song an. Wadjda stürzte zum Kassettenrekorder und drückte auf Aufnahme. Das neue Lied von *Grouplove* ertönte. Sie wusste nicht genau, was der Sprecher über den Song gesagt hatte oder wovon die Band sang, ihr Englisch reichte nicht aus, sie kam nicht mit, wenn der Text so schnell gesungen wurde. Aber dieser Song gab ihr ein tolles Gefühl. Sie breitete die Arme aus, schloss die Augen und wirbelte herum. Das Lied war gut, das wusste sie. Im Radio hatten sie es in den letzten Tagen schon mehr als ein Dutzend Mal gespielt.

Wadjda war stolz auf ihren Musikgeschmack. In neun von zehn Fällen wurden die Songs, die sie zum Aufnehmen auswählte, zu Hits. Die Kassetten mit ihrem Mix konnte sie in der Schule verkaufen – für fünf Riyal pro Stück. Und dieser letzte Mix war so gut, dass ihre Klassenkameradinnen wahrscheinlich auch zugreifen würden, wenn sie viel mehr dafür verlangte.

Wadjda hörte auf zu tanzen, als sie an den Verkauf der Kassetten dachte.

Lieber auf Nummer sicher gehen, beschloss sie und kletterte schnell aufs Bett. Mit den Fingern strich sie an dem Kabel entlang, das sie durchs Fenster gesteckt hatte, und prüfte, ob es auch richtig am Radio angeschlossen war. Das Kabel führte aufs Dach und von dort zu der provisorischen Antenne, die Wadjda angebracht hatte, damit sie Lieder aus aller Welt einfangen konnte.

Die Antenne hatte sie neben einer Mülltonne gefunden, als sie nach der Schule einen Umweg durch die Stadt gemacht hatte.

Wer benutzt denn noch so was?, hatte Wadjda gedacht, als sie sich in den Staub gehockt hatte. Bestimmt jemand, der uralt ist, in Riad gibt es doch fast auf jedem Dach Satellitenschüsseln!

Erst später, als sie in ihrem eigenen Haus ohne Satellitenschüssel gesessen hatte und sich unheimlich anstrengen musste, damit sie die Songs durch das Rauschen der schlechten Lautsprecher hören konnte, ging Wadjda auf, dass diese Antenne perfekt war – für sie. Doch was, wenn sie ihre Chance vertan hatte? Wenn man in Riad etwas nicht gleich mitnahm, wenn man es entdeckte, war es normalerweise weg, wenn man noch mal zurückkam.

Egal, sie musste es versuchen. Am nächsten Tag schoss sie gleich nach Schulschluss los und raste durch die Straßen, ihr Herz hämmerte in der Brust. Ein Wunder, die Antenne war noch da, wie ein Geschenk wartete sie auf Wadjda.

Allerdings brauchte es Stunden schweißtreibender Arbeit, bis sie auf dem Dach befestigt war. Doch es lohnte sich. Die Antenne war Wadjdas Tunnel in eine ferne Welt. Die Musik, die sie in ihr Zimmer brachte, schuf einen Raum für sie allein, weit weg von den schrillen türkischen Serien, von denen ihre Mutter so begeistert war, und von den düsteren Nachrichtensendungen, die das Fernsehen täglich brachte. Wadjdas Radio spielte Musik, die extra für sie gemacht worden war.

Den englischen Titel des Songs, den sie gerade aufnahm, hatte sie noch im Kopf, sorgfältig notierte sie ihre eigene Version davon, indem sie die Laute ins Arabische übertrug. Auf der voll bespielten Kassette prangte schließlich ein Aufkleber mit *Wadjdas Supermix Nr. 7*. Neben dem wachsenden Stapel Kassetten zählte sie die selbst gemachten Armbänder ab. Schmuck brachte gutes Geld und ließ sich an Mitschülerinnen verkaufen, die für Musik nichts übrighatten. Und für alle Fälle hatte Wadjda noch etwas im Angebot, was alle gern mochten: Süßigkeiten und Chips. Die waren immer schnell ausverkauft.

Es war streng verboten, das Schulgelände tagsüber zu verlassen, man konnte sich also nicht davonschleichen und in der Mittagspause etwas zu naschen kaufen. Diesen Markt deckte Wadjda ab.

Dass Wadjda ihren Mitschülerinnen Sachen verkaufte, gefiel ihrer Mutter ganz und gar nicht. »Wie eine Bettlerin«, sagte sie immer kopfschüttelnd. Aber dass Extraeinkommen störte sie nicht, wenn sie etwas im Haus brauchten. Im Laufe der Zeit waren sie zu einer Übereinkunft gekommen: Es war in Ordnung, solange sie nicht darüber redeten – und solange Wadjda sich nicht erwischen ließ.

Wenn sie heute alle Armbänder und Kassetten verkaufte, und vielleicht noch ein paar Tüten Süßigkeiten und Chips, konnte sie bestimmt fünfzig Riyal Gewinn machen. Das war mehr als genug für eine große Pizza und zwei Cola am Donnerstagabend, an dem sie und ihre Mutter sich immer Essen bestellten. Wadjda lächelte zufrieden und suchte den Fußboden nach ihren Chucks ab. Ihr Kopf wippte im Takt, sie schaute durch die halb offene Tür ihres Zimmers und sah ihre Mutter, die sich im Wohnzimmer die Haare trocknete.

Sie fand, dass ihre Mutter die schönste Frau der Welt war. Das seidige Haar fiel wie ein schwarzer Fluss bis zur schmalen Taille. Es war so dick, dass Wadjdas Mutter es kaum unter der *abaya* und der *burqa* bändigen konnte. Sie musste eine besondere Haube kaufen, damit es in der Öffentlichkeit nicht unter ihrem Schleier herausfiel. Dichte Wimpern umrahmten ihre großen dunklen Augen. Wenn sie die mit schwarzem Kajal betonte, sah sie fast so glamourös aus wie ein Bollywood-Star.

Sie gehört in einen Film, dachte Wadjda.

Selbstverständlich dachte ihre Mutter nicht einmal im Traum an so etwas. Das gehörte sich nicht. Trotzdem, ihre Bewegungen hatten eine unglaubliche Eleganz, selbst bei den einfachsten Handgriffen, so wie jetzt, wo sie versuchte, einen kaputten Bürstenaufsatz auf den Fön zu stecken. Wadjda grinste, als sie ihre Mutter leise fluchen hörte. Schließlich warf sie das kaputte Teil beiseite.

Wadjda lief die Zeit davon. Es war halb sechs. Sie musste los. Sie trat von einem Fuß auf den anderen und trommelte mit den Fingern auf den Tisch, während sie auf das Ende des Liedes wartete. Endlich konnte sie die Stopptaste des Rekorders drücken. Hoffentlich war ihre Mutter nicht sauer auf sie, weil sie schon wieder getrödelt hatte.

Aber heute war ihre Mutter auch noch nicht fertig, also wickelte Wadjda sich schnell die Haare um die Finger und steckte sie mit kleinen bunten Spangen fest. Dann wartete sie an der Tür unter dem golden gerahmten Foto ihres Vaters. Es war am Hochzeitstag ihrer Eltern aufgenommen worden. Ihr Vater strahlte in seinem Gewand, dem frischen weißen *thawb*, der zusammen mit seiner karierten Kopfbedeckung, der *guthra*, einen guten Kontrast zu dem braunen Umhang bildeten, der über seine Schultern drapiert war.

Ob der Umhang, der *bisht*, wohl teurer gewesen war als das schlichte Hochzeitskleid ihrer Mutter? Wadjda hatte das Kleid ihrer Mutter im Schrank gesehen, sie hatte sogar ganz zart mit den Fingern über die weiße Seide gestrichen, aber sie wusste nicht, ob es Bilder von ihrer Mutter in diesem Kleid gab. Soweit sie sich erinnerte, hatte sie nie eines gesehen.

Die Mutter folgte Wadjdas Blick. Plötzlich sah sie ganz müde aus. Wadjda runzelte die Stirn, sie spürte dieses vertraute Ziehen im Bauch. Irgendwas Beunruhigendes ging zwischen ihren Eltern vor, aber daran mochte sie nicht denken. Daran zu denken machte es nämlich real.

Seufzend wandte ihre Mutter den Blick ab. Mit ihren Haaren war sie fertig. Jede Strähne lag an ihrem Platz, eine Mischung aus Locken und Spangen.

Nur meine Mutter kann so etwas tragen, dachte Wadjda. Bei ihr sieht das schön aus.

»Stell den Herd aus, bevor der Kaffee überkocht«, rief die Mutter. Wadjda rannte in die Küche und drehte den Knopf, bis das Gas verpuffte. Auf dem Küchentisch lag das Sandwich, das ihre Mutter für sie gemacht hatte. Wadjdas Lieblingssandwich, eine köstliche Mischung aus verschiedenen geschmolzenen Käsesorten, die fest in weißes arabisches Brot gewickelt war. Ihre Mutter hatte ihr auch *kerk chai* gemacht, Tee mit warmer Milch. Mit einem Lächeln sog Wadjda den vollen Duft von Kardamom und Safran ein.

Ihre Mutter kam in die Küche und kümmerte sich um den Kaffee. Sie lächelte Wadjda an und sagte leise: »Jede Menge Koffein, das gibt dir hoffentlich Schwung – wenigstens für die ersten Schulstunden.«

Wadjda nickte. Neulich hatte sie eine ihrer Lehrerinnen sagen hören, dass Koffein schlecht für Kinder sei. In Riad gaben die Leute ihre Gewohnheiten aber nicht so leicht auf, nicht mal die schlechten. Solange sie denken konnte, hatte Wadjda Tee und Kaffee getrunken. Sie mochte den kleinen

Kick, den ihr *kerk chai* gab. Zurzeit brauchte sie den, um die endlosen, langweiligen Unterrichtsstunden durchzustehen. Und ihre Kusinen und Freundinnen tranken ihn auch, so schlecht konnte das also nicht sein.

Draußen wurde gehupt. Wadjda und ihre Mutter zuckten zusammen. In der Eile schüttete die Mutter sich heißen Kaffee über die Hand. Stöhnend wickelte sie sich ein nasses Geschirrtuch darum.

»Ich glaube, er ist schon da«, sagte Wadjda und verdrehte die Augen.

Ihre Mutter schaute nicht auf. »Er wird warten müssen. Ich tue, was ich kann, um rechtzeitig fertig zu werden.«

Man hörte, dass sie besorgt war. Schnell goss sie den Kaffee in eine Thermoskanne, schnappte sich ihre Hefte, legte *abaya* und *burqa* an und eilte zur Tür.

Wadjda hetzte hinter ihr her, in den Armen hielt sie einen Haufen Sachen, die ihre Mutter noch brauchte.

An der Tür nahm die Mutter die Schlüssel vom Haken, dabei fiel eine Kette blauer Gebetsperlen auf den Boden. Die gehörten Wadjdas Vater. Er ließ die Perlen immer in der Hand schwingen und wenn er redete, schob er sie mit dem Daumen über den Zeigefinger. Manchmal schleuderte er sie sogar am ausgestreckten Finger herum, während er im Haus auf und ab ging, dabei klatschte die lange blaue Kette rhythmisch gegen den Stoff seines weißen *thawbs*.

Wadjdas Mutter hob die Perlen auf und legte sie wieder an ihren Platz zurück. Einen Moment lang ließ sie die Hand zärtlich auf den Perlen ruhen, so wie sie Wadjdas Wange vor dem Schlafengehen berührte. Dann drehte sie sich zu Wadjda um und zog ihren Schleier übers Gesicht – nun war sie wieder ganz sachlich.

»Vergiss deinen Schlüssel nicht und schließ das obere Schloss nicht ab. Vielleicht kommt dein Vater nach der Nachtschicht heim.« In diesem Ton sprach sie sonst nur, wenn Wadjda zu spät nach Hause kam oder ihre Hausaufgaben nicht erledigt hatte – also eigentlich nicht so oft. Na ja, zumindest hatte Wadjda diesen Ton bestimmt schon ein paar Tage nicht mehr gehört.

Als sie durch das Tor gingen, legte Wadjda die Stirn in Falten, presste die Lippen zusammen und reckte das Kinn vor wie ein Superheld, der seinem Erzfeind entgegentritt. Vor ihnen stand Iqbal, der pakistanische Mietfahrer ihrer Mutter. Er beugte sich über seinen alten Lieferwagen und reparierte einen Scheinwerfer mit Klebeband. Als er Wadjdas finstere Miene sah, bedachte er sie mit einem bösen Blick. Doch dann sah er ihre Mutter und tat sofort so, als wäre er schwer genervt.

»Ist sehr weiter Weg, Madam!«, brüllte er im Kommandoton in gebrochenem Arabisch. »Auch andere Lehrerinnen fahren, sehr langer Weg. Sie jeden Tag zu spät! Nicht mehr fahren, wenn zu spät!«

Wadjda verdrehte nur die Augen, sie kannte diese Show schon. Also stemmte sie die Hände auf die Hüften und ließ alles an sich abprallen. Iqbal überragte sie, aber sie ließ sich nicht unterkriegen.

»Sie nicht zu spät! Du gerade gekommen! Ich dich sehen – nur fünf Minuten!« Damit das auch richtig ankam, sprach sie auch gebrochen arabisch.

»Ich nicht reden mit dir, kleines Mädchen. Ich reden mit deine Mutter. Sie zu spät.«

Ohne auf eine Antwort von Wadjda oder ihrer Mutter zu warten, stieg Iqbal ins Auto und knallte die Tür zu. Das Bild eines lächelnden Kindes in *shalwar kamiz*, dem traditionellen Gewand und den weiten Hosen, die man in Pakistan trug, fiel auf den Boden. Iqbal hob es auf, säuberte es zärtlich und stellte es wieder aufs Armaturenbrett. Die Zeit schien einen Moment stehen zu bleiben, er starrte in die Augen des kleinen Mädchens auf dem Foto und sein Herz und seine Sinne schienen sehr weit weg zu sein.

Dann schaute er auf und stellte fest, dass er wieder in Saudi-Arabien war, wo er Wadjda direkt ins Gesicht starrte, denn sie hatte die Nase an die Scheibe gedrückt. Sie nahm den Kopf zurück und streckte die Zunge raus. Iqbal sollte wissen, mit wem er es zu tun hatte. Er hupte noch einmal und scheuchte sie mit übertriebenem Gefuchtel weg.

»Mach dir wegen dem keine Sorgen«, sagte ihre Mutter unter den Schleiern heraus. »Okay, *yalla*, bis später!« Sie nahm Wadjda die Sachen ab und zauste ihr das Haar, ehe sie ins Auto stieg. Wadjda hörte noch ihre nächsten Worte. »Wo ist das Problem, Iqbal. Du verlangst eine Menge Geld dafür, also gönn uns etwas Ruhe auf der langen Fahrt.«

Der Minibus rumpelte in einer Staubwolke davon, der Motor rasselte. Wadjda wollte gerade wieder ins Haus gehen, als sie sah, wie der Wagen schlingernd ausscherte, um einem entgegenkommenden Auto auszuweichen. Danach rammte er fast die Gartenmauer eines nahe gelegenen Hauses. Verärgert riss Wadjda die Arme hoch. Was machte dieser Iqbal nur? Nervös schaute sie zu, wie der ramponierte Wagen hinter der nächsten Ecke verschwand, und wie immer nagte die Angst an ihr, dass Iqbal ihre Mutter irgendwo in einen Abgrund fahren könnte.

Im Wohnzimmer schnappte Wadjda sich ihren Rucksack.

Doch dabei sah sie sich im Spiegel, blieb stehen und musterte ihr Spiegelbild. Langsam hob sie die Haare hoch, wickelte sie um ihre Hand und türmte sie locker auf dem Kopf auf.

Ob sie wohl auch einmal so elegant aussehen würde wie ihre Mutter? Wadjda steckte die Locken fest und neigte das Kinn ein klein wenig nach links. Im richtigen Licht … konnte sie da genauso schön sein?

Sonnenstrahlen fielen ihr ins Gesicht und blendeten sie. Seufzend zog Wadjda ihre *abaya* über und kehrte dem Mädchen im Spiegel den Rücken.

Draußen brannte grelles Sonnenlicht auf die Häuserreihen an der Straße. Vor jedem Haus war eine hohe Mauer und alles war von einer dicken Staubschicht bedeckt, die Bäume, der Müll in den Rinnsteinen, sogar die rissigen grauen Bürgersteige. Unter der Staubdecke wirkte die Straße langweilig und leblos, ein beiges Geflirre, das sich bis in endlose Ferne erstreckte. Die Fenster waren mit Alufolie oder fest zugezogenen Vorhängen verdeckt, die den Leuten Schutz vor der Sonne und den neugierigen Blicken der Außenwelt boten.

Hier und da sah man Mädchen in Gruppen zur Schule gehen, schwarze *abayas* und Schleier verhüllten ihre Körper von oben bis unten. Nur durch die Rucksäcke oder Brillen konnte man sie voneinander unterscheiden. Taxis und Kleinbusse fuhren vorbei und ließen Staubwolken in der Luft hängen. Frauen durften in Saudi-Arabien nicht selbst fahren, sämtliche Autos waren also voll besetzt mit weiblichen Passagieren. Alle waren schwarz gekleidet. Trauben von fremd aussehenden Männern, hauptsächlich Inder oder Pakistani, zogen die Straßen entlang zu ihren Arbeitsplätzen. Sie trugen abgetragene Kleider, die aussahen, als würden sie mit staubigen Besen ausgeklopft statt gereinigt zu werden. Instinktiv hielten die Frauen Abstand von den Männern, sie wechselten die Straßenseite oder warteten ab, bis sie vorbeigegangen waren, um zufällige Berührungen zu vermeiden.

Wadjda konnte nicht länger warten. Mit einem Seufzen machte sie sich zur Schule auf und zuckte zusammen, als – wusch! – ein Stein an ihr vorbeisauste. Er traf eine weggeworfene Limodose, die scheppernd über den Gehweg rollte.

Erschrocken schaute Wadjda hoch und sah ihren Vater. Er lächelte und warf einen weiteren Stein in die Luft. Ihr Herz ging auf. Sie hatte gleich gewusst, dass er es war. Noch ehe sie sich umgedreht hatte. So genau zielte nur er. Ihr Vater zeigte ihr immer, wie man Steine hüpfen ließ, und auf Riads vermüllten Straßen gab es zahllose Ziele. Weggeworfene Dosen und Fast-food-Verpackungen türmten sich schon wieder auf den Gehwegen, wenn die Straßenfeger gerade um die Ecke gebogen waren. Neuer Müll nahm sofort den Platz des weggeräumten Unrats ein.

Wadjdas Vater fuhr sich mit der Hand durch sein kurzes schwarzes Haar und strich sich über den ordentlichen Schnurrbart. Wadjda spürte schon fast das sanfte Kitzeln an ihrer Wange. Es gefiel ihr, wie ausgeblichen seine Arbeitskleidung war, ein cooles, verwaschenes Grau. Als er von zu Hause fortgegangen war, war die Uniform knallblau und hässlich gewesen. Inzwischen sah sie viel besser aus.

Wie meine Turnschuhe, dachte sie.

»Guck dir das an!«, rief ihr Vater und warf einen Stein nach einem riesigen Plastikbecher, den jemand auf der Mauer hinter Wadjda stehen lassen hatte. Sie duckte sich und sah, wie der Becher wegflog, Deckel und Strohhalm sprengten in entgegengesetzte Richtungen. Beeindruckt schnappte sie sich einen Stein von der staubigen Straße und wog ihn in der Hand.

»Ach das? Guck dir mal das hier an!« Sie suchte einen Milchkarton ein paar Meter weiter als Ziel. Obwohl sie ihr Bestes gab, traf sie nicht. Schweigend beobachteten Wadjda und ihr Vater, wie der Stein weiterrollte und vor den Füßen des Vaters liegen blieb.

»Knapp daneben, mein Mädchen! Üb nur weiter. Du schaffst das schon.«

Länger hielt Wadjda es nicht aus. Sie rannte zu ihm und umarmte ihn. »Wo warst du so lange, *abu*?«, platzte sie heraus, schlang die Arme um ihn und drückte ihn ganz fest.

Ihr Vater antwortete nicht. Er hielt sie nur auf Armeslänge von sich und lächelte. »Sieh dir den an«, sagte er schließlich und holte einen glänzenden schwarzen Stein aus der Tasche. »Der ist vulkanisch, aus der Wüste. Er wird gerade und schnell fliegen – das wird dir eine Hilfe sein beim Zielen. Und jetzt musst du wohl zur Schule? Mach dich lieber auf den Weg.«

Wadjda nahm ihm den Stein aus der Hand. Sie strahlte. Er tätschelte ihr den Kopf. Einen Moment lang standen sie Seite an Seite da und Wadjda rollte den blanken Stein in der Hand. Sie wollte nicht gehen, noch nicht. Sie dachte an das einsame Lebens ihres Vaters auf der Ölplattform – da draußen, mitten in der Wüste, die Rub al-Khali, *Leeres Viertel,* genannt wurde. In ihrer Vorstellung sah sie ihn dort herumlaufen. Sie stellte sich vor, wie er den Stein in der Sonne hatte glänzen sehen. Wie er ihn aufgehoben und in der Hand gehalten hatte – und an sie gedacht hatte. Seine Tochter.

Sie freute sich so, dass sie ihren neuen Stein ein paar Mal ganz hoch warf. Beim dritten Wurf schnappte sie ihn aus der

Luft und machte sich auf den Schulweg, sie lief schnell, ihre Schuhsohlen klatschten auf das Pflaster.

»Wir haben die Tür nicht abgeschlossen. *Ummi* wartet schon die ganze Woche auf dich!«, rief sie ihm über die Schulter zu.

Der Blick ihres Vaters flackerte, als sie ihre Mutter erwähnte. Wieder fuhr er sich mit der Hand durchs Haar, dann klopfte er sich den Staub vom Overall und ging auf das Eingangstor des Hauses zu.

3. KAPITEL

Ich sehe cool aus, dachte Abdullah. Cool und erwachsen.

Er stellte gerade einen großen Plakatständer auf. Sein Onkel Abdulhakeem bin Hamad bin Musaid Al Toofi hatte ihm den Auftrag gegeben, das überall in der Stadt zu tun. Keine enorm wichtige Aufgabe, aber jeder Auftrag von seinem Onkel machte ihn unheimlich stolz. Es war toll, dass ihm Vertrauen geschenkt und die Ehre zuteilwurde, dem Onkel bei seiner Wahlkampagne behilflich zu sein. Das war der Anfang seiner Ausbildung, der erste Schritt auf einem langen Weg, der Abdullah bis an die Spitze seines angesehenen Stammes führen würde.

Die Familie von Abdullah war bedeutend, und Blutsverwandtschaft und Verbindungen waren der sicherste Weg an die Spitze. Sein Onkel wurde von allen geliebt – und das für weitaus mehr als für seinen Familiennamen oder seine Stammeszugehörigkeit. Seine Lebensfreude und sein tiefes Wissen um die Traditionen der Wüste hatten ihm Respekt eingebracht. Er war der geborene Stammesführer – und fühlte sich wohler bei seinen legendären Zeltlagern in der Wüste, wo Wildkaninchen durch die Dünen gejagt wurden und man aus großen gläsernen Wasserpfeifen rauchte als im Büro oder in der Stadt.

Abdullahs Onkel hatte viele Fähigkeiten, doch auf nichts war er so stolz wie auf seinen riesigen, buschigen Schnurrbart.

Der repräsentierte seine Stärke und Macht am allerbesten – und auf dem Plakat nahm er glatt einen halben Meter ein. Abdullah trat einen Schritt zurück und grinste. Er hatte gesehen, wie viel Arbeit die Pflege einer solchen Gesichtsbehaarung brauchte. Der Onkel bespritzte sich mit allen möglichen Mitteln und Essenzen, damit sein Schnurrbart dick und üppig blieb, und er färbte ihn immer ganz sorgfältig schwarz, bevor das Weiß an den Haarwurzeln nachwachsen konnte und aller Welt sein wahres Alter verriet.

Schweiß lief Abdullah über die Stirn. Er wischte ihn mit dem Handrücken weg und überlegte, warum sein so zufriedener Onkel wohl beschlossen hatte, für ein politisches Amt zu kandidieren. Vielleicht wollte er würdevoller auftreten. Aber im tiefsten Inneren würde er immer ein Freigeist bleiben, das wusste Abdullah. Anders würden die Leute seines Stammes – und sein Neffe! – ihn nicht haben wollen.

Im Dorf erzählte man sich die tollsten Geschichten über seinen Onkel. Zur Verlobung von Abdullahs ältester Schwester hatte der Onkel zwanzig Tabletts *mufattahat* bestellt, das reichte, um die ganze Nachbarschaft zu bewirten. Auf jedem Tablett hatte ein ganzes gegrilltes Lamm gelegen, von Kopf bis Huf, auf einem riesigen Bett von zartem Basmatireis mit gerösteten Zwiebeln, Rosinen und Pinienkernen. Über dieses legendäre Mahl redeten noch immer alle in ihrem Viertel. Abdullah erinnerte sich, wie er Wadjda und ihrer Mutter einen großen Teller gebracht hatte. Ein gutes Stück Fleisch hatte er für sie ausgesucht, das zarteste Stück aus der Keule.

Als er an Wadjda dachte, wischte Abdullah sich noch mal den Schweiß von der Stirn und richtete seine gehäkelte *taqiya*. Damit die Kopfbedeckung auch gut aussah, bügelte er sie immer vor dem Morgengebet. Heute war ihm das richtig gut gelungen. Die *taqiya* saß fest auf seinem Kopf. Da fühlte er sich gleich sicherer. Abdullah steckte den Schraubenzieher in die Tasche seines strahlend weißen *thawbs* und zog mit Schwung einen größeren heraus, den er spielerisch zwischen den Fingern wirbelte.

Wadjda wird staunen, dachte er – aber ehrlich gesagt konnte er sich nicht daran erinnern, wann er sie tatsächlich einmal beeindruckt hatte. Jedenfalls war es ihm nicht gelungen, als er ihr gezeigt hatte, wie man eine Dose auf der anderen Seite eines leeren Ackers mit einem Stein treffen konnte. Nicht mal, als er ihr das Pfeifen beigebracht hatte. Sie wusste solche Dinge zu schätzen, das konnte er an ihrem schelmischen Grinsen ablesen und an der süßen Art, wie sie den Kopf leicht widerwillig senkte. Aber sie sagte es nicht, dazu war sie zu stolz.

Wenn sie jetzt den Plakatständer sehen könnte, würde sie lächeln. Klar, das Plakat war so groß wie er! Die beiden Seiten trafen an der Spitze zusammen und bildeten ein riesiges A, das von zwei Scharnieren in der Mitte zusammengehalten wurde. Aus strategischen Gründen war der Ständer auf einer der belebtesten Kreuzungen der Stadt platziert worden, gleich gegenüber vom größten Supermarkt. Hier kreuzten sich die Straßen, die zur Jungen- und zur Mädchenschule führten.

Eigentlich war Abdullah schon seit zehn Minuten mit dem Aufstellen des Plakats fertig, aber er machte sich weiter daran zu schaffen, zog bereits angezogene Schrauben fester und tat so, als wäre noch mehr zu tun. Gelegentlich schaute er zu einer Gruppe von Fahrern hinüber, die in der Nähe stand und Tee trank, und fragte sich, ob sie das Plakat wohl bemerkt hatten. Keiner schien Notiz davon zu nehmen.

Schon hatte sich Staub auf das Plakat gelegt, winzige Körnchen, die der Wind herantrug, der Riad ständig mit Sand bedeckte. Staub lag auch auf Abdullahs Fahrrad, das an einer Seite des Plakatständers lehnte. Seine Bücher klemmten hinten auf dem Gepäckträger. Abdullah schüttelte sich, als er an die langweiligen Unterrichtsstunden dachte, die ihn erwarteten.

Noch immer keine Spur von Wadjda. Ganz in der Nähe war der Laden, in dem sie die Chips und Süßigkeiten kaufte, die sie ihren Klassenkameradinnen für den doppelten Preis weiterverkaufte. Abdullah schaute auf seine Armbanduhr und beobachtete, wie die Leute auf der Straße auftauchten und wieder darin verschwanden. Wo war sie nur?

Endlich fiel ihm eine bekannte Gestalt auf. Wie ein Blitz durchzuckte ihn das Glück. Er hätte gern gewunken, aber er tat es nicht. Er musste ja cool sein.

Im Laden stand Wadjda vor den Süßigkeiten und überlegte, welche Sorte Schokolade sie kaufen sollte. Sie schaute auf und lächelte, als sie ihn sah. Sofort tauchte Abdullah hinter dem Plakat ab. Er betastete seine Taschen, suchte ein Werkzeug, denn irgendwie musste er sich ja beschäftigen, bis Wadjda aus dem Laden kam. Er bemühte sich auch, sein Gesicht unter Kontrolle zu bekommen, aber er konnte sich noch so sehr anstrengen, das Lächeln wollte sich nicht vertreiben lassen.

Noch einmal inspizierte er das Porträt seines Onkels. Der Onkel war ein großer Mann, ein wenig übergewichtig, aber das war ganz in Ordnung bei so einem wichtigen Mann. Auf dem Bild saß er auf einem Sessel, der wie ein Thron wirkte. Darunter war zu lesen: *Wählt mich für den Stadtrat.*

Aus dem Augenwinkel sah Abdullah Wadjda näher kommen, sie aß ein Frühstückssandwich. Er strich sich die Haare glatt, straffte die Schultern und richtete sich zu voller Größe auf. Wadjda schien das nicht zu bemerken. Sie sah sich das Plakat an und lachte.

»Was ist das denn? Eine Werbung für Schnurrbartpflegeprodukte?«

Fast hätte Abdullah mitgelacht. Aber er verbarg sein Lächeln vor Wadjda.

»Bist du aber witzig. Dieser Schnurrbart ist so stark, dass ein Falke darauf sitzen könnte.«

»Ein Falke? Auf dem Ding könnte ein Flugzeug landen.« Wadjda schmunzelte.

Abdullah lächelte und öffnete den Mund, um zu antworten. Aber da entdeckte er hinter ihr eine Gruppe von Jungen. Wenn die sahen, wie er in der Öffentlichkeit mit Wadjda redete, würde er für den Rest des Tages, vielleicht sogar den Rest der Woche, dafür bezahlen müssen. Sie würden ihn gnadenlos hänseln, weil er seine Zeit mit einem Mädchen verschwendete. Auf der Suche nach einem Ausweg guckte er sich um. Dann schnappte er mit einer blitzschnellen Bewegung Wadjda das Sandwich aus der Hand.

»Danke, dass du mir Frühstück besorgt hast!«, rief er und rannte los.

»Du Mistkerl! Wenn du um die Wette laufen willst, dann benutz dafür nicht mein Sandwich!«, brüllte Wadjda und folgte ihm.

Sie rasten durchs Viertel, sprangen über große Risse im Asphalt, wichen Palmen aus, die durchs Pflaster des Gehwegs gewachsen waren, hüpften über den staubigen Müll und Unrat am Straßenrand. Autos hupten im morgendlichen Berufsverkehr. Gastarbeiter auf Fahrrädern wichen ihnen aus, sie schlängelten sich durch den stockenden Verkehr wie silbrige Fische stromaufwärts.

Wadjda holte Abdullah schnell ein. Sie war schneller, das wusste sie aus Erfahrung. Es war nur eine Frage der Zeit, bis sie ihn einholte.

Doch als sie um eine Ecke bog, erfasste ein Windstoß ihren Schleier, der zurückgeweht wurde und ein paar Zentimeter ihrer Haare freigab. Zwei oder drei wertvolle Sekunden lang spürte Wadjda die kühle Brise auf dem Gesicht, die ihr die verschwitzte Stirn kühlte. Dann, ohne zu überlegen oder zu stolpern, griff sie hoch, zog den Schleier wieder runter und schlang ihn fest um den Hals, wobei sie darauf achtete, dass ihre Haare ja nicht zu sehen waren.

Mit gerunzelter Stirn startete sie wieder durch, um Abdullah wirklich zu erwischen. Wie eine Hürdenläuferin sprang sie über eine räudige Katze. Ihre Füße wirbelten riesige Staubwolken auf und als sie ihn endlich überholte und ihm das Sandwich aus der Hand riss, stieß sie einen Triumphschrei aus. Sie lief langsamer, schaute sich um und reckte die Arme angeberisch in die Luft.

So ging das noch eine Weile weiter. Dann blieben Wadjda und Abdullah erschöpft voreinander stehen. Schweißperlen traten ihnen auf die Stirn. Die jetzt schon drückende Wüstenhitze hüllte sie ein. Sie wechselten einen Blick. Jetzt waren sie in Sicherheit vor den anderen Jungen – Abdullah konnte Wadjda anlächeln. Aber ehe sie zurücklächeln konnte, war er auch schon losgerannt, zurück zu seinem Fahrrad.

4. KAPITEL

Wadjda schlenderte die Straße entlang und aß ihr Sandwich auf. Kurz vor der Jungenschule nahm sie eine Abkürzung, die anderen Mädchen aus ihrer Klasse machten einen Bogen um diese Gegend. Sie wollten nicht, dass man ihnen böse oder – noch schlimmer – unmoralische Absichten unterstellte.

Wadjda war das ganz egal. Ihre beste Zeit verbrachte sie mit dem Herumstreifen auf den Straßen, sie erkundete neue Läden, fremde Viertel und steckte die Nase in vergessene Ecken. Letzte Woche hatte sie das neue Einkaufszentrum erkundet, das Abdullahs Politiker-Onkel baute. Wenn es einmal fertig war, würde er die vielen Geschäfte an Händler vermieten, doch bis dahin stand es größtenteils leer. Wadjda war auf dem riesigen Gelände herumgeschlichen und hatte sich ausgemalt, wie es hier in Zukunft aussehen würde.

Die Welt ist so groß, dachte sie. Wie dieses Einkaufszentrum mit den himmelhohen Decken. Und sie wollte alles davon sehen.

Sie flitzte durch das Gartentor des nächsten Hauses, lief über das Grundstück und schlüpfte durch den Ausgang in der rückwärtigen Mauer wieder raus. An dieser Abkürzung gefiel ihr besonders, wie ruhig sie war. Der Pfad war ihre eigene Welt, ein geheimes Riad, von dessen Existenz nicht mal Abdullah wusste.

Und heute Morgen war es besonders schön. Nur gelegentlich störte das Grummeln einer Maschine die Stille. In der Ferne konnte Wadjda gerade noch die Umrisse vorüberfahrender Autos und Kleinbusse erkennen. Alle waren sie mit nicht voneinander zu unterscheidenden schwarzen Gestalten besetzt – Schülerinnen und Lehrerinnen.

Auf ihrem Weg überschlug Wadjda noch einmal den Gewinn, auf den sie heute hoffte. Wenn sie mindestens die Hälfte der Armbänder loswurde, die sie gestern Abend geflochten hatte, müsste sie eigentlich die Zwanzig-Riyal-Marke übertreffen. Und die Kassetten hatte sie da noch nicht eingerechnet …

Wutsch!

Wadjda schnappte nach Luft, ihre Hände zuckten zum Kopf. Abdullah hatte sie entdeckt. Im Vorbeiflitzen hatte er vom Fahrrad aus ihren Schleier gepackt und ihn von Wadjdas Kopf gezogen. Der dünne Stoff dehnte sich und wehte zwischen ihnen, eine schwarze Line, die von ihm zu ihr führte.

Aber Wadjda hatte sich den Schleier fest um den Hals gebunden. Abdullah hatte so viel Schwung, dass er sie hinter sich her schleifte – sie fiel hin. Fassungslos schüttelte Wadjda ihre brennenden Handflächen. Am liebsten wäre sie im Boden versunken. Ihre Haare waren zu sehen. Schon wieder! Instinktiv hob sie die Hände, um sich zu bedecken.

Ein paar Meter vor ihr bremste Abdullah scharf. Er drehte sich um und blinzelte ungläubig, als er die seltsame Sammlung von bunten Spangen sah, die willkürlich über Wadjdas Kopf verteilt waren. Er kannte Wadjda schon ewig, deshalb schockierte ihn der Anblick ihrer Haare nicht. Erst letztes Jahr hatte sie angefangen, den Schleier zu tragen, und er rutschte ständig runter, wenn sie zusammen spielten. Ehrlich gesagt hatte

Abdullah manchmal Mühe, Wadjda zu erkennen, wenn sie verschleiert war. Ohne Schleier war sie irgendwie mehr sie selbst.

Jetzt aber musste er einfach lachen. »Was ist das denn?« Er zeigte auf ihre Haare. Er wollte auf jede einzelne Spange zeigen, aber es waren einfach zu viele, es sah aus als würde er einen Bienenschwarm vertreiben.

Wadjda stand auf und drehte sich zu ihm um, den unbedeckten Kopf hielt sie dabei hoch. Sie fuhr sich mit der Hand durchs Haar wie ihr Vater.

»Das ist total modern. Aber davon hast du ja keine Ahnung.«

Ihre Worte trafen auf taube Ohren. Abdullah konnte gar nicht aufhören zu glotzen, er fiel fast über den Lenker. Obwohl Wadjda es gar nicht wollte, fasste sie sich an den Kopf, um ein paar der losen Spangen wieder festzustecken. So albern konnte das doch gar nicht aussehen!

Während sie abgelenkt war, setzte Abdullah sein Fahrrad wieder in Bewegung. Die Sonne blitzte auf dem Metall, Wadjda wirbelte herum und sah ihn davonfahren. Ihr Schleier baumelte frech an seiner Hand, er ließ ihn im Dreck schleifen!

»Dich krieg ich, du Mistkerl!«, brüllte Wadjda. Wutentbrannt rannte sie hinter ihm her. Abdullah schaute sich um und sah, wie sie angesprintet kam. Er fuhr langsamer. Halb aus Mitleid – halb aus Furcht. Wenn Wadjda sauer war, sollte man sie nicht noch mehr reizen. Und er hatte sie heute Morgen schon reichlich gereizt.

Gerade als Wadjda die Hand ausstreckte und ihm den Schleier wegriss, stolperte sie und fiel hin – dieses Mal mit noch mehr Wucht. Aua! Der Schmerz schoss ihr durch Knie und Ellenbogen. Doch damit nicht genug, sie war in die einzige Matschpfütze geklatscht, die es im trockenen Riad gab.

Diese Pfütze kannten Abdullah und Wadjda nur zu gut. Jeden Tag stand ein gut aussehender junger Mann an dieser Stelle und wusch sein Auto. Immer zu der Zeit, in der der Schulbus der Mädchen am Ende der Straße vorbeifuhr. Jeden Morgen war er da und nachmittags wieder.

Die zweite Wäsche wäre nur eine Sicherheitsmaßnahme, sagte Abdullah immer.

Diesem Mann liegt wirklich was an einem sauberen Auto, dachte Wadjda. Oder an dem Lächeln und den langen Blicken, die er mit den älteren Mädchen wechselt.

Obwohl der hübsche junge Mann nicht einmal wusste, dass es Wadjda gab, mochte sie ihn – normalerweise. Wenn er sein Auto wusch, dröhnte Musik aus den Lautsprechern und die Lieder beschwingten ihren Schritt. Aber heute, als sie sich den Matsch von Gesicht und Kleidern wischte, verfluchte sie ihn leise. Ihr einst so ordentlicher schwarzer Schleier lag im Schlamm.

Vor ihr blieb Abdullah mit quietschenden Bremsen stehen und riss geschockt die Augen auf. Mit Matsch in den Haaren und im Gesicht sah Wadjda zum Fürchten aus. Sie setzte sich auf und warf ihm einen wütenden Blick zu.

»Du Vollidiot! Du bist so blöd! So kann ich doch nicht zur Schule gehen!«

Er hatte es zu weit getrieben. Abdullah ließ die Schultern hängen. Er wollte gerade vom Rad steigen und ihr helfen, als ein paar Jungen aus einem Laden in der Nähe kamen. Es waren die Jungen, die er schon an der Kreuzung gesehen hatte. Genau wie er trödelten sie auf dem Weg zur Schule.

Sie schlossen ihre Fahrräder auf und Abdullah sah, wie der eine ihn anschaute.

»Dachtest du wirklich, du könntest mich einholen?«, rief er Wadjda zu.

Er schaute sie nicht an und sein Ton war ungewohnt schroff. Das kannte sie nicht von ihm, irritiert sah Wadjda ihn an. Dann fasste sie sich und schrie: »Ich hab dich erwischt! Nicht mal auf deinem blöden Fahrrad kannst du mir entkommen.«

Die Jungen kurvten jetzt auf ihren Rädern vor dem Laden herum und jagten sich. Abdullah hätte gern mitgemacht. Aber er wollte auch Wadjda helfen. Er war hin- und hergerissen.

»Tja, sieht ganz so aus, als ob du zu spät kommen würdest. Und voller Matsch bist du auch. Weißt du was? Wenn du auch so ein *blödes* Fahrrad hättest, könntest du nach Hause fahren und dich umziehen! Aber du hast keins. Also geht das wohl nicht.«

Und damit stellte er sich auf die Pedale und fuhr davon, er legte sich mächtig ins Zeug – und Sekunden später war er schon bei der Gruppe von Jungen angekommen.

Die Staubwolke, die er hinterließ, wehte langsam auf Wadjda zu. Sie blieb sitzen, wo sie war, und sie verzog keine Miene. Wenn ihre Lippen zitterten oder wenn ihr Tränen in die Augen stiegen, würde Abdullah sehen, wie weh er ihr getan hatte.

Die Jungen fuhren weiter, Abdullah umkreiste den größten von ihnen und zeigte ihm, was er draufhatte. Er drehte sich nicht einmal mehr um.

Wadjda ließ den Kopf auf die Brust sinken. Die Schule fing an. Sie würde zu spät kommen und sie war dreckig. Zitternd atmete sie durch, zählte bis zehn und hievte sich vom Boden hoch, den Schleier zerrte sie hinter sich her. Er fühlte sich an wie eine Eisenkette, unheimlich lang und zum Hochheben viel zu schwer. Als sie versuchte, das Wasser auszuwringen, machte sie Hände und Arme nur noch matschiger, der Schleier war zu schmutzig und zu nass, es war gar nicht dran zu denken, ihn anzuziehen.

Wadjda seufzte und rannte los. In der Ferne konnte sie immer noch die Jungen auf ihren Fahrrädern sehen, so fröhlich und frei. Wie schnell sie waren auf ihren Rädern! Wie Vögel flogen sie durch Riad.

»Ich werde auch eins haben!«, sagte Wadjda laut. Es klang wie ein Schlachtruf.

5. KAPITEL

Wadjda kauerte sich in den schmalen Schattenstreifen, den das Gebäude an der Ecke vor ihrer Schule warf, und überlegte fieberhaft, was sie tun konnte. Wie kam sie rein, ohne aufzufallen? Irgendwie musste das doch möglich sein!

Sie konnte nicht hinter das Schultor sehen, doch aus Erfahrung wusste sie, dass Ms Hussa direkt dort stehen würde. Irgendwie war die Rektorin immer zur Stelle, wenn Wadjda sich einen Fehltritt erlaubte. Sie wartete anscheinend nur darauf.

Wenn der Teufel einen Namen hätte, dachte Wadjda, dann wäre der Hussa.

Sie stellte sich vor, dass die Rektorin wie eine Siamkatze durch die Schule schlich. Wadjda schauderte. Jeden Tag stand Ms Hussa am Eingang und musterte die Mädchen – von oben herab, denn sie trug Pumps mit hohen Absätzen. Wadjdas Mutter hatte gesagt, das seien sehr teure Designerschuhe. Das war gut möglich. Der Kleidungsstil der Rektorin war ebenso legendär wie ihr Ruf. Jeden Tag band Ms Hussa ihr Haar straff zurück, damit ihr perfektes Make-up zur Geltung kam. Das betonte ihre scharfen, gnadenlosen Augen. Sie schien jede Woche neue Kleider zu haben und die meisten Mädchen waren immer ganz hingerissen von ihren vielen verschiedenen Outfits.

Wadjda nicht. Sie machte sich nichts aus teuren Sachen und fand, dass Ms Hussa aussah wie eine Schaufensterpuppe, nicht wie ein echter Mensch mit eigenem Stil. Natürlich war allen egal, was Wadjda fand, besonders in Sachen Mode. Einen krasseren Gegensatz zu der glamourösen Ms Hussa als sie konnte man sich wohl kaum vorstellen.

Doch es waren nicht nur die tollen Schuhe und Kleider, die sie so besonders machten. Es war auch ihre Art zu reden, so als sei sie intelligenter und interessanter als andere Menschen. Und ihre Art zu gehen, so als müsse sie schnell irgendwohin, wo alles besser war. Und ihre Vorliebe, immer einen Grund zu suchen – und da war ihr wirklich jeder recht – jemanden herunterzuputzen.

Heute braucht Ms Hussa nicht nach einem Grund suchen, dachte Wadjda. Sie schaute sich ihre dreckigen Kleider an. Wenn sie eine Geschichte erzählen konnte, die gut genug war, dann würde sie deswegen vielleicht nur verwarnt werden. Aber ohne Schleier in die Schule kommen – das ging gar nicht. Schon drei Mal war Wadjda verwarnt worden, weil sie ihre Haare nicht ordentlich bedeckt hatte. Aber ganz hatte sie ihren Schleier noch nie vergessen.

Wadjda hatte nicht nur Angst vor der Strafe, sondern auch vor den gemeinen Bemerkungen von Ms Hussa – die brannten ihr immer kleine Löcher in die Haut. Jedenfalls fühlte es sich so an. Die ganze Schule würde sie anglotzen, wenn sie Ms Hussa und ihrer Verachtung ausgeliefert war. Ms Hussa war die Beste, wenn es darum ging, jemanden als Versager abzustempeln. Jede Schülerin, die auch nur den kleinsten Fehler machte, wurde bei ihr zu einer Aussätzigen, die lebenslang Beleidigungen ertragen musste.

»Warum muss sie nur immer so schrecklich sein?«, flüsterte Wadjda in die leere Straße.

Der Wind pfiff, als habe er eine Antwort darauf.

Vielleicht, sagte er, ist Ms Hussa zutiefst davon überzeugt, etwas Besseres zu sein. Sie war die Tochter eines der einflussreichsten Männer der Stadt. Die Familie hatte mehr Geld, als Wadjda sich vorstellen konnte. Ihre ganze Kindheit hatte Ms Hussa vielleicht von ihrem Vater gehört, dass ihre Familie besser war als alle anderen. Dass auch sie selbst besser war.

Oder vielleicht hatte man Ms Hussa einmal furchtbar wehgetan – und jetzt war sie einsam und wütend. Obwohl sie sehr schön war, hatte sie keinen Ehemann. Und alle wussten, warum. Auch Wadjda hatte die Gerüchte gehört. Angeblich war Ms Hussa in ihrer Jugend in einen Jungen verliebt gewesen. Doch dieser Junge gehörte einem anderen Stamm an – und schlimmer noch, er war arm. Die beiden mochten sich trotzdem, also schlichen sie zusammen herum. Offenbar waren sie bei ihr zu Hause miteinander erwischt worden. Damit sie nicht bestraft wurde, hatte Ms Hussa behauptet, ihr Liebster sei ein Dieb, der eingebrochen war.

Niemand wusste, ob diese Gerüchte wirklich wahr waren, trotzdem tuschelten alle darüber. Vielleicht war das also der Grund für Ms Hussas Gemeinheit. Aber Wadjda verstand nicht, wie so ein wirklich schlimmes Mädchen als Erwachsene die größte Verfechterin genau der Moralvorstellungen werden konnte, unter denen sie selbst so gelitten hatte.

»Man sollte doch denken, dass gerade sie den Leuten eine Chance geben würde«, murmelte Wadjda. Dieses Mal sprach sie so laut, dass die letzten paar Mädchen, die durchs Schultor gingen, sie hörten. Eine drehte den Kopf und Wadjda zuckte zurück und drückte sich an die Mauer.

Das reichte jetzt. Sie musste reingehen. Seufzend überlegte sie, was sie machen sollte. Viele Möglichkeiten hatte sie nicht. Konnte sie über die Mauer klettern? Nein. Das war eine dumme Idee, sie musste nicht mal hochgucken. Die braune Betonmauer ragte fast zwei Stockwerke hoch auf. Wenn sie sich nicht in Spiderman verwandelte, würde sie nicht so hoch klettern können. Und in den nächsten Minuten würde das leider bestimmt nicht passieren.

Vielleicht konnte sie eines der anderen Mädchen bestechen, ihr ihren Schleier abzutreten? Nein. Der Gedanke an all das Geld, das sie dafür hinlegen müsste, ließ sie erstarren. Abgesehen davon hatten alle in der Schule eine Höllenangst vor Ms Hussa. Nicht mal für Geld würde sich jemand freiwillig ihrem Zorn aussetzen.

Das allerletzte Klingeln. Sie konnte nur rennen und das Beste hoffen. Also preschte sie vor und mischte sich unter die Gruppe von Mädchen, die noch durchs Tor huschen mussten, bevor es zuging. Mit ein bisschen Glück würde sie sich hinter einem großen Mädchen verstecken können und Ms Hussas unglaublich scharfen Blicken entgehen.

Im Schatten des Schultores sah sie Fatin und Fatima ein Stück weiter vorn. Wie erwartet, sah sie auch Ms Hussa. Die Rektorin stand an ihrer üblichen Position, sie trug ein wunderschön besticktes schwarzes Oberteil über einem perfekt sitzenden, langen, schwarzen Bleistiftrock. Die Arme hatte sie vor der Brust verschränkt, und sie lehnte an der Trennwand, die dazu da war, die Mädchen vor Blicken zu schützen, wenn das Schultor offen stand. Das riesige Bild einer voll verschleierten Frau war darauf gepinselt worden. Darunter stand in großen Buchstaben: *Das ist der perfekte hidjab für alle Schulmädchen.*

Hinter der Trennwand, der letzten Barriere zwischen der Mädchenschule und der Außenwelt, nahmen die Mädchen schon ihre *abayas* und Schleier ab. Einige von Wadjdas Klassenkameradinnen trugen sogar einen seidenen Gesichtsschleier. Aber in der Schule nahmen sie auch diesen ab.

Wadjda sah sich die lachende, plappernde Schar an und ihr Herz zog sich zusammen. Die überfüllten Schulhöfe von Riad waren der einzige Ort, an dem die Mädchen sich treffen und Spaß haben konnten. Nichts sonst war erlaubt. Aber wenigstens konnten sie so regelmäßig aus ihren Elternhäusern und Familien wegkommen.

Wadjda rückte weiter vor. Die Mädchen vor ihr begrüßten sich fröhlich, tauschten den neusten Tratsch aus und brachten ihre Haare in Ordnung, nachdem sie die Kopfbedeckungen abgenommen hatten.

Wenn ich doch so wäre wie sie, dachte Wadjda. Ihre Klassenkameradinnen schienen immer so viel Spaß zu haben. Ob das daran lag, dass sie sich keine Sorgen über ihre streitenden Eltern machten? Dass sie ihre Mutter nicht am Monatsende über Rechnungen klagen hörten? Träumten sie vielleicht nicht davon, auf Wellen zu surfen oder in eine Band zu gehen und Musik wie die in ihrem Radio zu machen?

Wadjda blinzelte, die Umrisse der Mädchen flirrten in Staub und Sonnenlicht. Konnte es sein, dass sie gerne so lebten? War so etwas wirklich möglich?

Die Antwort darauf schien Ja zu sein, was die meisten Dinge betraf zumindest. Klar, wenn niemand guckte, legten einige der Mädchen vielleicht etwas Lipgloss auf oder einen Spritzer Parfüm. Heimlich schauten sie sich auch mal in kleinen Spiegeln an, die auf Bleistiftanspitzer geschraubt waren. Das war beliebt geworden, nachdem sämtliche Spiegel aus den Waschräumen entfernt worden waren, denn die waren, wie Ms Hussa sagte, »eine gottlose Ablenkung«. Wadjda hatte damals ziemlich heftig die Augen verdreht. Zum Glück hatte es niemand bemerkt.

Abgesehen davon, waren aber die meisten Mädchen in Wadjdas Alter anscheinend zufrieden damit, die Regeln zu befolgen. Wadjda wusste, dass sie viel riskierte, wenn sie in eine finstere Gasse flitzte und nach Schätzen suchte oder auf der Jagd nach Abenteuern hinter Abdullah her sauste. Früher oder später würde sie erwischt werden.

Wadjdas Herz schlug schneller, als sie in Sichtweite der Rektorin kam. Sie sah, wie Ms Hussa die Augen zusammenkniff, wie sie versuchte, an den beiden Mädchen vor Wadjda vorbeizuschauen …

Ha! Ein lautes Lachen lenkte die Rektorin ab. Sie wirbelte zu Fatin und Fatima herum, die gerade ihre *abayas* falteten und in ihre Klasse gehen wollten.

»Ruhe, Mädchen! Ihr seid nicht weit weg vom Tor. Ihr dürft nicht so laut lachen! Sollen die Männer euch hören? Die Stimme einer Frau ist etwas Intimes.«

Ein unterdrücktes Kichern kam von Fatin. Stumm wie immer hob Fatima die Hand, um ihr ungehöriges Lachen zu verbergen. Mit der Schulter stupste sie Fatin an und drängte sie zu einer Antwort.

»Entschuldigung, Ms Hussa«, säuselte Fatin.

Wadjda blinzelte. Wenn sie es nicht besser gewusst hätte, hätte sie gesagt, dass Fatin es ironisch gemeint hatte. Aber das konnte nicht sein, nicht mal Fatin und Fatima würden vor Ms Hussa frech werden!

»Es wird nicht wieder vorkommen«, ergänzte Fatin im selben Ton.

Als Wadjda ins Visier der wütenden Ms Hussas zu geraten drohte, wagte sie ihren Zug. Sie machte eine scharfe Drehung nach links und hielt direkt auf die Trennwand zu, hinter der die Mädchen ihre Schleier abnahmen. Sie würde entkommen, sie konnte es schon vor sich sehen …

»Wadjda!« Ms Hussas Stimme war wie ein Donnerschlag. Erstarrt blieb Wadjda stehen. Ihr ganzer Körper sackte in sich zusammen. Erwischt. Sie drehte sich zu Ms Hussa um.

»Wo ist deine Kopfbedeckung? Du kommst doch nicht etwa unverschleiert zur Schule?« Ms Hussa hätte auch fragen können: »Wadjda, hast du gerade jemanden umgebracht?« Schockierter hätte sie nicht klingen können.

Aber das war noch nicht alles. Alle anderen Mädchen hatten aufgehört, das zu tun, was sie gerade taten, um sich das Spektakel anzusehen. Mit einem unterdrückten Lächeln pirschte Ms Hussa sich an Wadjda heran – wie ein Löwe, der eine verletzte Gazelle umkreiste. Mit gespielter Besorgnis betrachtete sie das Durcheinander auf Wadjdas Kopf.

»Wer hat dir diese schrecklichen Spangen ins Haar gesteckt? Du siehst ja aus wie ein geschmückter Esel!«

Die meisten Mädchen kicherten jetzt. Sie starrten Wadjda an und flüsterten hinter vorgehaltener Hand. In Wadjda brodelte es, sie wand den dreckigen, blöden Schleier in den Händen.

Fatin und Fatima warfen ihr einen mitfühlenden Blick zu.

6. KAPITEL

Die Uhr tickte laut. Wadjda beobachtete den großen Zeiger. Er schien in Zeitlupe vorzurücken.

Es war die erste Religionsstunde des Tages, noch vier weitere würden folgen, bevor es zum Schulschluss klingelte. Einige waren schnarchlangweilig, zum Beispiel Vererbungsrecht, wie es der Koran und die Imame lehrten. Nur in wenigen Unterrichtsstunden ging es um nicht-religiöse Themen. Als Wadjda an die endlosen Stunden dachte, die vor ihr lagen, und an die Demütigung, die sie schon erduldet hatte, wollte sie am liebsten den Kopf auf den Tisch legen und einschlafen.

Den meisten ihrer Klassenkameradinnen schien es genauso zu gehen. Ein paar saßen kerzengerade da und starrten an die Tafel, aber die meisten hatten die Ellenbogen aufgestützt und hingen schläfrig und benommen von der Mittagshitze da. Das trostlose Klassenzimmer machte sie nicht munterer. Früher waren die Tische mit hübscher Folie beklebt gewesen, das hatte die Kritzeleien und Flecken auf den Tischplatten verdeckt. Mit der Zeit war die Folie aber abgeblättert und jetzt sahen die Tische noch hässlicher aus. Niemand hatte sich die Mühe gemacht, die Folie zu erneuern.

Die alte Klimaanlage über ihren Köpfen saugte die heiße Luft von draußen an und spuckte sie lauwarm auf ihre Köpfe.

Nur der Ventilator an der Decke machte die Temperatur einigermaßen erträglich. In der vorigen Stunde hatten die Mädchen das einzige Fenster mit Pappe verklebt, um die Sonnenstrahlen abzuwehren. Geholfen hatte es nicht. Alle dicken grauen Uniformen waren vom Schweiß durchweicht. Wadjda spürte die feuchten Flecken unter den Armen und den Schweiß, der ihr den Rücken runterlief.

Es war Zeit anzufangen. Die Mädchen holten ihre Koranexemplare aus den Fächern unter den Tischen und legten sie vor sich hin. In jedem Fach lag ein Exemplar des Heiligen Buches und die *abaya*, sonst nichts.

Mehr braucht ein junges Mädchen nicht, dachte Wadjda. In den Augen ihrer Lehrerinnen war alles andere gefährlich.

Ms Noof, die nicht nur den Chor leitete, sondern auch den Koranunterricht, schrieb an die Tafel: *Teilnahmeantrag für den Religionsclub: Koranrezitationswettbewerb*. Die Kreide quietschte die Zeile entlang. Sie bewegte sich wie eine Eidechse in der Nachmittagshitze.

»Der Wettbewerb findet in gut fünf Wochen statt«, sagte sie und sah die Schülerinnen der Reihe nach an. »Das ist eine sehr wichtige Veranstaltung, da habt ihr die Gelegenheit, euren Glauben und eure Hingabe an Gott zu zeigen. Mit harter Arbeit und Frömmigkeit wird eine von euch gewinnen.«

Ja, ja, jaa, dachte Wadjda und rutschte tiefer auf ihrem Stuhl herunter. Die Schule hielt solche Veranstaltungen ein oder zwei Mal im Jahr ab. Sie endeten immer mit einem Wettstreit zwischen den beliebtesten Mädchen, die gut darin waren, vor anderen zu sprechen, die besten Leistungen in der Schule erbrachten und am besten auswendig lernen konnten. Wadjda zählte nicht dazu. Sie saß einfach in der letzten Reihe und zählte die Minuten bis zum Ende der Pflichtveranstaltung, so wie jetzt.

»Das ist eine große Chance«, sagte Ms Noof. Sie nickte Noura zu, die den letzten Wettbewerb gewonnen hatte. Noura lächelte strahlend zurück.

»Das ist eine Gelegenheit für euch, im Licht der Größe Allahs zu glänzen und die Führung zu feiern, die er uns im Koran gibt.«

Sie drehte sich wieder zur Tafel und schrieb die Verse auf, die heute gelernt werden sollten. Wadjdas Blick ging zur Uhr. Tick-tack. Tick-tack.

Am Ende dieses wieder einmal nervtötenden Schultages stand Wadjda endlich in der Mädchenmenge hinter der Trennwand. Es war Zeit, sich in die Außenwelt hinauszuwagen. Seufzend zog Wadjda ihre verdreckte *abaya* über die graue Schuluniform. Alle anderen Mädchen aus ihrer Klasse machten es genauso.

Die Arme gingen hoch und runter und der Schulhof verwandelte sich in ein Meer von Schwarz, die dunkle Farbe zog über die Menge wie eine Welle – oder ein Schatten. Das Grau der Uniformen wurde vom fließenden schwarzen Stoff der *abayas* weggefegt. Verschleiert wurde jedes Mädchen zu einer Miniaturausgabe der bedeckten Frau auf dem Bild, das vor ihnen aufragte.

Die Mädchen redeten und lachten und verschleierten sich dabei automatisch. Doch die Energie vom Morgen schwand schnell in der sengenden Nachmittagssonne. Die heißen Strahlen brannten immer grausamer, es war schon über dreiundvierzig Grad heiß. Aus lautem Rufen und Gelächter wurde Flüstern und Seufzen, als die Mädchen sich für den Heimweg bereit machten. In kleinen Gruppen würden sie in ihre Busse oder das Auto ihres zugewiesenen Fahrers steigen. Und wenn sie sicher zu Hause abgeliefert worden waren, würden sie schnurstracks zur nächsten Klimaanlage gehen.

Aber zuerst mussten sie dort hinkommen. Und Ms Hussa stand an ihrem Platz und achtete darauf, dass auch jedes Mädchen die Schule vollständig bedeckt verließ. Das war Vorschrift – und sie tat immer, was vorgeschrieben war. Ihr scharfer Blick glitt über die Gruppe der älteren Mädchen, und sie versicherte sich, dass ihre Gesichter verdeckt und die Hände in den Ärmeln der *abayas* verborgen waren. Sie überprüfte auch, dass sie Socken trugen, die das Aufblitzen von einem Streifen Haut an Knöcheln und Füßen verhinderten. Und, das war das Wichtigste, sie achtete darauf, dass der Ausgangspass jeder Schülerin korrekt und auf dem letzten Stand war.

Die Ausgangspässe. Wadjda seufzte und wippte auf den Ballen, während sie die Menge an sich vorüberziehen sah. Jedes Mädchen in der Schule musste einen Ausgangspass vorzeigen. Darauf waren die Familienmitglieder oder Fahrer aufgeführt, die sie abholten, und welches der zugelassenen Transportmittel sie benutzen würden, um nach Hause zu gelangen.

Vor ihr hoben die Mädchen, die mit dem Bus fuhren, ihre Pässe hoch. Zahllose Paare schwarzer Lederschuhe liefen zum Tor hinaus und wirbelten dabei eine dicke Staubwolke auf. Einen Moment lang hing der Sandstaub in der Luft. Und dann legte er sich ganz langsam über die Menge. Jeden Tag kämpften diese Mädchen um die vordersten Plätze in der Busschlange wie Fußballspieler im Endspiel der Fußballweltmeisterschaft.

Die Schüler, die darauf warteten, von einem privaten Fahrdienst abgeholt zu werden, blieben noch hinter der Trennwand zurück. Sie mussten einen Pass vorzeigen, der zu dem des Fahrers auf der anderen Seite des Tores passte. Diese Karte wurde dann gut sichtbar auf dem Armaturenbrett platziert, solange sich das Mädchen im Auto befand. Da Frauen nicht selbst fahren durften, wurde der ganze Prozess streng überwacht. Kein Mädchen durfte sich allein auf den Weg machen.

Wadjda gehörte zur letzten Gruppe von Mädchen, denen, die zu Fuß nach Hause gingen. Sie hatten schon einen entsprechenden, von beiden Eltern unterschriebenen Vermerk in ihren Akten, auf dem stand, dass sie die Erlaubnis hatten, allein zu gehen. Doch wenn sie mit einem Jungen gesehen wurden, konnten sie trotzdem auf der Straße angehalten werden. Wenn sie dann keinen Zettel mit einer passenden Erklärung vorweisen konnten, bekamen sie großen Ärger. Zum Glück war das für Wadjda kein Thema, da sie sehr nah wohnte. Und sie war auch noch jung. Meistens wurde sie gar nicht besonders beachtet. Außerdem hätte sie niemand abholen können.

Vor ihr warteten Fatin und Fatima auf ihre Fahrer, sie fächelten sich mit ihren Pässen Luft zu. Sie lächelten Wadjda an, aber sie war zu müde, das Lächeln zu erwidern. Ihre Wut auf Abdullah, der ihr den Schleier weggeschnappt hatte, und auf Ms Hussa, die sie erwischt und bloßgestellt hatte, war lähmender Müdigkeit gewichen. Ihr ganzer Körper tat weh, von den Knochen in den Zehen bis zu den Haarwurzeln. Und dazu noch die Sonne, die auf ihre pechschwarze *abaya* brannte – sie wollte nur nach Hause.

Zu ihrer Überraschung schlenderten Fatin und Fatima zu ihr herüber. Mit einem spöttischen Stirnrunzeln säuselte Fatin: »Sieht ganz so aus, als ob hier schon wieder jemand versucht, sich Ärger einzuhandeln.« Mit ganz normaler Stimme sagte sie dann: »Du musst ja ganz wild auf Gespräche mit Ms Hussa sein. Wo ist dein Pass?«

Stolz verschränkte Wadjda die Arme: »Ich gehe zu Fuß nach Hause.«

Die beiden lachten über Wadjdas unschuldigen Stolz, aber nicht gemein. Und sie lächelten über ihren Schleier, der aussah, als wäre er meilenweit hinter einem Auto hergeschleift worden. Fatin und Fatima kannten Wadjda nicht gut genug, um nachzufragen, was denn los gewesen war, aber Wadjda merkte, dass es sie beschäftigte.

Vielleicht malen sie sich all meine verrückten Abenteuer aus, dachte sie. Vielleicht sind sie sogar neidisch.

Wadjda band sich das dreckige Tuch um den Kopf und ging zum Tor hinaus.

Dass sie allein nach Hause gehen durfte, machte sie stolz. Wenn sie durch die Straßen von Riad rannte, hatte sie das Gefühl, wieder ein echter Mensch zu werden. Obwohl sie noch mehr als einen Kilometer zu laufen hatte, kam es ihr vor, als wäre sie schon fast zu Hause.

Aber heute war kein guter Tag. Heute war es heiß. Wadjda ließ den Kopf hängen und stapfte voran. Sie versuchte, sich langsam zu bewegen. Dabei fiel ihr Blick auf eine Gruppe von Jungen auf Fahrrädern. Das grelle Sonnenlicht wurde von ihren hellen *thawbs* reflektiert, Wadjda wurde für einen kurzen Augenblick geblendet.

Sie erinnerte sich an den Physikunterricht. Ihre Lehrerin hatte ihnen erzählt, dass dunkle Farben die Hitze absorbieren und hellere Farben die Hitze reflektieren. Am Ende der Stunde hatte sie gesagt, dieses Phänomen sei eines der Wunder des

Universums. Es beweise, dass es einen allmächtigen Gott gebe, Allah, der alles zu einem Zweck geschaffen hat.

Unter ihrem schwarzen Schleier verzog Wadjda das Gesicht. Sie überlegte, ob die Leute dieses wissenschaftliche Geheimnis wohl gekannt hatten, als die Stammesgesetze den Frauen Schwarz und den Männer Weiß zugewiesen hatten. Vielleicht war das echte Wunder des Universums, dass sie es schaffte, in Riads glühender Nachmittagssonne nach Hause zu gehen, ohne in Ohnmacht zu fallen!

Die Jungs waren weg. Blitzschnell waren sie mit ihren Fahrrädern um die Ecke gefahren. Wadjda blinzelte in den staubigen Nachmittag und setzte ihren Weg langsam fort. Dabei warf sie den Stein, den ihr Vater ihr geschenkt hatte, auf verschiedene Ziele – eine Dose, einen Stock, einen Mauerstein in einer ungewöhnlichen Farbe – und dabei dachte sie immerzu an die Wunder des Universums. So viel war nötig gewesen, um sie zu genau diesem Zeitpunkt an genau diesen Ort zu bringen. Was war also ihre Bestimmung, jetzt, wo sie einmal hier war?

Pling! Ihr Stein prallte vom Gehweg ab und trudelte über ein unbebautes Grundstück. Oh nein. Wadjda seufzte und blickte ratsuchend zum Himmel. Sie spürte nichts außer der sengenden Hitze der Nachmittagssonne auf den Wangen. Wäre der Stein kein Geschenk ihres Vaters gewesen, hätte sie ihn liegen lassen und wäre weitergegangen. Aber so stapfte sie auf das staubige Gelände und versuchte ihn aufzuspüren.

»Ob irgendwer den Sinn des Universum kennt?«, fragte sie halblaut, während sie in Müll und Unkraut stocherte. Ihre Eltern schienen nicht so recht zu wissen, was sie taten, und sie waren uralt! Was, wenn sie nur immer älter wurde und nie rausbekam, was sie hier eigentlich tun sollte?

Ein paar Minuten vergingen. Wadjda wurde nervös. Hatte sie den Stein verloren? Sie bekam nicht viele Geschenke von ihrem Vater und dieses hatte sich wie etwas ganz Besonderes angefühlt. Wie ein Beweis dafür, dass er in den langen Wochen, die er weg war, an seine Steine werfende Tochter dachte. Sie stellte ihn sich immer vor, da draußen mitten im Nirgendwo.

Wenigstens zwei Mal hat er an mich gedacht, sagte sie sich. Einmal, als er den Stein aufgehoben hat, und noch einmal, als er ihn mit nach Hause genommen hat.

Vor ihr stand eine stachelige grüne Pflanze, deren Blätter von der Sonne verbrannt waren. Die Zweige waren mit gelbem Staub bedeckt. Wadjda schob sie aus dem Weg und fand ihren Stein darunter, neben einer leeren Zigarettenschachtel. Ein Lächeln ging über ihr verschwitztes Gesicht und trotz der unendlichen Hitze fühlte sie sich leicht und kühl. Sie richtete sich auf und suchte sich ihr nächstes Ziel. Ihr Blick ging hoch, hoch, hoch, ihr Arm auch, sie schaute zum Horizont …

Und genau in diesem Moment, über dem Zaun am anderen Ende des Geländes, erschien ein Traumbild am Himmel. Ein wunderschönes, glänzendes, grünes Fahrrad! Es hing in der Luft und funkelte in der Sonne.

Mit offenem Mund stand Wadjda da, erstaunt und ungläubig. Aufregung kribbelte ihr bis in die Finger- und Zehenspitzen. Das war doch nicht echt? Das konnte nicht sein! Sie blinzelte, sie schüttelte den Kopf. Sie schob ihren Schleier zurück und entblößte ihr Gesicht fast vollständig – und sie riss die Augen so weit auf, wie es nur ging.

Das Fahrrad schwebte immer noch über dem Zaun, es bewegte sich kein bisschen. An der Stelle, an der die Holzbretter auf den Himmel trafen, schien es zu warten, bereit zu einer Fahrt.

Eine gefühlte Ewigkeit lang starrte Wadjda das Rad nur an. Sie ließ den Arm sinken und steckte ihren schwarzen Stein in die Tasche. Ihr Blick klebte an dem Fahrrad. Es war wie ein Traum. Der schönste Traum, den sie je gehabt hatte.

Plötzlich setzte sich das Fahrrad in Bewegung, es glitt auf dem Zaun entlang, die Pedale drehten sich langsam im Kreis, wie von unsichtbaren Füßen getreten. Am Ende des Zaunes kam es ganz in ihr Blickfeld und da sah Wadjda dann, dass ihr wunderschönes grünes Fahrrad oben auf einem Lieferwagen stand.

Ihr ganzes Herz hing plötzlich an diesem Fahrrad. Sie merkte nicht mal, dass ihre Füße sich in Bewegung setzten, sie rannte dem Wagen hinterher, das Herz hämmerte in ihrer Brust. Das Fahrrad verschwand hinter der nächsten Straßenecke im Strom der Autos, die sich auf der Straße drängelten. Der Lieferwagen schob sich zwischen einen glänzenden roten Ferrari und einen verrosteten Pick-up, die beide eine alte Limousine überholen wollten. Alle Autos hielten auf die Ampel an der nächsten Kreuzung zu.

Dort wurde das Chaos noch größer, weil auf drei markierten Fahrspuren fünf Autoschlangen fuhren. Mit lautem Hupen und dröhnenden Motoren drängten die Fahrer über die Seitenstreifen in die Straßenmitte. Die einzige Verkehrsregel, die in Riad galt, war das Recht des Stärkeren. Hier zu fahren war nichts für Feiglinge. Es war wichtig, immer in Bewegung zu bleiben. Man durfte niemals nachgeben oder sich von anderen, furchtloseren Fahrern einschüchtern lassen.

Wadjda sah, wie der Lieferwagen in die nächste Straße abbog und verschwand. Wieder hatte sie keine Kontrolle über ihre Füße. Sie sprintete, atemlos. Als sie den Lieferwagen einholte, parkte er vor einem Spielwarenladen. Es war ein ganz normales Geschäft mitten in einer ruhigen Ladenstraße am Rande ihres Viertels. Wadjda hatte hier noch nie etwas gekauft, eigentlich war ihr dieser Laden noch nicht einmal aufgefallen.

Aber heute luden Männer hier eine Menge großer Kartons ab, ein Fahrrad nach dem anderen trugen sie hinein, jedes war zum Schutz in Plastik gewickelt. Wadjda drängelte sich zwischen den Arbeitern durch, sie reckte den Hals.

Wo ist denn das grüne?, dachte sie. Das Herz klopfte ihr im Hals. Doch sie konnte das wunderschöne Fahrrad nirgends entdecken. Es war verschwunden.

Ein älterer Mann in traditioneller Kleidung, langem, weißem *thawb* und rot karierter *ghutra*, ging durch das Meer von Sachen. Er fiel Wadjda sofort auf.

Er hat etwas Besonderes an sich, dachte sie. Vielleicht liegt es daran, dass er mitten im Sommer so eine merkwürdige, warme Weste trägt?

Aber besonders auffällig war, wie entspannt er wirkte, so als ob er alles auf die leichte Schulter nahm. Er hatte ein großes Lächeln im Gesicht, das in seinen Augen strahlte. Ab und zu scherzte er mit den Arbeitern, die die Waren abluden.

Schließlich fuhr der Lieferwagen wieder los und der Mann verschwand im Laden. Wadjda drückte die Nase an die heiße Fensterscheibe. Durch die dünne Staubschicht sah sie ihn, er beugte sich gerade vor und hob etwas Schweres hoch. Als er wieder durch die Tür kam, sang Wadjdas Herz vor Freude. Es war das Fahrrad! Er trug es vor das Schaufenster zu den anderen ausgestellten Waren. Der grüne Rahmen glänzte in der heißen Sonne, das Rad funkelte wie ein kostbarer Smaragd. Die leichte Nachmittagsbrise spielte mit den bunten Bändern an den Griffen. So schön war kein anderes Rad, es stach hervor unter all den anderen Spielsachen und Rädern.

Der Mann, der vermutlich der Besitzer des Ladens war, schaute das Rad bewundernd an. Mit der Hand strich er über den glatten, schwarzen Ledersattel und wischte den Staub ab. Lächelnd nahm er ein Schild aus einer Mappe, schrieb darauf: *Nur 800 Riyal!* und stellte es auf den Lenker. Dann ging er wieder in den Laden und legte eine alte Schallplatte auf einen noch älteren Plattenspieler.

In dieser ganzen Zeit schien er das fremde Mädchen vor seiner Tür gar nicht zu bemerken, das ehrfürchtig das Fahrrad anstarrte.

Knisternd lief die Platte an. Wadjda erkannte die weiche, honigsüße Stimme von Talad Maddah, einem der ersten saudischen Sänger, dem Lieblingssänger ihrer Mutter. Sein sanftes Lied drang aus dem Laden, erfüllte die Straße. Wadjda legte den Kopf schräg. Na so was, dieser Mann hörte solche Musik, damit wurde er für Wadjda noch interessanter. Talal Maddah war berühmt – oder berüchtigt –, er war nämlich bei einem Auftritt in einer der wenigen Livesendungen, die in Saudi-Arabien erlaubt waren, an einem Herzinfarkt gestorben. Er war singend gestorben, vor Millionen seiner Fans.

Am nächsten Tag war er von allen Imamen im Land verdammt worden. Sie sagten, er käme geradewegs in die Hölle, wo seine Seele auf ewig gepeinigt werden würde.

»Warum waren sie so wütend?«, hatte Wadjda ihre Mutter gefragt, als sie seine Musik gehört hatten.

»Talal Maddah hat über die Liebe zwischen Menschen gesungen.« Die Mutter machte ein trauriges Gesicht. »Du weißt ja, solche Musik ist *haram.*« Das hieß verboten. »Religiöser

Gesang ist in Ordnung – aber so etwas und noch dazu mit Instrumenten? Das ist das Schlimmste!«

Wie wahr. Die Imame hielten die Lieder von Talal Maddah für schlecht und unmoralisch. In der Öffentlichkeit irgendeine Form von Musik zur Aufführung zu bringen, betrachteten die religiösen Autoritäten als große Sünde, und am Ende war einer der größten Künstler des Königreiches arm und verflucht gestorben. Aber in diesem Moment, in dem Wadjda das Fahrrad anstarrte, berührte die schmerzliche Sehnsucht von Talal Maddahs Liedern ihr Herz. Endlich verstand sie, wovon er sang!

Langsam, ganz langsam strich Wadjda über das glänzende Chrom des Lenkers. Der breite Sattel gab dem Rad einen altmodischen Charme. Es war wunderschön. Es war robust. Es sah unglaublich cool aus.

Und es ist auch ein Mädchenrad, bemerkte Wadjda. Das sah man an dem tiefen Einstieg zwischen Lenker und Sattel – da war Platz für Röcke, wie sie die Mädchen in ihren Zeitschriften trugen. Verwirrt zog Wadjda die Nase kraus.

Warum bestellte der Besitzer wohl ein Mädchenrad? Welches Mädchen würde denn auf einem Fahrrad durch die Straßen von Riad fahren?

In dem Augenblick, in dem Wadjda diese Fragen in den Sinn kamen, war es ihr auch schon glasklar: Das hier war ihr Fahrrad. Sie war das Mädchen, das damit fahren würde!

Die Hitze war jetzt ein wenig erträglicher, denn die Sonne war etwas gesunken. Es war spät geworden. Wadjda musste sich beeilen, nach Hause zu kommen, wenn sie noch Zeit für sich haben wollte. Doch es war so schwer, sich loszureißen. Ihr Blick ging wieder zu dem Schild mit dem unmöglich hohen Preis.

Wieder kam der Mann aus dem Laden. Er machte große Augen, denn er hatte nicht damit gerechnet, dass Wadjda immer noch da stand. Einen Augenblick lang schaute er sie nur an. Sie guckte zurück, verwirrt und rätselnd. Er war so viel lockerer als die anderen Ladenbesitzer, in der Wahl seiner Kleidung und in seinem Musikgeschmack. Trotzdem war er offensichtlich nicht begeistert, sie hier zu sehen. Mit einer Kopfbewegung – ganz schnell, auf und wieder ab – wies er auf das Schild.

»Es kostet achthundert Riyal. Ich glaube, das ist zu teuer für dich.«

Als er redete, ging der Anflug eines Lächelns über seine Lippen. Dann wirkte er wieder streng und müde, so als ob er es satt habe, dass den ganzen Tag lang Kinder durch seinen Laden liefen, die nie etwas kauften.

Du wirst schon sehen, alter Mann!

Wadjdas Herumwandern hatte einen Zweck. Teuer oder nicht, das grüne Fahrrad würde ihr gehören. Wadjda reckte das Kinn vor – bei ihr gab es kein Lächeln, nur Entschlossenheit. Sie sah das Fahrrad an. Und dann den Ladenbesitzer. Und sie nickte, eine ganz schnelle Bewegung, auf und ab. Ihre Augen sagten ihm: Ich kaufe es dir ab. Ehe du dich versiehst, werde ich es kaufen!

Das Gesicht des Ladenbesitzers zeigte keine Regung. Langsam drehte Wadjda sich um und ging davon. Hinter ihr wehte Talal Maddahs Serenade die einsame Straße entlang. Gedanken an die Liebe und das Leben gingen Wadjda durch den Kopf, an Licht in der Dunkelheit und an tausend poetische Dinge, die sie nicht verstanden hatte bis zu dem Augenblick, in dem sie ihr grünes Fahrrad gesehen hatte.

7. KAPITEL

Auf ihrem Heimweg kam Wadjda an den riesigen Häusern im vornehmen Teil der Stadt vorbei. Jedes von ihnen war groß wie ein Palast, es waren gigantische Bauten mit vielen Stockwerken. Ganze Flotten von glänzenden, neuen Autos parkten davor. Wadjda stellte sich sonst immer gern vor, wie die vielen Diener und Arbeiter in den Häusern herumliefen und für die Familien sorgten.

Aber heute war sie abgelenkt. Ihre Gedanken rasten und sie ging mit einer ganz neuen Zielstrebigkeit voran. Sie konnte nur ihr grünes Fahrrad sehen, wie es vor ihr in der Luft schwebte, strahlend wie eine Vision am dunkler werdenden Himmel.

Sie ging schnell und nahm eine Abkürzung durch das vermüllte Gelände zwischen den Villen. Dieses Land war wegen Erbschaftsstreitigkeiten nicht bebaut worden. Söhne stritten erbittert darum, wem ihr Vater das Land hinterlassen hatte. Brüder gerieten sich in die Haare und kämpften jahrelang um die besten Grundstücke. Und wegen all dieser Kämpfe sahen sogar die schönsten Viertel in Riad aus, als wären sie direkt neben Müllhalden erbaut worden.

Überall an der Straße waren Baustellen. Jeden Tag, so schien es, wurde ein neues Gebäude errichtet. Die Stadt wuchs weiter in die Wüste hinein, bedeckte Hektar um Hektar Land, das einmal nichts als wehende Sanddünen gewesen war. Wadjda rannte an einem der größeren Bauprojekte am Ende der Straße vorbei, das hier von einem mächtigen Mann wie Abdullahs Onkel in Auftrag gegeben worden war.

Im Laufen zählte sie immer wieder die Geldscheine durch, die sie heute in der Schule eingenommen hatte. Ganz gleich, wie oft sie auch zählte, es wurden nicht mehr als fünfundzwanzig Riyal. Wadjda schaute noch ein letztes Mal nach, es hätte ja sein können, dass sie ein paar kleinere Scheine übersehen hatte. Aber das hatte sie nicht. Frustriert stopfte sie das Geld wieder in ihre Tasche. Dann nahm sie den schwarzen Stein und schleuderte ihn mit ganzer Kraft über das Feld.

Sie verfehlte ihr Ziel, eine Coladose. Die war viel zu weit weg gewesen. Wadjda stieß einen kurzen Wutschrei aus. Sie brauchte dieses Fahrrad! Wenn sie ein Rad hätte, könnte sie mit Abdullah und den anderen Jungen mithalten. Und die würden endlich mal neidisch auf sie sein. Sie würden sehen, wie die Sonne auf ihrem wunderschönen grünen Rad blitzte, wenn sie vorbeifuhr, weiter und immer weiter voran, bis sie glorreich im Sonnenuntergang verschwand.

Vielleicht konnte sie ja noch mehr Armbänder flechten und sie in der Schule verkaufen. Oder noch mehr Musikkassetten zusammenstellen.

Ein Stück vor ihr arbeitete eine Gruppe von Männern an einer halb fertigen Luxusvilla. Wie die Ameisen krabbelten sie herum und schlugen Nägel in Bretter, auf denen irgendwann die oberste Etage entstehen würde. Als Wadjda auf das Feld lief, hörten die Männer auf zu arbeiten und drehten sich nach ihr um.

Verlegen huschte Wadjda über die große freie Fläche, sie

hatte die Arme um den Körper geschlungen und den Blick auf den Boden gerichtet. Sie war so in Gedanken an ihr Fahrrad versunken gewesen, dass sie die Männer nicht gesehen hatte. Jetzt war sie ihren aufmerksamen Blicken ausgesetzt, wehrlos und völlig allein. Kalter Schweiß rieselte ihr den Rücken runter. Wadjdas Hände zitterten vor Angst.

»Hey, schöner Wurf! Komm doch hoch und spiel mit uns. Lass mich mal diese Äpfelchen anfassen!«, rief einer der Männer. Der neben ihm kicherte bedrohlich.

Wadjda erstarrte und versuchte so zu tun, als hätte sie es nicht gehört. Sie dachte an das Plakat in der Aula, auf dem stand, dass Männer Wölfe in Menschengestalt waren. Vielleicht stimmte das ja. Im Moment fühlte sie sich wie ein Kaninchen, das über ein leeres Feld hoppelte. Ein Rudel hungriger Bestien verfolgte sie knurrend.

Hoch über ihrem Kopf lachten die Männer grob. Jetzt war es eine ganze Gruppe, die am Rand des unfertigen Daches stand und nach unten glotzte.

Wadjdas Gesicht brannte vor Scham, Angst, Verlegenheit. Als sie auf die Stelle zulief, an der ihr Stein aufgekommen war, erschien Abdullah wie aus dem Nichts und sammelte ihn auf. Sein Blick war auf das über ihnen aufragende Gerüst gerichtet und er funkelte die Arbeiter wütend an. Die riesige Hülle des Gebäudes hatte etwas Bedrohliches. Die Silhouetten der Männer waren so viel größer als Abdullah oder Wadjda, dass die beiden zwergenhaft wirkten.

Vielleicht lag es an Abdullahs selbstbewusstem Gesichtsausdruck, jedenfalls entspannte sich Wadjdas ganzer Körper, als sie ihn sah. Am liebsten hätte sie ihn umarmt und geweint. Vielleicht konnten sie die Arbeiter gemeinsam mit Steinen bewerfen. Nur um sie ein bisschen zu erschrecken und sie davon abzuhalten, so fürchterliche Sachen zu rufen.

Gott sei Dank bist du da, hätte sie beinahe laut ausgerufen, aber dann fiel ihr wieder ein, wie wütend sie war. Abdullah hatte ihren Schleier ruiniert, und es war seine Schuld, dass sie von Ms Hussa heruntergeputzt worden war! Sie stürzte auf ihn zu und schnappte ihm den Stein aus der Hand. Dann hob sie einen anderen, größeren Stein auf, den sie nach ihm warf, bevor sie in die andere Richtung davonrannte.

»Nimm das!« Sie zielte ein Stück über seinen Kopf. »Und hör auf, mir nachzulaufen. Mit dir spiele ich nicht mehr. Weißt du, wie das war in der Schule – ohne Schleier? Die Lehrer haben mich den ganzen Tag draußen in der Sonne stehen lassen!«

Noch bei den letzten Worten achtete Wadjda darauf, dass ihre Stimme nicht brach. Ihr Freund wich dem schlecht geworfenen Stein aus und sah sie beschämt an. Wadjdas Miene blieb kühl. Sie steckte ihren Stein in die Tasche und machte sich auf den Heimweg.

»Warte!«, rief Abdullah. Er rannte zurück zu seinem Fahrrad und zog ein Paket vom Gepäckträger. Kleinlaut hielt er es ihr hin. Seine Hand zitterte ein ganz kleines bisschen. »Hier«, sagte er. »Das habe ich dir gekauft.«

Argwöhnisch starrte sie ihn an. Aber schließlich nahm sie das Paket. Sie riss das Papier auf und schnappte nach Luft, als der Wind es erfasste und einen neuen schwarzen Schleier in der Luft flattern ließ. Er war schön. Eine gelbe, mit Perlen gestickte Blume schmückte den Rand.

Einen Moment lang schauten Abdullah und Wadjda auf den im Wind tanzenden Stoff. Dann nahm Wadjda sich zusammen und stopfte den Schleier in ihre Schultasche.

»Damit sind wir noch nicht quitt.« Ein Lächeln huschte über ihr Gesicht. »Weißt du, wann wir quitt sind? Wenn ich auf meinem neuen Fahrrad gegen dich gewinne! Bald schlag ich dich in jedem Rennen.«

»Was?« Abdullahs entschuldigender Ton war wie weggeblasen. »Du machst wohl Witze, Wadjda! Mädchen können keine Fahrräder haben!«

»Dann wird es wohl besonders peinlich, wenn ich gewinne!«, sagte Wadjda. Sie sah ihn herausfordernd an und wandte sich dann erneut zum Gehen. Abdullah sprang auf sein Rad und wollte in die entgegensetzte Richtung davonfahren, aber in diesem Moment kam ein kleiner Lieferwagen vorbei. Die Räder rumpelten über das Gelände und wirbelten eine Staubwolke auf, die ihn von Kopf bis Fuß einhüllte.

Wadjda schaute sich um, sah ihren Freund voller Dreck und Sand dastehen und lachte schallend. Abdullah wischte sich den Staub vom Gesicht und streckte die Zunge raus. Er fluchte und spuckte Sand. Wadjda lachte noch mehr.

Schließlich lächelte Abdullah. Sie waren wieder Freunde.

Der Gedanke machte Wadjdas Herz froh. Aber sie war nun noch entschlossener, ihr grünes Fahrrad zu bekommen, mit ihm um die Wette zu fahren und zu gewinnen!

Ein verärgert wirkender Mann, sicher der Bauunternehmer, stieg aus dem Lieferwagen und stapfte auf die Arbeiter zu. Er bemerkte Wadjda und Abdullah nicht. Die Männer auf dem Gerüst waren auf einmal sichtlich angespannt. Sie hetzten nach unten und nahmen den Bauunternehmer am Seiteneingang in Empfang.

»Den ganzen Tag – und ihr habt nur eine Säule gebaut? Ich bezahle fünf Männer und ich kriege eine lausige Säule? Ihr macht mich arm!« Die Stimme des Mannes klang schroff und gemein. Er versetzte dem Arbeiter, der neben ihm stand, einen Schlag in den Nacken und zerrte ihn vor wie einen kleinen Jungen, der in der Schule beim Schummeln erwischt worden war.

»Geh zum Auto. Geh«, sagte er herablassend und redete dann in gebrochenem Arabisch weiter: »Wir machen andere Haus fertig.«

Als Wadjda sah, wie die eingeschüchterten Arbeiter auf die Ladefläche des Lieferwagens kletterten, wurde sie ganz traurig. Sie taten ihr leid, trotz des unverschämten Verhaltens. Sie hätte ihnen gern gesagt, dass sie netter sein sollten, dass sie alle zusammen hier festsaßen. Dass sie ihren Frust nicht an kleinen Mädchen auslassen sollten und dass es echte Wunder im Universum gab und jeder eine Bestimmung hatte. Ihre eigene hatte sie heute vielleicht gesehen – in der Gestalt eines grünen Fahrrads.

Aber sie sagte nichts. Sie sah dem Wagen nach, der in einer Staubwolke davonfuhr.

8. KAPITEL

Die Klimaanlage über Wadjdas Schreibtisch spuckte eiskalte Luft aus. Aber nur der obere Teil ihres Kopfes spürte ein wenig Erleichterung. Die erdrückende Hitze des Nachmittags hatte das ganze Haus aufgewärmt wie einen Backofen, und die Klimaanlage half nur, wenn man direkt darunter saß.

Stirnrunzelnd kletterte Wadjda auf ihren Schreibtischstuhl und klemmte eine dunkle Wolldecke am Fenster fest. Das war ein zusätzlicher Schutz vor der Sonne und würde der Klimaanlage hoffentlich helfen, der Hitze noch ein paar Meter mehr abzuringen.

Meine Collage mag ich gar nicht verdecken, dachte sie. Wenn sie nach Hause kam, sah sie sich die ausgeschnittenen Bilder an, während sie Armbänder flocht. Leider brauchte sie die Decke an superheißen Tagen. Vorsichtig hob Wadjda einen Deckenzipfel und schaute sich ihr Lieblingsbild an.

Vier Mädchen, von oben bis unten in *abayas* gehüllt, glitten auf Schlittschuhen durch eine öffentliche Eishalle. Das Foto hätte im Einkaufszentrum ihres Viertels aufgenommen worden sein können, da gab es eine große Eisbahn. Das schöne Oval aus glitzerndem Eis sah aus wie ein Juwel in der Mitte des großen Gebäudes, einem hypermodernen Labyrinth aus zahllosen Korridoren. Wadjda hatte ihre Mutter angefleht, sie dort eislaufen zu lassen, aber ihre Mutter hatte das immer abgelehnt. Das Einkaufszentrum war das Herz des gesellschaftlichen Lebens in Saudi-Arabien – nicht nur für Jugendliche. Die Erwachsenen liebten es auch. Aber Wadjda hatte keinen Fahrer und Mädchen in ihrem Alter durften nicht allein ins Einkaufszentrum gehen. Außerdem wussten alle, dass Paare zum Flirten dorthin gingen, Begleitung war also unbedingt erforderlich.

Sauer warf Wadjda sich aufs Bett. Wenn ihre Mutter doch bloß nicht so eine Angst davor gehabt hätte, mal was zu riskieren! Nicht mal die winzigsten Dinge, die nur ein kleines bisschen ungewöhnlich waren, traute sie sich zu tun.

Und die Welt ist doch schon so klein, dachte Wadjda. So begrenzt.

Andererseits hatte die Mutter durchaus Grund dazu, ängstlich zu sein. Wadjda hatte das Bild aus einer Zeitung herausgerissen. In dem Artikel dazu wurde berichtet, dass die Religionspolizei Mädchen das Eislaufen im Einkaufszentrum verboten hatte. *Wer beim Mieten von Schlittschuhen gesehen wird oder Mädchen älter als sieben Jahre aufs Eis lässt, wird bestraft* lautete die Überschrift. Der Eisring würde sonst geschlossen werden, und der Gastarbeiter, der gegen das Verbot verstoßen hatte, würde seine Arbeitserlaubnis verlieren und sofort heimgeschickt werden.

Mädchen konnten diese Arbeiter leicht bestechen, sie reinzulassen, wenn niemand hinsah. Fatin und Fatima hatten auf dem Schulhof damit angegeben, dass sie es gemacht hatten. Mit ein bisschen Geld ließe sich bei Gastarbeitern viel bewirken, hatten sie gesagt. Ihr Mut hatte Wadjda inspiriert, Eislaufen stand immer noch auf ihrer Liste von Dingen, die sie unbedingt machen wollte. Auf dieses blöde Verbot würde sie pfeifen!

Aber Schluss mit den Tagträumen. Sie musste sich auf etwas Wichtigeres konzentrieren: Geld. Sorgfältig legte Wadjda die Scheine und Münzen aus ihren Einnahmen auf dem Bett aus. Das war ihr ganzer Schatz. Sie riss eine Seite aus ihrem Schulheft und schrieb in großen Buchstaben darauf: *800 Riyal.* Ihr neues Ziel!

Mit dicken schwarzen Strichen zeichnete sie eine Tabelle darunter, auf der sie ihren Weg zum Sieg verfolgen konnte. Dann holte sie tief Luft und begann leise das Geld zu zählen: »Zehn Riyal, fünfzehn Riyal, siebzehn, achtzehn, neunzehn, zwanzig, einundzwanzig, zweiundzwanzig, dreiundzwanzig, vierundzwanzig … fünfundzwanzig Riyal.«

Nein! Das reichte noch lange nicht. Wenn sie die achthundert zusammenkriegen wollte, die sie für das Fahrrad brauchte, musste sie sich ernsthaft anstrengen. Aber fünfundzwanzig Riyal waren ja auch schon was. Wadjda trug die Zahl in ihre Tabelle ein, lehnte sich auf ihr Kissen zurück und schloss die Augen, um sich ihren nächsten Schritt zu überlegen.

Es war still im Haus. Das einzige Geräusch war das Summen der Klimaanlage. Der Luftstrom bewegte die Ecken der Wolldecke ein wenig hin und her. Die Müdigkeit zerrte an Wadjda. Sie merkte, wie sie in den Schlaf hinüberdriftete, wie ihr Atem langsamer wurde und die Gedanken anfingen zu wandern. Sie wollte so gern ein kleines Nickerchen machen. Aber sie durfte der Erschöpfung nicht nachgeben. Nur an diesen stillen Nachmittagen war sie ganz allein zu Hause. Wenn sie dieses Fahrrad haben wollte, musste sie arbeiten.

Zuerst die Armbänder. Wadjda setzte sich auf, schüttelte die Müdigkeit ab und verschaffte sich einen Überblick über die Bestellungen. Mehrere Mädchen wollten Armbänder in den

Farben ihrer Lieblingsmannschaften aus der ersten Liga der saudischen Fußballclubs haben. Al Hilal, die Mannschaft von Riad, war sehr beliebt. Blau und Weiß waren ihre Farben. Al Nasr, die Mannschaft, die im nahe gelegenen King Fahad Stadion spielte, trug Blau und Gelb, damit war man also auch immer auf der richtigen Seite.

Vorsichtig rollte sie die bunten Fäden ab, streckte die Beine und beugte sich weit vor, damit sie die Bänder an ihre großen Zehen binden konnte. Mit flinken Fingern verwebte sie dann die bunten Fäden zu komplexen Mustern.

Sie war so versunken in diese Arbeit, dass sie ziemlich lange brauchte, bis sie ihr Magenknurren bemerkte. Zum Glück hatte ihre Mutter am Abend vorher *kapsa* gekocht. Bei diesem Gedanken knurrte Wadjdas Magen ganz laut. Wenn man *kapsa* machte, löffelte man geröstete Zwiebeln, Rosinen und Mandeln auf weich gekochten Reis mit ganz viel Kardamom, Zimt, Nelken und schwarzen Limetten. Das Ganze wurde mit gegrilltem Hühnchen gekrönt, das mit Tomatenpaste bedeckt war. Gegen Ende des Monats, wenn das Geld zur Neige ging, musste Wadjdas Mutter auf die teureren Zutaten wie Mandeln verzichten. Aber es war noch nicht so weit – und das *kapsa* war perfekt.

Ich sollte mir einen Teller davon holen, dachte Wadjda.

Die Haustür ging auf und das Geräusch riss sie aus ihren Träumen. Sie zerrte den Faden von ihren Zehen, sprang vom Bett und flitzte auf ihren Platz in der Küche, wo sie immer ihre Hausaufgaben machte. Noch ehe ihre Mutter zur Tür herein war, hatte Wadjda ihre Hefte aufgeschlagen und den Bleistift in der Hand. Sie hielt ihn über das Papier und setzte sich gerade hin, wie eine Musterschülerin.

Die Haustür knallte zu. Schon bevor die Mutter die Küche

betrat, konnte Wadjda sie schwer atmen hören. Sie nahm den Schleier ab und fächelte sich hektisch mit beiden Händen Luft zu. Ihr Gesicht war rot und aufgedunsen und ihre Haare sahen aus wie die von Wadjda – wirre Locken und verrutschte Spangen.

»Drei Stunden im Auto ohne Klimaanlage! Es war schrecklich. Ich weiß nicht, wie lange ich das noch durchhalte. Oh, *habibti*, ich wünschte, ich könnte diesen blöden Lehrerjob an den Nagel hängen.« Die Mutter ließ sich auf einen Stuhl fallen, zog die schweren Schuhe und schwarzen Socken aus und rieb sich die Füße. »Ich schwöre es, diese Fahrten werden mich noch umbringen. Ich würde lieber Obst vorm Krankenhaus verkaufen, als jeden Tag diese grässliche Fahrt zu machen!«

Wadjda nickte und sprang auf, um die Klimaanlage in der Küche anzuschalten. Ihre Mutter tat ihr so leid. Jeden Tag kam sie ganz aufgebracht nach Hause – wegen Iqbal, seinem Auto, der ganzen schrecklichen Fahrt zur Arbeit.

Iqbal nimmt ihr einen Haufen Geld ab, da kann er doch wenigstens die Klimaanlage seiner Schrottkiste reparieren lassen, dachte Wadjda.

»Wenn Iqbal redet, kommt immer nur heiße Luft raus. Dabei braucht er kalte Luft viel nötiger, *ummi*«, sagte sie und grinste frech.

Ihre Mutter lächelte zurück. Dann ging sie mit einem tiefen Seufzer an den Herd und machte sich an die Vorbereitungen fürs Abendessen. Wadjda drückte sich an der Spüle herum, während ihre Mutter das Gemüse wusch und den Teller mit dem *kapsa* von gestern aus dem Kühlschrank holte. Sie kochten zusammen.

Wadjda überlegte, was sie tun konnte, um ihre Mutter wirklich aufzumuntern. Und wann war der richtige Zeitpunkt, ihr von dem Plan, das grüne Fahrrad zu kaufen, zu erzählen? Wie sollte sie dieses Thema am besten anschneiden? Ihre Mutter war unberechenbar. Manchmal konnte sie sich für eine Idee begeistern, stieg mit in die Überlegungen ein und tüftelte Strategien und Pläne aus. Dann wieder runzelte sie die Stirn und schüttelte den Kopf – und erlaubte Wadjda nicht, je wieder über ihre Idee zu sprechen.

Das Fahrrad war zu wichtig, sie durfte keinen Fehler machen. Wadjda wollte es ganz selbstverständlich ins Gespräch einfließen lassen, so als wäre es keine große Sache. Das war es natürlich, aber sie würde ganz ruhig bleiben, während sie darüber redeten. Je cooler man war, desto besser lief es mit ihrer Mutter.

Während sie Pläne schmiedete und verwarf, stellte sie sich immer wieder vor, was für ein Gesicht Abdullah machen würde, wenn er sie auf ihrem brandneuen Fahrrad sah …

Ein Grinsen schlich sich auf ihr Gesicht, sie konnte gar nichts dagegen machen. Ihre Augen blitzten, als sie sich an den Küchentisch lehnte. Ihre Mutter schaute von dem Topf auf, den sie auf dem Herd stehen hatte. Als sie Wadjdas Gesicht sah, zog sie die Augenbrauen zusammen.

»Dieser Gesichtsausdruck gefällt mir nicht. Was hast du vor?«

Den Bruchteil einer Sekunde überlegte Wadjda, ob sie es ihrer Mutter nun sagen sollte oder nicht. Wenn ihre Mutter nicht einverstanden war, war es fast unmöglich, das Fahrrad zu bekommen.

Aber sie konnte nicht anders. Sie schlug alle Vorsicht in den Wind und platzte heraus: »Ich kaufe mir ein Fahrrad, damit ich mit Abdullah Al Hanofi um die Wette fahren kann! Vielleicht in zwei Wochen, wenn die Geschäfte gut laufen!«

Ihre Mutter ließ die Teller scheppernd in die Spüle rutschen. Als ihr klar wurde, was Wadjda da gesagt hatte, verfinsterte sich ihre Miene. Genau so guckte sie, wenn sie wütend war, weil Wadjdas Vater tagelang zu Besuch bei seiner Mutter war.

»Ein Fahrrad?«, wiederholte sie.

»Ja. Mein Geschäft läuft so gut, *ummi!* Heute habe ich Tic-Tacs für vier Riyal verkauft.«

»Oh, Wadjda, hab ich es dir nicht schon hundert Mal gesagt! Du darfst in der Schule nichts verkaufen. Die lassen dich für den Rest deines Lebens in der Sonne stehen.«

Die harschen Worte ihrer Mutter holten Wadjda wieder in die Realität zurück. Sie blinzelte und sah, wie sich die schönen Bilder von ihr auf dem Fahrrad in Rauch auflösten.

Aber ihre Mutter war noch nicht fertig. »Ich will nicht noch mehr Anrufe von deinen Lehrern, die sich über dich beschweren!«, sagte sie und fuchtelte verzweifelt mit den Händen in der Luft herum.

Wadjda konnte traurig werden – oder wütend. Sie entschied sich für Letzteres, verdrehte die Augen und stapfte in ihr Zimmer. Hinter ihr schimpfte die Mutter immer noch, ihre Stimme wurde immer lauter.

»Und diesen Fahrradkauf kannst du dir aus dem Kopf schlagen! Was für ein aberwitziger Plan! Ein Fahrrad! Hast du schon mal ein Mädchen Rad fahren sehen?«

Nie wieder erzähle ich ihr irgendwas!, dachte Wadjda. Sie knallte ihre Tür hinter sich zu, laut. Sie versteht nie was. Sie versucht es nicht mal!

Dann nahm sie ihr halb fertiges Armband, wickelte sich die Fäden um die großen Zehen und ging wieder an die Arbeit.

9. KAPITEL

Am nächsten Morgen betrat Wadjda ihr Klassenzimmer mit einer Mission: Kundenfang.

Das Mädchen, das emsig die Tafel wischte, schied aus. Ohne stehen zu bleiben sauste Wadjda an ihr vorbei. Aus Erfahrung wusste sie, dass man ihr nur schwer etwas andrehen konnte. Zwei andere Mädchen saßen mit ihren Hausaufgaben in der letzten Reihe.

»Diesen Satz musst du ein bisschen verändern«, flüsterte die eine. »Sonst merkt sie, dass du abgeschrieben hast!«

Sie schaute sich nervös um, sah Wadjda und sagte so laut, dass alle in Hörweite es mitkriegen mussten: »Oha! Da kommt die Verkäuferin!«

Egal. Wadjda schüttelte das mit einer Kopfbewegung ab. Sie stopfte ihre *abaya* in ihr Fach und warf den Schleier über den Stuhl, dann rannte sie raus auf den Schulhof. Eines der kleineren Mädchen sprang auf und kam ihr entgegen.

»Hallo, Wadjda«, flüsterte sie. »Bist du fertig mit den Armbändern?«

»Nicht ganz«, antwortete Wadjda leise. »Heute habe ich nur zehn. Wenn du eins haben willst, musst du zwei Riyal extra bezahlen.«

Das kleine Mädchen runzelte die Stirn und überlegte, ob die

Sache das wert war. Als Wadjda sie zögern sah, beschloss sie, etwas Druck zu machen. Wenn sie das Rad haben wollte, durfte sie sich kein Geschäft entgehen lassen.

»Es ist eine Menge Arbeit«, sagte sie leise. »Ich hab mich fast umgebracht dabei. Und letzte Nacht bin ich so lange aufgeblieben – ich weiß nicht, ob ich so weitermachen kann!«

Der Gedanke, dass die Armbandquelle versiegen könnte, war anscheinend eine Entscheidungshilfe für das kleine Mädchen. Sie nickte. Wadjda schaute gebannt auf ihre Hände, als sie das Geld aus der Tasche ihrer Uniform zog. Mit jedem Riyal konnte sie das Fahrrad deutlicher vor sich sehen.

Die Übergabe fand statt und ein paar andere Mädchen scharten sich um sie. Ein kleines, siegessicheres Lächeln ging über Wadjdas Gesicht, als sie Armbänder verteilte und Geld einsammelte. Eine leichte Brise zauste ihre Locken. Noch war es nicht heiß. Die Sonne war schön, sie brannte noch nicht.

Das wird ein guter Tag!, dachte Wadjda.

Früh zur Schule zu kommen war eine ihrer geheimen Freuden. Der frühe Morgen war eine sichere Zeit für ihre Verkäufe und das war gut. Wenn man nämlich mit einer Kassette voller Liebeslieder erwischt wurde, hatte das schlimme Konsequenzen. Der Gedanke an dieses Gespräch mit Ms Hussa … Hilfe! Ein kalter Schauer lief Wadjda über den Rücken und sie schüttelte den Kopf, damit sie das Bild wieder loswurde.

Dann, in der halben Stunde, nachdem sie ihre Sachen verkauft, der Unterricht aber noch nicht begonnen hatte, konnte sie sich entspannen und ihre wohlverdiente freie Zeit genießen. Sie lief herum, spielte auf dem Schulhof, wirbelte Sand auf – und konnte dabei gar nicht aufhören zu lächeln. Beim Laufen war die Jeans unter ihrer Uniform zu sehen. Mit ihren Turnschuhen war sie schneller als alle anderen. So ein Freiheitsgefühl wie auf dem Rad war das wahrscheinlich nicht, aber es war nah dran.

In der hinteren Ecke des Hofes spielten einige Mädchen ein Hüpfspiel. Dieser ruhige Platz gleich hinter dem Bereich, in dem die Mädchen ihre *abayas* ablegten, war Wadjda Lieblingsplatz. Dort rannte sie hin, setzte sich und beugte sich vor, damit sie besser zugucken konnte. Aber vom Zugucken wurde sie immer ungeduldiger. Salma war an der Reihe – und sie bewegte sich wie in Zeitlupe. Dabei würde es gleich klingeln!

Endlich wurde Salma fertig und trat feierlich aus dem Kästchenfeld. Wadjda war sofort zur Stelle, sie grinste. Dann holte sie ihren Glücksstein aus der Tasche, warf ihn und hüpfte los. Nach einer ganzen Runde ohne Fehler bückte sie sich und hob ihren Stein auf.

Links neben ihr hatte Noura den Kopf gehoben. Sie guckte verängstigt, so als habe sie gerade ein schreckliches Ungeheuer gesehen.

»Wir müssen reingehen!«, rief sie. »Männer beobachten uns!«

Alle Mädchen erstarrten. Dann schauten sie ängstlich auf und suchten den Horizont über den mächtigen Mauern der Schule ab. Noura zeigte mit einer Hand in die Ferne, mit der anderen schirmte sie die Sonne ab. Ihre Finger zitterten. Wadjda hob auch die Hand. Sie konnte die Bauarbeiter auf dem weit entfernten Gebäude kaum erkennen.

»Die sind tausend Meilen weg, Blödi«, sagte sie lachend. »Von da können sie uns unmöglich sehen. Oder haben sie vielleicht Superkräfte?«

»Wenn du sie sehen kannst, können sie dich auch sehen«, erwiderte Noura. Wadjda schnaubte und konzentrierte sich wieder aufs Hüpfspiel. Noura lief rot an.

»Na gut«, zischte sie. »Alle guten Mädchen gehen rein. Die schlechten, die sich Männern zur Schau stellen wollen, können bleiben und allein hier draußen spielen.«

Sie winkte die Mädchen im Umkreis zu sich heran. Eine nach der anderen stand auf und folgte Noura ins Schulgebäude. Salma ging als Letzte. Sie wirkte traurig darüber, das Spiel aufgeben zu müssen, aber Wadjda wusste, dass sie es niemals wagen würde, gegen eine Regel zu verstoßen.

Als sie die schweren Türen hinter sich zuzog, schaute Noura sich mit einem triumphierenden Grinsen nach Wadjda um. Wadjda erwiderte ihre Häme mit einem wütenden Blick und streckte auch noch die Zunge raus, um ganz klar zu machen, was sie davon hielt.

»Geh du nur, du Streberin«, rief sie. »Mir doch egal. Du bist doch sowieso grottenschlecht im Hüpfen!«

Aber Noura und die anderen Mädchen waren schon drinnen. Wadjda zuckte mit den Schultern, warf ihren Stein und machte sich zum Hüpfen bereit. Sie balancierte gerade auf einem Bein, als sie aufschaute und Fatin und Fatima sah. Die beiden steckten die Köpfe zusammen und beugten sich über eine Zeitschrift. Sie gingen auf die Rückseite der Schule zu, da würden die Lehrerinnen sie nicht sehen.

Diese Mädchen! Wadjda schüttelte verblüfft den Kopf. Sie liefen herum, als ob ihnen hier alles gehörte. Hätte sie die beiden nicht so gern gemocht, wäre sie wütend geworden – oder neidisch.

»He, ihr da, ihr solltet nicht draußen sein. Männer könnten

euch sehen!«, brüllte Wadjda. Sie zeigte auf die Arbeiter, winzige, sich bewegende Punkte in der Ferne.

Fatin bedeckte ihr Gesicht und heuchelte Angst, sie sah Fatima an. Die riss entsetzt die Augen auf. »Männer?! Und sie beobachten uns? Ein Skandal! Oh nein, vielleicht erzählen sie jetzt überall herum, dass sie gesehen haben wie Wadjda Al Safan aufreizend auf dem Schulhof gespielt hat!«

Alle drei Mädchen schütteten sich aus vor Lachen, dann verstummten sie, denn sie befürchteten, die Lehrerinnen könnten sie hören.

»Und … wie ist die neueste Musikauswahl?«, fragte Fatin. Wadjda kramte in ihrer Tasche und holte eine Kassette heraus.

»Da ist alles dabei«, sagte sie. »Lieder aus jeder Ecke des Universums!« Sie hielt die Kassette hoch, schwenkte sie vor den Augen der Mädchen, wie ein Autoverkäufer die Schlüssel von einem neuen Ferrari schwenkte. »Hört die Hits von morgen – schon heute! Die hier kann euch gehören – für nur zehn mickrige Riyal!«

Fatin lachte laut los. Sie nahm die Kassette, überflog die Liste auf der Rückseite und nickte anerkennend. »Du kleiner Teufel, keine Ahnung, wo du diese Musik her hast, aber ich kaufe später ganz bestimmt eine. Und wie sieht's mit Armbändern aus?« Sie blätterte in der Zeitschrift und hielt ein Bild von einem Fußballspieler hoch. Er war groß und schlaksig, seine Haare fielen ihm ins Gesicht und er hatte sonnengebräunte, muskulöse Beine. »Guck dir dieses hinreißende Wesen an. Ich will ein Armband von seiner Mannschaft – Al Hilal.«

Wadjda nahm die Zeitschrift und sah sich das Bild genau an. Mit leuchtenden Augen. »Kein Problem«, sagte sie, ohne aufzuschauen. »Ich mache dir ein ganz besonderes – morgen kriegst du es.« Jetzt sah sie Fatin in die Augen und lächelte: »Aber das kostet auch zehn Riyal!«

Fatin tätschelte ihr den Kopf und nahm die Zeitschrift wieder an sich. Fatima grinste. »Bis morgen also, kleine Feilscherin.«

Wadjda zog ihren Kopf weg. »Bring meine Haare ja nicht durcheinander!«, sagte sie im nörgelnden Ton einer Lehrerin. »Übrigens, ihr dürft keine Zeitschriften mit in die Schule bringen! Ms Hussa wird euch fertigmachen.«

Fatin hatte sich schon umgedreht, aber sie blieb stehen und warf Wadjda einen verschwörerischen Blick zu. »Das sagt die Richtige. Deine Tasche ist ein Kiosk.«

Die drei Mädchen lachten und dann hüpfte Wadjda weiter – mit einem Lächeln im Gesicht. Auf der anderen Seite des Hofes setzten Fatin und Fatima sich an die Ecke des Schulgebäudes, hier waren sie vor Blicken sicher. Sie holten Nagellack hervor und begannen ihre Fußnägel blau zu lackieren, die Zeitschrift lag aufgeschlagen neben ihnen auf dem Boden.

Eine Weile herrschte friedliche Stille, die nur von Wadjdas Hopsern gestört wurde. Sie war mittendrin in einem Durchgang und hatte das linke Bein noch in der Luft, als Ms Hussa die Haupttür der Schule aufriss. Mit einem gewaltigen Rums knallte die Tür an die Hauswand. Wadjda schnappte nach Luft und ihre Hand schoss zum Mund.

»Passt auf!«, zischte sie Fatin und Fatima zu. Sie fuchtelte mit der freien Hand. »Haut ab!«

»Wadjda!«, brüllte da auch schon die Rektorin. Die beiden älteren Mädchen sprangen auf, rafften ihren Kram zusammen und waren schon durch die Hintertür ins Gebäude geschlüpft, ehe Ms Hussa ein weiteres Wort über die Lippen gekommen war. Fatin hatte die Flasche mit dem blauen Nagellack unter die Bank fallen lassen.

Ms Hussa zog ihren Schleier über dem Kopf stramm, so als müsse sie sich vor einem Sturm schützen, dann wickelte sie ihn um ihr Gesicht und marschierte hinaus auf den Schulhof.

»Was machst du da?«, blaffte sie Wadjda an. »Siehst du denn nicht, dass die Männer herschauen? Geh sofort in deine Klasse, sonst wirst du bestraft, du kleiner Störenfried!«

Wadjda schnappte sich ihre Tasche und rannte auf denselben Hintereingang zu, den Fatin und Fatima benutzt hatten. Als sie an der Bank vorbeikam, glitzerte die Flasche mit dem blauen Nagellack in der Sonne. Ohne aus dem Tritt zu kommen bückte sie sich, schnappte sie und hielt sie in der Hand wie einen Schatz.

10. KAPITEL

Wadjda konnte es gar nicht erwarten, sich auf den Heimweg zu machen. Sie zog sich den Schleier übers Gesicht, schulterte ihren Rucksack und steuerte das Schultor an, als Abeer, ein älteres Mädchen, sie beiseitenahm.

Abeer war eigentlich ganz nett. Ein bisschen eingebildet vielleicht, aber ab und zu kaufte sie Wadjda etwas ab. Und sie ärgerte sie nie und beschimpfte sie auch nicht, also war sie besser als die meisten anderen, fand Wadjda. Und sie war hübsch mit ihren wachen, dunklen Augen. Die Haare trug sie immer zu einem straffen Zopf geflochten, aber der Pony fiel ganz natürlich und umrahmte ihr Gesicht. Sie gehörte zu den Mädchen, die riskierten, Ms Hussas Zorn auf sich zu ziehen, indem sie einen kleinen Spiegel auf dem Schulhof versteckten. So konnte sie in den Pausen einen prüfenden Blick auf die Spuren von Make-up werfen, das sie heimlich aufgetragen hatte.

Heute jedoch war Abeer schon in ihrer *abaya*. Zarte Kajalstriche betonten ihre Augen, machten sie noch schöner und geheimnisvoller. Obwohl sie für den Heimweg bereit war, ging sie nicht zur Bushaltestelle. Soweit Wadjda sich erinnern konnte, war Abeer noch nie zu Fuß zur Schule gekommen. Wahrscheinlich wartete sie darauf, von jemandem abgeholt zu werden. Ihrem Bruder, ihrem Vater oder vielleicht einem privaten Fahrer?

Abeer schaute nach links und rechts und dann noch mal über die Schulter. Sie schob die Finger unter den Rand des Schleiers und zog ihn fest um ihr Gesicht. Ihr Blick ging wieder nach rechts und links. Ganz leise flüsterte sie Wadjda zu: »Kannst du diesen Zettel nach draußen zu meinem Bruder bringen?«

Mit einer schnellen Handbewegung zog sie ein gefaltetes Stück Papier aus der Tasche und ließ es in Wadjdas Hand gleiten. Wadjda schaute erst sie an, dann das Papier. Sie war misstrauisch.

»Was ist das?« Sie wollte sich das Papier genauer ansehen.

»Pst!« Abeer legte den Finger an die Lippen. »Das ist … eine Erlaubniserklärung, damit er mich von der Schule abholen kann. Ich hab heute Morgen vergessen, sie ihm zu geben.«

Sie versuchte ganz harmlos zu tun, aber sie sah sich immer wieder auf dem Schulhof um. Wadjda wusste genau, was ihr Problem war. Wenn man in Saudi-Arabien nicht das Glück hatte, als Junge auf die Welt zu kommen, brauchte man eine schriftliche Erlaubnis von den Eltern für fast alles, was man machen wollte. Mädchen waren dazu verdammt, Wege zu finden, dieses ungerechte System zu umgehen. Je älter man wurde, desto schwieriger wurde es.

Wadjda seufzte und nahm den gefalteten Zettel. Sie erinnerte sich daran, wie sie einmal mit ihrer Mutter zur Hochzeit einer Kusine mit dem Zug von Riad nach Dammam fahren wollte. Sie waren wieder nach Hause geschickt worden, weil sie keine Erlaubniserklärung von ihrem Vater für diese Reise dabeigehabt hatten.

Wütend hatte Wadjdas Mutter ihre Freundin Leila angerufen und um Hilfe gebeten. Leila hatte ihr die Erlaubniserklärung geliehen, die sie selbst benutzte, und den Ausweis ihrer Familie noch dazu. Da auf den Ausweisen keine Fotos waren, konnten Frauen jeden Ausweis benutzen, den sie in die Finger bekamen. Trotzdem war es nicht leicht. Die Mutter hatte ihr damals immer wieder eingeschärft, dass sie nicht Wadjda hieß, sondern Aisha. Und die Mutter war auch nicht ihre Mutter, sie war ihre große Schwester.

Damals hatte sie sich gefühlt wie eine Geheimagentin. Wadjda war so aufgeregt gewesen, dass sie gekichert hatte, als sie unter falschen Namen Fahrkarten gekauft hatten. Doch ein scharfer Blick der Mutter durch den Schlitz ihrer *burqa* – und schon war Wadjda verstummt.

Jetzt sah Abeer Wadjda mit hochgezogenen Augenbrauen an, mit dem Kinn wies sie auf den Zettel. Wadjda schaute zum Tor. Eine Schlange von Mädchen in Schwarz zog an der Rektorin vorbei wie Ameisen, die zu ihrem Hügel krabbelten. Ms Hussa stand an ihrer üblichen Stelle und musterte jede Schülerin, die hinausging. So ähnlich hatte der Bahnbeamte geguckt, der ihre Karten gestempelt und der Mutter zugeschoben hatte. »Die Nächsten« hatte er gerufen – und Aisha und ihre große Schwester waren in den Zug nach Dammam gestiegen.

Auf dem Schulhof warf Ms Hussa ihre Haare zurück und zog ihren teuren Rock glatt. Gelegentlich hielt sie ein Mädchen an. Das musste stehen bleiben und sich umdrehen. Ms Hussa prüfte dann, ob wirklich nur die staubigen schwarzen Schuhe unter der *abaya* hervorschauten. Gerade hielt sie ein Mädchen zurück, auf deren Rucksack ein Bild von den Stars der Twilight-Saga prangte. Wie cool. So einen Rucksack hätte Wadjda auch gern gehabt.

Ms Hussa war ganz anderer Ansicht.

»Am Tag des Jüngsten Gerichts wird Gott von dir verlangen, diesen Bildern Leben einzuhauchen. Kannst du das?« Ms Hussas Ton war unglaublich herablassend. Sie hielt den Rucksack hoch und schüttelte ihn vor der Nase der Schülerin. »Bilder von Menschen und lebenden Wesen sind verboten – und von diesen ... Vampiren wollen wir gar nicht reden.« Sie drückte dem Mädchen den Rucksack in die Arme. »Sieh dich vor. Der Westen versucht stets, die muslimische Jugend mit seinem Gift anzustecken. Solche Filme solltet ihr euch nicht ansehen.«

Wadjda dachte an die zehntausend Mal, die sie angehalten worden war, um sich dieselbe Leier anzuhören. Bilder blitzten in ihrer Erinnerung auf wie Szenen einer Fernsehserie, die ohne Ton lief. Jedes Mal riskierte sie zu weit zu gehen, das wusste sie. Da war ein Strich im Sand und wenn der überschritten wurde, gab es keinen Weg zurück. Das hatte sie schon als ganz kleines Kind gewusst.

Wie in Zeitlupe schaute sie auf den Zettel in ihrer Hand. Erst jetzt wurde ihr klar, was für ein Verbrechen sie hier begehen sollte.

Abeer sah, dass Wadjda nachdachte. Sie flüsterte immer noch, jetzt aber eindringlicher, und sie beugte sich zu ihr rüber und schaute Wadjda direkt in die Augen.

»Hör zu. Ich gebe dir zehn Riyal, wenn du mir hilfst.«

Wadjda schaute rüber zu Ms Hussa und dann zu Abeer. Wieder sah sie das grüne Fahrrad vor sich. Sie spürte praktisch die Pedale unter den Füßen und sah fast schon Abdullahs ehrfürchtiges Staunen vor sich, wenn sie vor der Ziellinie an ihm vorbeischoss. Sie musste achthundert Riyal verdienen. Es ging einfach nicht anders.

Entschlossen reckte Wadjda das Kinn vor und hielt zwei Finger hoch. »Zwanzig«, sagte sie.

Abeers Nase zuckte. Wadjda dachte schon, sie würde Nein sagen. Doch dann seufzte sie, kramte in ihrem Geldbeutel und zählte die Scheine ab. Mit den Fingern strich sie die knitterigen Scheine glatt und dann legte einen nach dem anderen in Wadjdas wartende Hände. Nach der Bezahlung sprach Abeer mit Wadjda wie ein Chef mit einem Untergebenen. »Er steht draußen an der Ecke, mit einem Pick-up.«

Wadjda nickte, sie stopfte das Geldbündel in die Tasche. Ihr ganzer Körper verkrampfte sich. Sie musste sich zusammenreißen! Das hier würde nur klappen, wenn sie normal wirkte. Sie holte tief Luft, schüttelte Schultern und Arme und ging auf das Tor zu. Auf halbem Weg versuchte sie, sich den Rucksack lässig über die Schulter zu werfen, aber es funktionierte nicht. Sie wirkte wie ein Alien, der gerade zum ersten Mal einen Rucksack gesehen hat und noch ausprobiert, was man damit macht.

Abeer schaute ihr nach. Sie runzelte die Stirn. Das war eine Katastrophe! Aber jetzt war nichts mehr zu machen. Sie verzog sich hinter eine Ecke, warf sich ihren schwarzen Schleier übers Gesicht und lehnte den Kopf an die heißen Steine der Mauer.

Mädchengruppen in Schwarz zogen an Wadjda vorbei und zum Schultor hinaus. Ms Hussa war noch auf ihrem Platz. Wadjda sah, dass sie tatsächlich noch immer mit dem armen Rucksackmädchen schimpfte, das zusehen musste, wie ihr Bus voller wurde. Obwohl sie ganz offensichtlich versuchte, gut aufzupassen, ging ihr Blick immer wieder über Ms Hussas Schulter hinweg.

Als Wadjda näher kam, konnte sie noch mehr von Ms Hussas endloser Lektion hören.

»… du wirst dir eine andere Tasche besorgen! Bilder sind verboten. Genau genommen …«

Es schien ein günstiger Zeitpunkt zu sein, an ihr vorbeizuschleichen.

Aber gerade als Wadjda beschlossen hatte, sich in Bewegung zu setzen, richtete Ms Hussa sich kerzengerade auf und verschränkte die Arme. Sie war fertig mit ihrem Sermon. Die erleichterte Schülerin zog den Schleier über den Kopf und tauchte in der Flut schwarzer *abayas* unter, die sich vor der Tür des Schulbusses drängelten.

Seufzend drehte Ms Hussa sich um – und ihr Blick fiel auf Wadjda, die sich ihr näherte.

»Wadjda!« Ms Hussa sprach in dem Ton, den sie sich für besondere Fälle vorbehielt. Schnell stopfte Wadjda Abeers Zettel in ihre Tasche und trottete zu Ms Hussa, die sie mit zusammengekniffenen Augen musterte und dann zu der Ecke hinüber schaute, an der sie herumgestanden hatte. Abeer hatte sich an die Wand gedrückt. Sie sah aus, als wollte sie mit dem Mauerwerk verschmelzen.

Die Rektorin starrte Wadjda an und musterte sie eine halbe Ewigkeit. Schweißperlen traten auf Wadjdas Stirn. Ihr Herz hämmerte in den Ohren wie eine Trommel. Ms Hussa würde es mit Sicherheit hören.

Die Sekunden verrannen. Immer noch nichts. Langsam schaute Wadjda auf …

Und sie sah, dass Ms Hussa ihr ein Blatt Papier hinhielt. Ihre Blicke trafen sich, die Rektorin fuchtelte mit dem Zettel, den Wadjda an sich nehmen sollte. Langsam wurde sie ungeduldig.

»Morgen kommst du in einer *abayat ar-ra's* wie dieser – oder ich reserviere dir deinen üblichen Platz in der Sonne«, sagte sie. »Hier. Zeig das deiner Mutter.«

Wadjda nahm den Zettel. Auf der Vorderseite war eine komplett schwarze Gestalt zu sehen. Ohne Gesicht, ohne Augen, Hände oder Füße. Die *abaya* bedeckte den Körper von Kopf bis Fuß. So verhüllt sah die Gestalt aus wie ein Gespenst, so als hätte jemand einen Filzstift genommen und das Bild übermalt, bis nur noch Schwarzes da war. Wadjda wusste, dass es eine Frau war, es musste eine sein. Aber wenn man das Bild ansah, konnte man das nicht erkennen.

Ihr Herz sank ihr bis zwischen die Füße, ihre Hände wurden kalt. Die *abayat ar-ra's* war die Erwachsenen-Version der Verhüllung, die sie schon trug. Und die wirkte noch hinderlicher als der Schleier. Und schon den konnte Wadjda nur mit Mühe auf dem Kopf behalten! Trotzdem bemühte sie sich um ein Lächeln. Sie hielt sogar das Bild hoch und nickte begeistert, so als wäre sie auch von der Wichtigkeit dieses Schrittes überzeugt. Mit steinerner Miene sah Ms Hussa sie an.

Mehr war dazu nicht zu sagen. Entweder die *abayat ar-ra's* oder die sengende Sonne. Als Wadjda sich umdrehte und endlich ausatmete, spürte sie, wie ihr die Hitze aus den Ohren sickerte. Langsam entspannten sich ihre Muskeln. Sie konnte gar nicht schnell genug nach draußen kommen. Sie hatte zu tun.

11. KAPITEL

Vor dem Schultor ächzte ein mit Mädchen vollgestopfter Bus vorbei. Wadjda schaute durch die schmutzigen Fenster, sah aber nur Schwarz, gesichtslose Schatten.

Eine dichte Staubwolke wirbelte vor ihr auf. Hustend wedelte sie mit der Hand vor ihrem Gesicht herum. Wo war denn Abeers »Bruder«?

Da. Ein gut aussehender junger Mann, der neben einem Pick-up stand, fiel ihr ins Auge. Er wartete an einer ruhigen Ecke hinter der Schule, in einem sorgsam gebügelten *thawb*. Um die Ohren herum lockten sich seine Haare ein wenig. Wadjda musterte ihn skeptisch. Er wirkte wie ein ganz normaler Schüler – wie Abeer. Auf seinem Auto klebten Sticker mit Zitaten aus bekannten Liebesgedichten. Albern sülzige Sachen wie *Ich habe nicht mehr geschlafen, seit ich deine Augen hinter deiner burqa gesehen habe* oder *Die Liebe tötet mich. Jede Minute sehne ich mich nach deinem Anblick.*

Langsam ging Wadjda auf ihn zu. »Bist du Abeers Bruder?«, fragte sie, denn sie wollte sichergehen, dass sie mit dem Richtigen sprach.

Der junge Mann unterdrückte ein Lachen. Er machte den Mund auf und die Sonne blitzte auf seiner silbernen Zahnspange.

»Ja, klar. Ich bin ihr Bruder. Hast du den Zettel?«

Wadjda holte das Blatt aus in ihrem Rucksack und hielt es hoch, gerade so weit weg, dass er es nicht in die Finger kriegen konnte.

»Ja, klar«, wiederholte sie in seinem Ton. »Sie hat gesagt, du gibst mir zwanzig Riyal, wenn ich ihn dir bringe.«

Sofort war der junge Mann nicht mehr ganz so cool. »Wirklich?« Er zog schmunzelnd die Augenbrauen hoch. Wadjda wedelte hochmütig mit dem Papier herum.

»Ja, wirklich!«

Jetzt musste der junge Mann lachen. »Okay, okay. Hier sind zwanzig Riyal.« Er zog einen brandneuen Schein aus seiner Brieftasche. Einen Augenblick lang hielt er ihn Wadjda vor die Nase und neckte sie, so wie sie ihn mit Abeers Zettel geneckt hatte.

Wadjda bemerkte es kaum. Ihr Blick war auf den Geldschein fixiert. Sie konnte gar nicht glauben, dass er ihr das Geld gab! Ohne zu zögern, reichte sie ihm den Zettel, schnappte sich die zwanzig Riyal und drückte sie an ihr Herz. »Wow, sogar dein Geld riecht nach Parfüm! Ich werde es waschen müssen.«

Wieder konnte sich der coole junge Mann das Lachen nur mit Mühe verkneifen. Er stieg in sein Auto und winkte zum Abschied. Vor Wadjdas Augen fuhr er zum Haupteingang der Schule.

Über das Lautsprechersystem der Schule wurde ausgerufen: »Abeer Al Rassi, bitte zum Tor. Dein Fahrer ist da.«

Wadjdas Arbeit war erledigt. Beinahe. Es lag zwar nicht direkt auf ihrem Weg, aber trotzdem wollte sie noch mal beim Spielwarenladen vorbeischauen, sicherheitshalber. Während sie durch den Verkehr flitzte und über Risse im Asphalt sprang, stellte sie sich schon vor, wie das grüne Fahrrad in der Nachmittagssonne schimmern würde.

Und als sie dann vor dem Laden stand und das echte Fahrrad sah, übertraf das noch ihre Vorstellung. Ehrfürchtig bewunderte sie es. Heute wirkte das Rad noch größer und schöner. Mit der Zeit würde sie immer besser fahren lernen und immer schneller werden …

Wenn sie es doch nur irgendwie reservieren könnte! Der Gedanke, dass jemand anderes ihr Fahrrad kaufen könnte, brach ihr fast das Herz. Der Ladenbesitzer schaute verblüfft zu ihr raus, als Wadjda ihren Finger anleckte und ein X in den Staub auf dem Rad malte. Damit hatte sie offiziell Anspruch darauf erhoben.

Murrend zog der Ladenbesitzer die Tür auf und stapfte nach draußen, er wollte sie wegjagen. Doch Wadjda lächelte ihn an. Sie strahlte übers ganze Gesicht und wies mit einer Kopfbewegung auf das X, das auf dem Rahmen des Rades prangte.

»Verkaufen Sie das nicht. Ich habe es reserviert!«

Der Ladenbesitzer schüttelte nur den Kopf. »Ha! Das ist doch lächerlich.« Mit dem Ärmel rieb er die Stelle sauber.

Ärgerlich rümpfte Wadjda die Nase und erwiderte: »Ich werde es kaufen. Mit meinem eigenen Geld!«

Mit einem kleinen Funkeln in den Augen schaute der Ladenbesitzer auf sie herab. Doch dann wurden sie durch den Ruf zum *dhuhr*-Gebet unterbrochen. Als wäre er aus einem Traum erwacht, drehte der Mann sich um und begann den Laden zu schließen. Energisch zog er eine lange schwarze Decke über die Waren vor seinem Geschäft und verbarg sie so vor Blicken.

Wadjda sah zu, wie sich das schwarze Tuch bauschte, bevor

es sich über ihr Rad legte. Das tolle Grün sah sie noch immer vor sich.

Der Ruf zum Gebet schallte noch durch die Straßen, der Singsang des *muezzin* hallte von den Mauern der Häuser wider. Eine Gruppe von Männern war auf dem Weg zur nahe gelegenen Moschee. Abdullah war unter ihnen, er bummelte hinter seinem Vater und seinem Onkel her, dem mit dem albernen Schnurrbart.

Wadjda steckte zwei Finger in den Mund und pfiff. Das hatte sie von Abdullah gelernt. Auf dem Heimweg von der Schule hatte sie geübt bis zur Perfektion. Abdullah war ziemlich stolz auf ihre beeindruckende Lautstärke. »Du pfeifst so laut wie die Sirene der Feuerwehr«, hatte er bewundernd gesagt.

Und selbstverständlich reagierte er auf den schrillen Pfiff. Abdullah drehte den Kopf. Mit den Augen wies Wadjda auf den Lenker des grünen Fahrrades, das unter dem schwarzen Tuch kaum zu sehen war. Mit den Händen zeigte sie auf sich.

Abdullah lächelte und schüttelte den Kopf. Er zeigte auf das Fahrrad und rieb zwei Finger aneinander. Sei nicht albern, das Ding kostet einen Haufen Geld!

Mit dramatischer Geste zog Wadjda die vierzig Riyal aus ihrer Tasche und winkte ihrem Freund trotzig damit zu. Seine Augen wurden ganz groß – sein Lächeln auch. Dann drehte Wadjda sich um und ging stolz durch das schwindende Nachmittagslicht davon, ihre Turnschuhe wirbelten eine riesige Staubwolke auf.

12. KAPITEL

»*Glaubst du mir oder muss ich es schwören? Worte können nicht beschreiben, wie sehr ich dich liebe, wie wunderschön das Leben mit dir ist.*« Wadjdas Mutter sang. »*Denn du bist wie Gold.*«

Das war das berühmteste Lied von Talal Maddahs vielen Hits. Während ihre Mutter in der Küche trällerte, wühlten Wadjdas Hände sich tief in die Teigschüssel. Sie rollte den Teig zu Kugeln, die sie ihrer Mutter reichte, die sie flach drückte.

Sie bereiteten *marquq* zu, Schichten aus Weizenmehlteig wurden über in Tomatensoße köchelndem Fleisch, Bohnen, Süßkartoffeln und Zucchini verteilt. Das Fleisch ließ man kochen, bis es vom Knochen fiel.

Wadjda hatte nicht viel übrig für *marquq*, aber es war das Lieblingsgericht ihres Vaters – und eines der traditionellen Gerichte, die am kompliziertesten zuzubereiten waren. Man brauchte beinahe den ganzen Tag dazu. Warum musste ihre Mutter so viel Zeit in der Küche verbringen und an etwas arbeiten, das innerhalb von Minuten gegessen sein würde? Wenn sie erwachsen war, würde Wadjda ihre kostbare Zeit nicht damit verschwenden, *marquq* zu kochen.

Aber ihre Mutter sang, und darüber war Wadjda froh. Sie schnitt den Teig sorgfältig zurecht, damit er auch genau in den Topf passte. Ihre Mutter ging vom Tisch zum Herd.

»*Sieh, ich lege die Hand aufs Herz und halte es dir hin, es ist mein kostbarster Besitz.*« Ihre Stimme war wunderschön, genau wie die von Talal Maddah. Wadjda sah die Mutter an und eine Welle der Bewunderung stieg in ihr auf. Beim Kochen spiegelte sich das milde Licht des Sonnenuntergangs in ihren schönen Augen und brachte sie zum Funkeln. Heute Abend leuchtete die Mutter wie ein Stern.

»Wünschst du dir nicht, du wärest eine Sängerin, *ummi*? Du hast die wunderschönste Stimme der Welt!« Die Worte waren schon heraus, bevor Wadjda sie zurückhalten konnte. Sie wurde rot und schaute auf den Küchentisch, unbeholfen wischte sie sich das Mehl von den Händen.

Aus den Augenwinkeln sah sie, wie ihre Mutter die Hände vors Gesicht hielt und schockiert tat. »Niemals! Gott möge mich vor dem bewahren, was du da gesagt hast!« Sie lächelte, fügte aber streng hinzu: »Denk daran, Wadjda, die Stimme einer Frau darf nicht bis vor die Haustür dringen. Es ist wichtig, dass du das nie vergisst.«

Nachdem sie nun diese Weisheit weitergegeben hatte, fing die Mutter wieder an zu singen. Noch theatralischer. Sie bewegte die Arme im Rhythmus und machte einige Tanzschritte.

»*Ya lila dana, la dana*«, sang sie. »*Man sagt das Herz Liebender vergeht vor Sehnsucht, doch unsere Schwüre geben uns einen Himmel aus Liebe und Zärtlichkeit.*«

Wadjda konnte nicht widerstehen, sie stimmte ein. Ihre Stimme war hoch und zittrig, aber irgendwie verschmolz sie mit der ihrer Mutter.

»*Ya lila dana, la dana. Man sagt, das Herz Liebender vergeht vor Sehnsucht, doch unsere Schwüre geben uns einen Himmel aus Liebe und Zärtlichkeit.*«

Sie fingen an zu kichern und auch ihr Lachen verschmolz zu einer Stimme. Dann machten sie sich wieder an die Arbeit und strengten sich an, das Essen fertigzukriegen.

Nachdem sie eine Weile geschwiegen hatten, beschloss Wadjda, die gute Laune der Mutter zu nutzen.

»Ich hab schon siebenundachtzig Riyal gespart«, platzte sie heraus. »Nun brauche ich für ein Fahrrad nur noch …«

»Was? Fängst du schon wieder davon an?« Ihre Mutter fiel ihr ins Wort. »Ich dachte, du hättest es verstanden, Wadjda. Das Thema ist abgeschlossen. Du bekommst kein Fahrrad. Das ist *haram*! Hör bitte auf.«

Verboten. Es ist verboten. Die vertrauten Worte trafen Wadjda wie ein Hammer. Sie senkte den Kopf und biss sich auf die Zunge. Ein paar Minuten lang arbeiteten sie ohne ein Wort zu sagen, die Mutter rollte den Teig aus, Wadjda schnitt ihn in Stücke.

Die Stimmung war kaputt. Schon an guten Tagen war es nicht leicht, ihre Mutter bei Laune zu halten, und nun hatte sie einen dieser wenigen guten Tage ruiniert.

Wadjda zermarterte sich das Hirn auf der Suche nach einem fröhlichen Thema. Plötzlich fiel ihr eines ein – einem Thema konnte die Mutter nämlich nie widerstehen: Kleider.

»Ms Hussa hat gesagt, ich muss ab sofort in der vollständigen *abaya* zur Schule kommen.« Sie sagte es in einem ganz beiläufigen Ton, schaute weg und versuchte nicht zu lächeln.

»Oh, die *abayat ar-ra's* !« Die Mutter schnappte sofort nach dem Köder. »Da wird jemand zur Frau. Und so schnell! Beinahe über Nacht. Hm, vielleicht wird es Zeit, dass wir dich verheiraten? Was meinst du?«

»Haha. Das ist nicht witzig.« Dann fiel Wadjda plötzlich die

Schule ein und ihr Gesicht verfinsterte sich. »*Ummi*, Ms Hussa ist so gemein zu mir. Sie wartet am Tor, beobachtet uns – und wenn ich vorbeigehe, stürzt sie sich auf mich wie eine Raubkatze. Alles, was ich mache, ist verkehrt in ihren Augen. Manchmal wünschte ich, sie wäre tot.«

»Pst! Wie kannst du so etwas sagen?«

Die Mutter klang ernsthaft besorgt. »Du darfst niemandem den Tod wünschen, Wadjda. Schon gar nicht Ms Hussa … ihr Leben ist nicht leicht gewesen.«

»Oh, ich weiß!« Wadjda freute sich, ein bisschen tratschen zu können. »Die Geschichte vom Dieb, der bei ihr zu Hause über den Zaun gesprungen ist, um sie zu besuchen – die hab ich auch gehört …«

Die Mundwinkel der Mutter zuckten. Sie beugte sich zwar wieder über Teig und Gemüse, aber ihr war anzusehen, dass sie das Gespräch auch genoss.

Sie legte das letzte Stück Teig in den Topf, wusch sich die Hände und machte Wadjda ein Zeichen, ihr ins Schlafzimmer zu folgen.

»Komm mit«, sagte sie und lächelte ihre Tochter an.

13. KAPITEL

Hinter der geschlossenen Tür hörte Wadjda das metallische Kratzen von Bügeln auf der Kleiderstange. Als die Mutter wieder zum Vorschein kam, zog sie eine *abayat ar-ra's* hinter sich her. Das dunkle Gewand war ewig lang. Die Mutter hob den Bügel hoch, um es in ganzer Länge aus dem Schrank zu ziehen. Sie reichte es Wadjda.

»Probier die an«, sagte sie lachend. »Sie könnte ein bisschen zu lang sein, aber du kannst sie ja immer noch raffen.«

Die Mutter zog ihr Kleid hoch und schritt durch den Raum wie eine Prinzessin, die im Ballkleid über eine Pfütze steigt. Wadjda lächelte und schlüpfte in das übergroße Gewand.

»Genau wie Ms Hussa!« Sie kicherte, raffte den Stoff in den Fäusten zusammen und gab ihr Bestes, um so elegant zu stolzieren wie die Rektorin. Dann warf sie die Arme hoch und rief schockiert: »Oh nein! Ein Dieb!«

Mit wackelndem Hinterteil tat sie, als wollte sie fliehen. Ihre Mutter bemühte sich um ein ernstes Gesicht, aber dann lachten sie beide laut.

Als sie wieder zu Atem kam, spürte Wadjda, wie sich die Stimmung im Raum veränderte. Die Mutter verschränkte die Arme vor der Brust und schaute aus dem Fenster auf einen Punkt in der Ferne. Wadjda zog die volle *abaya* und den Schleier herunter. Wie sie da mitten im Raum stand, schwarz verhüllt von oben bis unten, sah sie aus wie ein schattenhaftes Wesen aus der Unterwelt.

Ihre Mutter schaute noch immer aus dem Fenster. Wadjda stolperte vor und stellte sich neben sie. Ohne ihre Tochter anzusehen, streckte die Mutter die Hand aus und richtete gedankenverloren ihren Schleier.

»Die Hochzeit deines Onkels steht an«, sagte sie so, als hätte sie den ganzen Nachmittag an nichts anderes gedacht. »Ich muss mir etwas sehr Hübsches zum Anziehen kaufen. Du weißt schon, damit all die anderen Frauen wissen, mit wem sie konkurrieren, wenn sie sich für deinen Vater interessieren.«

Eine Welle von Mitgefühl rauschte durch Wadjdas Körper. Sie knüllte den Stoff der Ärmel der *abayat ar-ra's* zwischen den Fingern. Die angespannte Atmosphäre auf Hochzeitsfesten kannte sie nur zu gut, sie wusste, was kam. Es war zwar noch eine Weile hin bis zur Hochzeit, aber schon jetzt war zu spüren, unter welchem Stress die Mutter stand.

Hochzeiten fanden in zwei getrennten Bereichen statt, einem für Männer und einem für Frauen. Die beiden Feste hätten unterschiedlicher nicht sein können. Die Männer tranken in ihrem Bereich Kaffee und Tee und … sonst?

Nun ja, im Wesentlichen starren sie einander an, dachte Wadjda. Und immer wieder tauschen sie hölzerne Grußformeln aus. Sie sind wie Goldfische in einem Goldfischglas, die zum ersten Mal andere Fische sehen, Blasen machen – und dann alles vergessen und dasselbe ein paar Sekunden später noch mal wiederholen.

In der Stammeswelt hatte man die Kunst der Konversation noch nie ernst genommen. Nach allem, was Wadjda gesehen hatte, gingen Unterhaltungen bei Männern selten über »Hallo« und »Wie geht es dir?« hinaus.

Ein krasser Gegensatz zu den schnarchlangweiligen Festen der Männer waren die Partys der Frauen. Die wussten zu feiern. Hochzeiten boten den Frauen die einzige Gelegenheit, sich verführerisch zu kleiden – und das nutzten sie voll aus.

Komisch, dachte Wadjda, sie zeigen sich doch nur vor anderen Frauen. Aber die Kleider waren hauteng und die Ausschnitte tief. Total peinlich!

Die *taqaka,* die Hochzeitsängerin, wusste, wie versessen die Frauen darauf waren, sich endlich mal frei zu fühlen, also brachte sie alle in Schwung. Bei ihrer Musik tanzten die Damen garantiert. Aber die *taqaka* sang nicht nur, mit den Handflächen schlug sie dazu auch rhythmisch ihre große, dem Tamburin ähnliche Trommel. So feuerte sie alle dazu an, immer schneller zu tanzen! Manchmal taten Frauen, als wären sie von Dämonen besessen. So konnten sie mitten auf die Tanzfläche treten und wie verrückt die Köpfe schütteln, die Körper zucken und die Hinterteile wackeln lassen.

Eigentlich führen sie sich völlig lächerlich auf, dachte Wadjda. Aber Spaß scheint es zu machen.

Doch inmitten der Freude beobachteten die Frauen einander. Potenzielle junge Bräute glitten mit Anmut und gespielter Züchtigkeit über die Tanzfläche. Und Frauen, deren Ehemänner beschlossen hatten, sich neue, jüngere Frauen zu nehmen, führten einen ganz besonderen Tanz auf, mit dem sie zeigten, dass sie durchaus noch da waren, obwohl sie in den Stand der »zweiten Ehefrau« verbannt worden waren. Ihre Männer mochten entschieden haben, noch einmal zu heiraten – es war nicht ungewöhnlich, dass Männer mehrere Ehefrauen hatten – aber die Frauen wollten mögliche Rivalinnen trotzdem einschüchtern.

In der Öffentlichkeit mussten diese Frauen ein stolzes Gesicht zeigen, auch wenn die Vorstellung sie tief verletzte, dass ihr Ehemann eine andere Frau heiraten wollte. Um ihre Würde zu wahren, zeigten sie der Welt, dass sie stark waren.

Wadjda erinnerte sich an eine Taube, die gegen die Fensterscheibe ihres Klassenzimmers geflogen war. Sie hatte auf dem Hof gestanden und gesehen, wie sich das Tier am Boden quälte. Die Flügel waren verletzt, aber die Taube wollte unbedingt wieder fliegen.

So waren diese Frauen auch. Schön, verletzt und zu stolz, ihren Schmerz einzugestehen. Wenn sie tanzten, hielten alle anderen auf der Party inne und schauten zu. Ihr Tanz wurde mit allgemeinem Mitgefühl und Verständnis betrachtet.

Wadjda dachte wieder an dieses Seltsame zwischen ihren Eltern. Ein Schauer lief ihr über den Rücken. Sie wollte nicht, dass ihre Mutter diesen Tanz tanzen musste – jetzt noch nicht und auch sonst nicht.

Als hätte die Mutter ihre Gedanken gehört, trat sie vom Fenster zurück und betrachtete Wadjda von oben bis unten. Mit gesenktem Kopf und ausgestreckten Armen stellte sich Wadjda vor sie. Schwarzer Stoff floss über ihren Körper und verteilte sich über den Boden wie eine Ölpfütze. Von dem Mädchen darunter war keine Spur mehr zu sehen. Die Mutter lächelte traurig. Dieses freche kleine Ding verwandelte sich vor ihren Augen in eine Frau!

Ehe eine der beiden etwas sagen konnte, klingelte das Telefon in der Küche. Die Mutter lief hin und ließ Wadjda allein zurück.

Wadjda stolperte über die Falten der *abayat ar-ra's*, ging zur Tür und steckte den Kopf hinaus. Sie sah, wie ihre Mutter den Hörer schnappte und zwischen Schulter und Ohr klemmte. Dann nahm sie den Deckel vom Kochtopf und rührte langsam im *marquq*. Sie führte den Löffel zum Mund und probierte, während sie ihrer Freundin zuhörte.

»Das tut mir so leid, Leila. Du kennst doch Iqbal, unseren Fahrer? Er ist ja so grob! Gestern hat er die arme Aiesha angebrüllt. Aiesha, die nie ihre Stimme erhebt! Den ganzen Heimweg hat sie geweint. Fast drei Stunden Tränen. Kannst du dir das vorstellen?«

Das Gespräch wurde fortgesetzt, aber es lohnte sich nicht, weiter zu lauschen, fand Wadjda. Leila versuchte einen Fahrer zu finden und Wadjdas Mutter konnte ihr nicht weiterhelfen, sondern nur mitfühlend zuhören.

Das wird dauern, dachte Wadjda. Arme *ummi*.

Sie zog die *abayat ar-ra's* aus, setzte sich auf den Boden und widmete sich ihrem neuen Hobby: Geld zählen. Die *abayat ar-ra's* warf sie quer übers Bett. Sie war so groß, dass man sie voll ausgebreitet leicht für ein Laken halten konnte. Der Gedanke, so etwas zur Schule anzuziehen, war einfach schrecklich.

Zur Ablenkung fuhr Wadjda mit dem Finger die Achthundert-Riyal-Spalte entlang, von oben nach unten. Bei fünfundzwanzig hielt sie inne und strich die Zahl durch. Dann blätterte sie noch einmal das Bündel neuer Geldscheine durch.

Sie kam auf siebenundachtzig Riyal.

Perfekt. Wadjda nickte zufrieden und trug die neue Zahl unten auf der Skala ein.

In der Küche begann ihre Mutter Einwände zu erheben und

die Bitten ihrer Freundin abzuweisen. Ihre Stimme war freundlich, aber bestimmt.

»Meine liebe Leila, wir sind voll besetzt. Mit einem anderen Fahrer bist du besser bedient, ehrlich.« Kurzes Schweigen. »Wenn du Glück hast, kriegst du einen besseren als Iqbal!«

Wadjda hielt das Geld an die Lippen und küsste es mit einem begeisterten Schmatz, dann verstaute sie es sorgfältig in der Schublade.

Allerdings …

Sie versteckte es doch lieber ganz hinten, hinter den Socken und der Unterwäsche.

»Ist das wahr? Abeer? Mariams Tochter?« Die Mutter war plötzlich wie elektrisiert. »Wie konnte sie überhaupt mit dem Kerl in einem Auto sitzen? Wer ist er?«

Allmählich drangen die Worte zu Wadjda durch, ihr ganzer Körper wurde kalt. Es war, als wäre sie in ein Becken mit Eiswasser geworfen worden. Atemlos zählte sie sich die verschiedenen Abeers auf, die ihre Mutter und Leila kannten. Wadjda hatte eine Kusine, die Abeer hieß, aber der Name ihrer Tante war Sara, nicht Mariam.

Bitte, bitte, lass es nicht diese Abeer sein, dachte sie und bohrte die Fingernägel in die Handflächen.

»Natürlich«, sagte die Mutter. Leila musste ihr den Namen des Jungen gesagt haben. Die Mutter lachte. »Er ist ein Playboy, genau wie sein Vater.« Sie lachte wieder.

Wadjda verzog das Gesicht, sie versuchte, sich die schreckliche Szene nicht vorzustellen – und ihre Rolle darin.

»Sein Vater sieht gut aus, das musst du doch zugeben«, sagte die Mutter kichernd.

Wadjda setzte sich auf ihren Schreibtischstuhl und lehnte

sich weit zur Tür, um ein paar zusätzliche Informationen aufzuschnappen. Diese Geschichte hatte hoffentlich nichts mit ihr, ihrer Schule und der blöden Abeer zu tun, die sich wahrscheinlich hatte erwischen lassen.

»Die Religionspolizei? Das muss furchtbar sein für Mariam!« Der Schock und das Entzücken, über einen echten Skandal reden zu können, hatten die Mutter verwandelt. »Hör mal, die hätten sie schon längst verheiraten sollen. Hübsche Mädchen sind ein Fluch für ihre Familie.«

Wadjda kauerte sich zusammen. Wenn sie doch nur noch weiter schrumpfen und sich in nichts auflösen könnte. Sie hörte, dass die Eingangstür aufging, und versteckte den Kopf zwischen den Armen. Wenn es doch irgendein Loch gäbe, durch das sie in die Freiheit fliehen könnte.

»Ich muss Schluss machen, Leila«, sagte ihre Mutter froh. »Unser Vater ist nach Hause gekommen!« Wadjda wusste, dass alle Ehefrauen von ihren Männern als »unser Vater« sprachen. »Halte mich auf dem Laufenden über diese Sache. *Yalla*, bis bald!«

Eine Sekunde später ging die Tür zu Wadjdas Zimmer auf. Die Mutter schaute herein und sah sich zerstreut um. Das Kopftuch, das sie zum Kochen trug, hatte sie schon abgenommen und sie fing an, ihre Frisur zu richten.

Wadjda tat, als hätte sie am Schreibtisch zu tun – sie versuchte, nicht an Abeer zu denken.

»Geh und begrüße deinen Vater, während ich das Essen anrichte.« Die Mutter wirkte abgelenkt. Sie sah immer wieder zur Eingangstür. Aber Wadjdas Verhalten schien ihr Sorgen zu bereiten. Sie sah sich ihre Tochter genauer an. »Was fehlt dir? Geht es dir nicht gut?«

Wadjda schaute sie an wie ein Reh, das von Scheinwerferlicht geblendet wird. Die Mutter lächelte wehmütig und machte sich wieder an ihren Haaren zu schaffen. Sie strich sich die glänzenden Strähnen hinters Ohr und sagte: »Keine Sorge, Wadjda. Wir verheiraten dich nicht … Jedenfalls jetzt noch nicht.«

14. KAPITEL

Langsam ging Wadjda in den *madjlis*. Dieses besondere Wohnzimmer war dem Vater und seinen Gästen vorbehalten. Es war wie ein Fremdkörper in ihrem gemütlichen Zuhause und das machte sie noch nervöser.

Es ist nur eine Frage der Zeit, bis Vater und alle anderen rauskriegen, was ich für Abeer getan habe, dachte sie. Ihre Beine zitterten noch mehr, als sie sich diese Szene vorstellte.

Im *madjlis* saß ihr Vater auf dem Boden vor dem großen Flachbild-Fernseher, er stützte sich auf ein buntes Kissen und spielte ein Videospiel auf seiner geliebten X-Box. *Ghutra* und *iqal* lagen gefaltet neben ihm. Wadjdas Blick fiel sofort auf sein nagelneues Handy, das er auf die Kleider geworfen hatte. Es war das dritte in ebenso vielen Monaten.

Wahrscheinlich kann es Laserstrahlen schießen oder so was, dachte sie schmunzelnd.

Aber heute konnte sie sich nicht richtig freuen, dass ihr Vater zu Hause war, sie dachte nur daran, dass sie diesem Jungen Abeers Zettel gebracht hatte. Wie hatte sie nur so dumm sein können? So ein Schlamassel für vierzig Riyal.

Genug jetzt. Wenn sie an der Tür herumlungerte, machte sie sich nur verdächtig. Wadjda nahm sich zusammen und trat vor. Ihr Vater drehte sich um und lächelte sie an. Wenn er wüsste!

Ich wollte Abeer ja nur helfen, führte Wadjda in Gedanken zu ihrer Verteidigung an. Das Problem war nur, dass sie das Geld genommen hatte. Das brachte sie in eine ungünstige Lage.

Sie ließ sich auf die Couch fallen und verfolgte das Spiel des Vaters, aber es war langweilig – das übliche Metzeln, Brüllen und Töten. Ganz beiläufig beugte sie sich zu dem kleinen Tisch hinüber und rückte ihre gerahmte Urkunde *Für besondere Leistungen in Mathematik* in sein Blickfeld. Der Vater bemerkte es, er schaute zu ihr.

Dann starrte er wieder auf den Bildschirm.

»Ich verliere. Ich hätte bei meinem bewährten Kämpfer bleiben sollen.« Mit wildem Drücken am Controller ließ er seine Figur das Schwert schwingen. Auf dem Bildschirm sank ein abgezehrter Krieger erschöpft in sich zusammen.

»Du hast keine Chance«, sagte Wadjda gelangweilt. »Der andere Kerl springt viel schneller.«

Ihr Vater holte tief Luft und schaute sie mit gespielter Verärgerung an. Dann schüttelte er den Kopf und widmete sich wieder der virtuellen Kriegführung.

»Und das ist tatsächlich ein echtes Zertifikat?«, fragte er, ohne aufzublicken. »Oder so eine Fälschung wie du sie letztes Jahr gemacht hast?«

Wadjda konnte das Lachen in seiner Stimme hören und lächelte, obwohl sie das eigentlich nicht wollte.

»Du machst wohl Witze. Ich bin super in Mathe. Willst du mal hören …« Wadjda zögerte, diesen Namen konnte sie sich nicht so gut merken, »was Pythagoreas gesagt hat? Das ist ein Wunder – ein Beweis für Gottes Größe! Wenn man all die Winkel richtig zusammenzählt, kommt immer das Gleiche raus.«

Sie lehnte sich zurück und verschränkte triumphierend die Arme vor der Brust.

»Klingt ganz so, als wüsstest du Bescheid.« Der Vater schickte ein Lächeln in ihre Richtung – und spielte weiter, ganz konzentriert.

Wadjda wartete und sah noch ein paar Minuten zu. Auf dem Bildschirm wirbelten die Schwerter, Blut spritzte. Der Krieger ihres Vaters sprang über einen riesigen Haufen Steine. Dann konnte sie es plötzlich nicht länger aushalten. Wadjda holte tief Luft, nahm ihren Mut zusammen und sagte: »Ich spare für ein Fahrrad!«

Der Vater beugte sich vor und ließ seinen Krieger einen Salto rückwärts machen, dabei murmelte er etwas vor sich hin. Hatte er ihr überhaupt zugehört? Wenn ja, dann hatte er offenbar beschlossen, es nicht zur Kenntnis zu nehmen. Dramatische Musik kündigte das Ende der Runde an. Der Vater ließ den Controller fallen und das teure Stück krachte auf den Boden. Jetzt, als seine Aufmerksamkeit nicht mehr vom Fernsehgerät gefangen genommen war, zeigte sich ein Anflug von Verärgerung auf seinem Gesicht.

»Wo bleibt der *marquq*?«, fragte er. »Warum ist deine Mutter noch nicht mit dem Kochen fertig?«

Wadjda zuckte nur mit den Schultern. Der Vater ahmte sie nach, um sie zu necken, und dann begann er, die Gebetsperlen zwischen den Fingern zu reiben. Wadjda zog ein Kissen auf den Schoß und strich mit den Fingern über den Stoff. Im Gegensatz zum Rest des Hauses fühlte sich im *madjlis* alles blank und neu an.

Das Schweigen füllte den ganzen Raum, sodass Wadjda und ihr Vater zusammenzuckten, als die Mutter schließlich die Tür aufstieß. Sie war beladen mit Tellern und Silberbesteck. Sie beugte sich vor und stellte die Schüsseln auf eine kleine Matte neben dem Vater. Ihr Blick verharrte einen quälenden Moment lang auf dem Boden. Dann schaute sie auf und lächelte.

In ihrer Gegenwart schien Wadjdas Vater zum Leben zu erwachen. Die Mutter hatte sich so schön wie möglich gemacht – und das bedeutete sehr schön.

Das ist ihr Lieblingshemd, dachte Wadjda. Es war aus weichem braunem Stoff mit einem zartrosa Blumenmuster. Dazu trug ihre Mutter eine enge schwarze Hose, die ihrer perfekten Figur schmeichelte.

»Wadjda, sieh nur! Ein Filmstar!« Der Vater strahlte vor Freude und lehnte sich zurück, plötzlich ganz entspannt. »Keine andere ist wie sie. Sieh dir dieses Haar an, wie ein wunderschöner schwarzer Wasserfall!«

Die Mutter warf die perfekten schwarzen Haare über die Schulter und schaute ihn mit gesenkten Lidern an. Sie freute sich und konnte das nicht verbergen.

»Ein Filmstar, was? Schmeichler!« Eine winzige Pause. Und als sie wieder etwas sagte, war der scherzhafte Ton verschwunden. Jetzt klang sie verbittert. »Da frag ich mich, warum deine Mutter in der ganzen Stadt Erkundigungen für dich einholt und versucht, eine neue Braut für dich zu finden.«

Die Worte schienen in der Luft hängen zu bleiben. Wadjda studierte das komplizierte rot-weiße Muster der Bodenfliesen. Schweigend rückte die Mutter die Teller und Gabeln an ihren Platz. Der Vater starrte sie an, wie um sie aufzufordern, den Kopf zu heben. Endlich tat sie es. Sie sah ihn gequält an.

Wadjda tat es im Herzen weh, ihre Mutter so sorgenvoll zu sehen. Seit die Mutter des Vaters das Thema Zweitfrau aufgebracht hatte, herrschte Spannung im Haus. Obwohl Wadjda es nicht wahrhaben wollte, war sie da, blähte sich auf wie ein Ballon und saugte allen Sauerstoff ein, sodass Wadjda kaum noch atmen konnte.

Langsam streckte der Vater die Hand aus und legte sie in die der Mutter. Wadjdas Herz machte vor Schreck einen Satz. Was, wenn ihre Mutter das jetzt nicht wollte?

Immer noch dasselbe belastende Schweigen. Eine Sekunde lang regte die Mutter sich nicht – dann sah sie ihren Ehemann mit zärtlichem Blick an. Spielerisch zog sie ihre Hand weg. Wieder warf sie sich die Haare über die Schulter. Dieses Mal war es eine freche Geste, aber immer noch elegant.

Der Vater lachte laut los und zog sie an sich.

Die Stimmen der beiden wurden leiser, sie neckten einander. Wadjda konnte nicht verstehen, was sie sagten, aber sie Arm in Arm zu sehen, war eine enorme Erleichterung für sie. Etwa so, als hätte man ihr eine schwere Last von den Schultern genommen. Sie legte das Kissen zur Seite, das sie umklammert hatte.

»Ich glaube nicht, dass meine Mutter sich ganz furchtbar anstrengt bei ihrer Suche!«, sagte der Vater. Die Stimmung hob sich. »Komm und spiel eine Runde mit mir!«

Die Mutter lachte und befreite sich sanft aus seiner Umarmung.

»Sei nicht albern, ich weiß doch gar nicht, wie das geht.« Immer noch lächelnd strich sie ihre Kleider glatt und stand auf, um den Rest des Essens zu holen.

»Lass mich spielen!« Wadjda sprang von der Couch und schnappte sich den Controller. »Ich nehme den Alten.«

Die Eltern sahen sich an und lachten laut. »Glaubst du wirklich, du kannst gegen mich antreten?«, fragte der Vater.

»Aber ja! Mach dich aufs Schlimmste gefasst!«

Damit zog sie den Controller auf ihren Schoß und fing an zu spielen. Und wie sie gesagt hatte, sie war tatsächlich gut! Ihr Krieger konnte um sich schlagen und springen und mit den Besten mithalten. Nach ein paar Minuten hatte sie die Punktzahl ihres Vaters erreicht. Er beobachtete sie lächelnd, sowohl irritiert als auch beeindruckt von den ungeahnten Fähigkeiten seiner Tochter.

15. KAPITEL

Schokoriegel, Musikkassetten, Armbänder und glänzende Glücksbringer ergossen sich wie eine Lawine aus Wadjdas Rucksack auf den Schreibtisch von Ms Hussa. Die Rektorin schüttelte den Rucksack noch ein letztes Mal und starrte dann auf Süßigkeiten und Schmuck, als wäre sie persönlich beleidigt worden.

Wadjda fröstelte. Die Klimaanlage lief, vielleicht war es die einzige funktionierende Klimaanlage in der ganzen Schule.

Passt doch, dachte sie. Die eisige Rektorin hat es gern eiskalt in ihrem Büro. Ein einzelner Sonnenstrahl drang durch einen schmalen Spalt zwischen den Vorhängen. Er schien direkt auf die verbotene Ware, die sich auf dem Tisch häufte. Über ihren Köpfen hingen die Bilder von Saudi-Arabiens König und Kronprinz. Auch sie schienen von den Süßigkeiten angewidert zu sein. Allerdings nicht so sehr wie Ms Hussa.

Deren Miene wurde noch grimmiger. Wadjda guckte weg, sie rutschte auf ihrem Stuhl herum. Der Stein, den ihr Vater ihr geschenkt hatte, lag auch auf dem Tisch. Wadjda konnte ihn kaum ansehen. Einen Moment lang schloss sie die Augen und wünschte mit all ihrer Kraft, dass Ms Hussa ihr nicht auch den wegnehmen würde.

»Widerwärtig«, sagte die Rektorin. Mit spitzen Fingern tippte sie die Sachen an, ganz so, als fürchte sie, sich eine Krankheit einzufangen. Schließlich lehnte sie sich mit einer Kassette in der Hand zurück und betrachtete sie wie eine Mordwaffe am Tatort.

»Kassetten mit Liebesliedern, Armbänder, all das …« Sie hatte Mühe Worte zu finden und beschränkte sich darauf, mit einer Handbewegung auf die Sachen auf dem Tisch zu weisen. Diese Geste schien alles mit einzuschließen, was Wadjda in ihrem ganzen Leben falsch gemacht hatte. »Du weißt, dass all das hier in der Schule nicht erlaubt ist.«

Eindringlich sah sie Wadjda an. Es war, als würde sie von zwei Laserstrahlen durchbohrt.

Tick, tack, die Sekunden vergingen. Die Zeit kroch quälend langsam dahin. Schließlich griff Ms Hussa in die Schublade und holte eine Akte heraus. Sie schlug sie auf und begann Papiere zu unterzeichnen, während sie redete. Das Kratzen ihres Füllhalters war sehr laut in der kalten, stillen Büroluft.

»Abeer ist immer ein gutes Mädchen gewesen.« Sie blätterte in einem Dokument und unterschrieb auf der Rückseite. Ihre Striche peitschten das Papier.

In diesem Moment wusste Wadjda, dass Abeer sie verpetzt hatte. Natürlich. Sie musste unter dem Druck zusammengebrochen sein und geredet haben.

Das war zu erwarten gewesen, dachte Wadjda.

Vor der Strafe, die Mädchen in Abeers Alter erwartete, wenn sie mit Jungen erwischt wurden, konnte man sich doch nur fürchten. Diejenigen, die Glück hatten, wurden zu einer sofortigen Heirat gezwungen. Und die mit weniger Glück wurden öffentlich ausgepeitscht, oft vor einer Menschenmenge. Wadjda fröstelte wieder. Dieses Mal hatte es gar nichts mit der eiskalten

Luft aus der Klimaanlage zu tun. An Abeers Stelle hätte Wadjda auch gepetzt. Aber wie viel wusste Ms Hussa?

Die Rektorin schaute von ihren Papieren auf, als hätte sie Wadjdas Gedanken gehört. Doch sie sagte nur: »Weißt du, wie es dazu kam, dass Abeer allein da draußen angetroffen wurde – mit einem fremden Jungen? Sie wusste, dass es ein Verstoß gegen die Regeln war. Als die Religionspolizei sie aufgegriffen hat … Da sah es schlecht aus für sie und schlecht für unsere Schule.«

Wadjda blieb stumm, jetzt durfte ihr Gesicht nicht ihre Gefühle verraten. Wenn sie blinzelte oder zuckte oder sich überhaupt irgendwie rührte, könnte das als Eingeständnis ihrer Schuld ausgelegt werden.

Sie gab keine Antwort und Ms Hussa ging wieder an ihre Arbeit. Allerdings redete sie dabei weiter. Ihre Stimme war voller Gleichgültigkeit. Das war noch unheimlicher als Herumbrüllen.

»Zum Glück haben sie jemanden gefunden, mit dem sie verheiratet werden kann. Nach einer derartigen Katastrophe hätte ihre Familie sie bestimmt nicht wieder in die Schule kommen lassen.«

Damit hörte sie auf, Papiere zu unterschreiben, schlug die Mappe zu und faltete die Hände auf dem Schreibtisch. Wieder schaute sie Wadjda tief in die Augen – und Wadjda tat ihr Bestes, diesen Blick so zu erwidern, als wäre es etwas ganz Normales … So als würde sie nicht vom Unterricht ausgeschlossen, von der Schule verwiesen werden … oder Schlimmeres. Wenn man sie ansah, konnte man nicht ahnen, dass ihr Herz hämmerte wie verrückt, dass sie das Gefühl hatte, der Kopf würde ihr explodieren und dass sie nicht mal schlucken konnte, weil ihr Mund so trocken war.

Sie fing an zu husten und krümmte sich auf ihrem Stuhl. Als sie endlich wieder Luft bekam und aufschaute, hatte Ms Hussa sich nicht gerührt.

»Hast du dieses Rendezvous für Abeer und ihren Liebhaber eingefädelt?«, blaffte sie.

»Nein, natürlich nicht!« Die Worte kamen ganz spontan. Wadjda hatte keine Zeit gehabt, sich etwas zurechtzulegen.

»Lüg nicht. Ich weiß, dass du daran beteiligt warst.«

Ms Hussa kniff die Augen zusammen und betrachtete den Haufen verbotener Waren auf ihrem Schreibtisch. »Ich weiß nur nicht, wie.« Sie lehnte sich wieder zurück und legte die Fingerspitzen aneinander. »Also. Was machen wir jetzt mit dir? Werfen wir dich raus?«

Ehe Wadjda antworten konnte, ging die Tür auf und Ms Jamila, die Schulsekretärin, trat ein. Wadjda hätte beinahe gelächelt, im letzten Augenblick riss sie sich aber noch zusammen. Ms Hussa würde sicher noch wütender werden, wenn sie auch nur den kleinsten Anflug von Entspannung in Wadjdas Gesicht entdeckte.

Doch es war schwierig, auf Dauer finster zu gucken. Es war nämlich eine unheimliche Erleichterung, Ms Jamila zu sehen. Die junge Lehrerin war vor Kurzem zu Ms Hussas Verwaltungsassistentin befördert worden. Wadjda mochte Ms Jamila. Sie war nicht darauf aus, den Mädchen das Leben schwer zu machen – aber sie war auch nicht darauf aus, sie zu verteidigen.

Ms Jamila sah Wadjda an, nur ein schneller Blick. Ms Hussa zog verärgert die Augenbrauen hoch.

»Was ist denn?«, fragte sie gereizt. »Ich wollte nicht gestört werden.«

Zum Glück war jetzt jemand da, der Ms Hussas ärgste Wut abfangen konnte! Wadjda brauchte ein bisschen Freiraum, damit sie atmen und ihre Gedanken sammeln konnte.

Sie holte tief Luft und stemmte die Füße auf den Fußboden, damit sie nicht so zitterten. Dann wackelte sie mit den Zehen und drückte sie gegen den Baumwollstoff ihrer Chucks. Das beruhigte sie. Aber es lenkte die Aufmerksamkeit auch auf ihre abgetragenen Schuhe, die in Ms Hussas makellosem Büro wie Fremdkörper wirkten.

»Und?« Ms Hussa klang noch übellauniger.

Verlegen hob Ms Jamila die Mappe in ihrer linken Hand. »Die Vorschläge für den Koranrezitationswettbewerb«, sagte sie. »Für den Religionsclub?«

Es klang wie eine Frage, nicht wie eine Entschuldigung. Offenbar war Ms Jamila an das Temperament ihrer Chefin gewöhnt. Sie reichte Ms Hussa die Papiere und sagte: »Wir brauchen nur noch Ihre Unterschrift, um eine Anhebung des Preisgeldes zu beantragen.«

Während Ms Hussa ihre Aufmerksamkeit auf die Formulare richtete, fiel Wadjdas Blick wieder auf den Stein. Wie einsam er wirkte, so ganz allein zwischen den Heften. Sie würde ihn nicht aufgeben, das konnte sie nicht. An diesem Stein hing so viel. All die vielen Wochen, in denen ihr Vater weg war, all die Gespräche, die sie nicht hatten, all die Dinge, die Wadjda machte, von denen er nichts wusste oder die er nicht billigte. Aber auch all ihre Gemeinsamkeiten, ihr lautes Lachen, ihre Vorliebe für Streiche und Spiele, ihr scharfer Blick und ihre Treffsicherheit. Es war nur ein Stein, aber er bedeutete ihr so viel, dass Ms Hussa ihn ihr nicht wegnehmen durfte.

Einfach so, schnell wie eine Schlange beim Angriff, schoss

Wadjdas Hand zum Schreibtisch. Sie schnappte sich den schwarzen Stein und ließ ihn in ihrer Tasche verschwinden – und das alles ohne vom Stuhl aufzustehen.

Hatte die Rektorin etwas gesehen? Ms Hussa richtete den Blick wieder auf Wadjda. Die zählte im Kopf: eins, zwei, drei …

»Geh in deine Klasse, Wadjda.« Ms Hussa zeigte auf die Tür. »Um das hier …«, sie schaute auf die Sachen auf ihrem Tisch, »kümmern wir uns später.«

War das nun gut oder schlecht? Langsam zog Wadjda Hefte und Bücher zwischen den einkassierten Waren heraus und steckte sie in ihren Rucksack. Die Armbänder, Kassetten und Süßigkeiten, die bestimmt fünfzig Riyal eingebracht hätten, schienen ihr sehnsüchtig nachzuschauen.

So viel Geld, dachte sie. So viele Geschäfte – ein für alle Mal verloren. Ein Bild blitzte vor ihr auf: das grüne Fahrrad, das in der Ferne verschwand – mit irgendeinem unbekannten Kind auf dem Sattel. Und sie konnte nichts tun, um es wieder zurückzuholen.

Immerhin war sie nicht von der Schule geworfen worden – noch nicht.

Sie schulterte den Rucksack und zog ab. Fröstelnd ging sie an den ungemütlichen Möbeln vorbei – nichts als gerade Linien und scharfe Kanten – und drückte sich an den verschlossenen Schränken an den Wänden entlang. Welche dunklen Geheimnisse mochten die wohl enthalten? Alles in Ms Hussas Büro wirkte unheimlich und bedrohlich. Wadjdas Schuhe quietschten auf dem schwarzen Marmorboden und sie zuckte zusammen und wartete auf die Reaktion der Rektorin.

Die kam sofort.

»Und Wadjda«, brüllte Ms Hussa. »Ab morgen trägst du

normale schwarze Schuhe wie alle anderen Mädchen! Das ist ein Befehl.«

Wadjda nickte, riss die Augen weit auf und senkte das Kinn, damit sie besonders gehorsam wirkte. War dieses schreckliche Gespräch tatsächlich vorbei? War sie Ms Hussas Zorn tatsächlich so leicht entgangen? Vielleicht hatte Abeer sie ja doch nicht verpetzt! Welch ein unfassbar wunderbarer Gedanke!

Aber vielleicht zu schön, um wahr zu sein. Im Weggehen hörte sie Ms Hussas Stimme hinter der Tür. »Rufen Sie Wadjdas Mutter an. Erkundigen Sie sich, ob sie morgen zu einer Besprechung kommen kann. Wir müssen eine Entscheidung treffen, was wir mit diesem Mädchen machen – ein für alle Mal.«

Wadjdas Herz rutschte wieder tiefer, bis ganz nach unten in den Magen. Es klingelte zur Pause, die Mädchen strömten in die Flure und hätten sie fast niedergetrampelt auf ihrem Weg hinaus auf den Schulhof. Dieses eine Mal rannte Wadjda nicht mit ihnen um die Wette. Sie blieb stehen, wo sie war, ließ Trauben von Mädchen links und rechts vorbeiströmen und überlegte, ob sie nun doch zu weit gegangen war.

16. KAPITEL

Wadjda bekam Bauchweh, wenn sie daran dachte, wie ihre Mutter reagieren würde, wenn Ms Hussa sie zu einer weiteren Unterredung bestellte. Unter dem Tisch ließ sie die schwarzen Chucks baumeln, nervös zuckten sie über dem billigen Linoleum des Klassenraumes.

Irgendwie muss ich mir neue Schuhe besorgen, dachte sie und rutschte noch weiter auf ihrem Stuhl herunter. Langweilige schwarze Schuhe, wie alle sie tragen.

Aber wie nur? Die Mutter hatte nicht genug Geld, um Wadjda jedes Schuljahr neue Sachen zu kaufen. Wadjda war es gewohnt, mit dem auszukommen, was da war. Normalerweise fand sie es gut, ihren ganz eigenen Stil zu haben. Aber jetzt? Sie seufzte.

Ms Noof stand an der Tafel und starrte die Klasse an. Sie kaute Kaugummi, die Mädchen durften das nicht. Wadjda musste ihre Wut unterdrücken, als sie es sah. Ms Noof trug auch nicht die richtigen Schuhe. Unter dem langen schwarzen Rock und der übergroßen Bluse sah man ihre Flipflops. Und sie hatte die Ärmel hochgeschoben, um sie vor Kreidestaub zu schützen.

Es half nichts, sich von Ms Noof verärgern zu lassen, Wadjda richtete also den Blick auf die Tafel, bis die Buchstaben vor ihren Augen verschwammen. Ihre Gedanken fingen an zu wandern und bald war sie in ihre eigene Welt versunken, weit weg von der heißen Enge des Klassenzimmers.

In dieser Welt hatte Ms Hussa einen Sinneswandel. Sie kam mit Wadjdas Kassetten, Armbändern und Süßigkeiten in die Klasse und gab ihr alles zurück. Sie legte sogar noch ein bisschen Geld drauf, fürs Fahrrad. Dann gab sie ihr die Erlaubnis, früher zu gehen.

Geh, amüsier dich, sagte sie. Mach dir keine Sorgen um die Schuhe. Schau bei deinem Fahrrad vorbei.

Das Fahrrad! Bei dem Gedanken zog Wadjda ihr Rechenheft heraus und blätterte zur letzten Seite. Sie hatte gemalt, wie sie durch die Straßen von Riad fuhr.

Sie verbarg ihr Lächeln und begann die Gebäude am Weg mit leichten Bleistiftstrichen auszumalen.

Erst das typische Geräusch von Ms Hussas hohen Absätzen, die den Flur entlang immer näher kamen, brachte sie dazu, den Kopf zu heben.

Nicht nur sie. Das Geräusch elektrisierte alle Mädchen. Sie gierten nach Skandalen. Hinter Wadjda flüsterte Yasmine mit Noura.

»Komisch, dass ausgerechnet *sie* Abeer bestraft. Schließlich wissen wir doch alle über den Dieb in Ms Hussas Haus Bescheid …« Sie kicherte los und konnte sich gar nicht wieder einkriegen.

»Das war kein Dieb!«, flüsterte Noura zurück. »Das war ihr Liebhaber! Ihr Vater dachte nur, es wäre ein Dieb. Deshalb hat er die Polizei gerufen!«

Salma passte das gar nicht. Sie war einer der Lieblinge der Lehrerin und mit ihrem breiten Gesicht, der unreinen Haut und den buschigen Augenbrauen ganz das Gegenteil von Ms

Hussa. Wadjda wusste, dass Salma die Rektorin für perfekt hielt und alle Gerüchte über Ms Hussa hasste.

Die Aussicht auf einen handfesten Streit munterte Wadjda auf. Obwohl die Klatschtanten laut genug waren, würde Ms Noof nicht eingreifen. Ihr Unterricht zog sich immer hin. Ein ewig gleiches Rauschen. Keine Frage, keine Antwort konnte es unterbrechen. Wahrscheinlich würde sie nicht mal innehalten, wenn eines der Mädchen aufsprang und aus der Klasse rannte ... schreiend. An den meisten Tagen war Wadjda ernsthaft in Versuchung, das auszuprobieren.

Nun zog Salma die Augenbrauen zusammen und schaute Noura und Yasmine finster an. Sie legte den Finger an die Lippen und flüsterte: »Haltet den Mund! Wenn Ms Hussa sagt, es war ein Dieb, dann war es ein Dieb!«

»War ja klar, dass du das denkst, Salma.« Noura verdrehte die Augen. »Der einzige Mann, der je mit dir sprechen würde, wäre ein Dieb. Kein anderer hätte Lust dazu.«

Salma schaute auf ihren Tisch, als hätte sie eine Ohrfeige bekommen, sie war blass geworden. Tränen stiegen ihr in die Augen. Yasmine und Noura kicherten, dann setzten sie sich plötzlich kerzengerade hin und falteten die Hände im Schoß. Die Rektorin hatte das Klassenzimmer betreten. Sogar Ms Noof stand gerade. Ihre Bewegungen wurden merklich schneller und sie schluckte ihren Kaugummi runter.

»Mädchen, unsere Rektorin ist hier, sie wird die Regeln für den Koranrezitationswettbewerb erläutern – und eine besondere Ankündigung machen«, sagte Ms Noof. »Dann geben wir die Meldeliste herum.«

Sie reichte einem Mädchen in der ersten Reihe ein Blatt Papier und überließ Ms Hussa ihren Platz vor der Klasse.

Unauffällig schlug Wadjda die Seite in ihrem Heft um und versteckte ihre Fahrradzeichnung. Als hätte sie einen Radar, der auch den winzigsten rebellischen Akt registrierte, richtete sich Ms Hussas Blick direkt auf sie.

Wadjda wusste nicht recht, was sie machen sollte. Sie gab sich besonders lerneifrig und hielt den Bleistift über die Seite, als wollte sie gleich loslegen und sich Notizen machen. Die Rektorin schnaufte verächtlich und ihr Blick schweifte über den Rest der Klasse. Um es spannender zu machen, ließ sie vor ihrer Ankündigung die unbehagliche Stille im Raum wachsen. Es klappte. Bei ihren ersten Worten schnappten die Schülerinnen nach Luft.

»Mädchen, wir haben das Preisgeld erhöht. Die Gewinnerin wird jetzt statt achthundert ganze tausend Riyal erhalten. Natürlich werdet ihr dafür lange Suren lernen müssen.«

Wadjda zog die Augenbrauen hoch. Das war ein enormes Preisgeld. Es würde für ihr Fahrrad reichen und dann wäre sogar noch etwas übrig! Schnell blätterte sie den Koran auf ihrem Tisch durch und versuchte sich auszurechnen, wie viele Seiten sie lernen müsste.

»Ihr müsst die Verse lernen und die richtige Rezitation«, sagte Ms Hussa. »Dann das damit verbundene Vokabular – und ihr müsst darauf vorbereitet sein, alle Gründe hersagen zu können, die uns beweisen, dass diese Verse vom Himmel selbst gekommen sind.« Die nächsten Worte betonte sie besonders: »Der richtige Ton, der Rhythmus und das Tempo sind sehr wichtig.«

Die Meldeliste ging herum. Wadjda sah, dass die Reihe der Namen immer länger wurde.

War ja klar, dass Salma sich einträgt, dachte sie. Diese Streberin hätte das sicher auch ohne Preisgeld getan. Aber es gelang Wadjda, die Augen nicht zu verdrehen.

Noura und Yasmine trugen sich auch in die Liste ein. Besonders gute Schülerinnen waren sie nicht, aber sie waren hübsch – und wenn sie im Unterricht etwas sagten, war das Säuseln ihrer Stimmen wie Gesang.

Noura ist wahrscheinlich sicher, dass sie gewinnen wird, dachte Wadjda. Heimlich hob sie die Seite in ihrem Heft und lugte auf das Bild von ihrem Fahrrad.

»Wir wollen die Schönheit des Korans von euren jungen Stimmen besungen hören«, sagte Ms Hussa.

Die Meldeliste fiel auf Wadjdas Tisch. Das dicke weiße Papier verdeckte ihre Zeichnung. Das war wie ein Zeichen! Wie eine Straßensperre. Hier musst du erst mal durch, Wadjda, schien sie zu sagen.

Gut. Anders ging es nicht. Mit kräftigen schwarzen Strichen setzte Wadjda ihren Namen auf die Liste der Teilnehmer. Sie schrieb ein wenig größer als die anderen, für alle Fälle.

Der Unterricht war zu Ende, Wadjda sprang auf und sammelte ihre Sachen sogar noch gründlicher zusammen als Salma. Sie stopfte sich ihre *abayat ar-ra's* unter den Arm und ging so schnell sie konnte zum Büro von Ms Hussa. In Kürze würde die Direktorin rauskommen und mit ihrer Inspektion am Schultor beginnen. Wadjda musste schnell handeln.

»Darf ich ganz kurz mit Ms Hussa sprechen?«, fragte sie Ms Jamila.

Anscheinend hatte Ms Jamila nicht damit gerechnet, sie so schnell – und dann auch noch freiwillig – wiederzusehen, sie wirkte überrascht. Aber ihr Ton war nett und entspannt.

»Natürlich, Wadjda. Geh und sieh nach, ob sie Zeit hat.« Sie zeigte ermutigend auf die Tür der Rektorin und beobachtete, wie Wadjda hinging, durchatmete und anklopfte.

Knarrend ging die Tür auf und Wadjdas alte Furcht kehrte zurück. Das war ein Geräusch wie aus einem Gruselfilm! Aber sie wusste genau, welches Monster hinter dieser Tür lauerte.

»Na, was ist denn? Geh schon!« Ms Jamila scheuchte sie mit einer Handbewegung.

Also ging Wadjda.

Drinnen stand sie lange vor dem riesigen Schreibtisch. Jedenfalls kam ihr das so vor. Das dunkle Holz schien alles Licht im Raum zu schlucken. Ms Hussa hatte sich in eine Akte vertieft und schaute nicht auf. Eine Seite nach der anderen blätterte sie um, machte Notizen und setzte ihre Unterschrift an verschiedene Stellen. Schließlich hob sie den Kopf und zog eine Augenbraue hoch – damit nahm sie Wadjdas Anwesenheit zur Kenntnis.

»Nun, was ist?«, sagte sie, als ob sie darauf gewartet hätte, dass Wadjda etwas sagte.

Wadjda stellte einen Fuß auf den anderen und versuchte, ihre schwarzen Turnschuhe zu verstecken.

»Ich habe über das nachgedacht, was Sie gesagt haben«, platzte sie heraus. »Ich war im Unrecht und ich bin bereit, mich zu ändern.«

Bei Ms Hussa schossen beide Augenbrauen in die Höhe.

Wirklich?, schien sie sagen zu wollen. Aber der Zweifel war ihr anzusehen.

»Ich will dem Religionsclub beitreten!«, verkündete Wadjda. Sie strengte sich gewaltig an, damit ihre Stimme nicht zitterte. Sie musste stark und sicher auftreten, wenn sie Ms Hussa überzeugen wollte.

Ms Hussa verzog keine Miene, aber sie kniff die Augen ein wenig zusammen.

Obwohl sie nach außen hin ruhig wirkte, meinte Wadjda das Hirn der Rektorin summen und brummen zu hören, während sie diese seltsame neue Information verarbeitete.

»Was denn? Wirst du plötzlich wirklich fromm?«

»Vielleicht lerne ich ja etwas«, sagte Wadjda langsam. »Sie wissen schon … vielleicht komme ich auf den rechten Weg.« Sie sah schon, dass ihre Worte nicht den Effekt hatten, den sie erhofft hatte, und beschloss, noch etwas Öl ins Feuer zu gießen. »Sie werden schon sehen«, sagte sie und nahm eine aufrechte Haltung an. »Ich kann auch anders sein.«

Ms Hussa schaute auf sie herab, eindeutig misstrauisch, aber auch nachdenklich.

»Ja«, sagte sie. »Wir werden sehen.«

17. KAPITEL

Auf ihrem Heimweg durch die Gassen hatte Wadjda das Gefühl, auf Wolken zu gehen. Die riesige *abayat ar-ra's* wehte hinter ihr her wie das Cape eines Superhelden. Sie steuerte direkt auf den Spielwarenladen zu, stellte sich vor den Lenker des grünen Fahrrades und ließ die Schönheit auf sich wirken. Für Wadjda fühlte sich dieses Rad mittlerweile lebendig an und war so viel mehr als Speichen, Räder und Chrom. Es war ein Freund, ein Gefährte in einem Abenteuer. Doch es war auch eine Tür, durch die sie an all die Orte gelangen würde, von denen sie geträumt hatte.

Tuuuut! Ein Auto hupte wütend im Vorbeifahren. Das Geräusch brachte Wadjda schlagartig wieder in die Wirklichkeit zurück. Seufzend drückte sie die Ladentür auf. Die kleine Glocke bimmelte und verkündete ihr Eintreten. Mit einem Lächeln im Gesicht betrat Wadjda den Spielwarenladen. Der Besitzer schaute von einem Haufen Quittungen auf und starrte sie über seine Lesebrille hinweg an. Sein Blick war neugierig.

Heute hatte der alte Mann die *ghutra* nach hinten geschoben, man sah mehr von seiner Stirn und das wirkte lässig.

Ein Typ mit Stil, dachte Wadjda. Mit Feingefühl.

Aber war das gut? Sie legte die Stirn in Falten und tippte die

Schuhspitze auf den Boden. Sie hatte auch Stil, jedenfalls fand sie das. Aber ihre lila Schnürsenkel und die coolen Turnschuhe hatten ihr nichts als Ärger gebracht.

Sie überlegte hin und her und schlüpfte dann in einen der Gänge, wo sie vorgab, das staubige Spielzeug zu begutachten. Immer wieder sah sie verstohlen zum Ladenbesitzer rüber.

Auf seinem Tisch stand eine Kanne mit Kaffee. Der Ladenbesitzer schenkte sich eine kleine Tasse ein, trank sie und stellte dann bedächtig Tasse und Kanne ab. Er behielt Wadjda im Blick, als er die Platte auf dem Plattenspieler neben ihm umdrehte. Eine entspannte, geübte Bewegung, so als würde er das täglich so oft machen, dass er gar nicht mehr drüber nachdachte. Die Nadel kratzte und knisterte in den Rillen der alten Schallplatte und ein Schwall von Geräuschen erfüllte den Laden, die vertrauten Klänge einer lange vergangenen Zeit – mit Knacken und Rauschen. Eine schreckliche Klangqualität! Wadjda hätte sich am liebsten die Ohren zugehalten.

»Sie wissen doch, dass so ein neues Ding erfunden wurde, das man Tonbandgerät nennt?«, brüllte sie ihm zu.

Irgendwann muss das Eis ja gebrochen werden, sagte sie sich. Sie musste den Mann auf ihrer Seite haben, sonst würde sie ihn nie davon überzeugen, ihr das Fahrrad zu verkaufen.

Der alte Mann schniefte, reagierte sonst aber nicht auf ihre Frage.

»Hast du vor, mal irgendwas zu kaufen?«, grollte er. Wadjda lächelte ihn unschuldig an. Bis jetzt machte er noch keinen besonders freundlichen Eindruck. Aber er jagte sie auch nicht weg. Und immer wieder war da so ein Zwinkern in seinen Augen – machte er sich lustig? Oder war es nett gemeint? –, das sie ermutigte.

»Woher soll ich das wissen?«, sagte sie. »Man muss sich doch gründlich umsehen, oder?«

Damit drehte sie ihm den Rücken zu und streifte weiter durch den Laden. Sie tat so, als würde sie sich die Puppen und Gummibälle und die Stapel von Brettspielen ansehen. Aber ihr Blick ging immer wieder zum Schaufenster und zu dem tollen Fahrrad, das davor stand. Es glänzte in der Nachmittagssonne.

Sie riss sich von dem Anblick los und schaute auf. Der Ladenbesitzer starrte sie immer noch argwöhnisch über den Rand seiner Brille hinweg an. Er nahm die Quittungen und bündelte sie ordentlich, Ecke auf Ecke. Auch dabei ließ er Wadjda nicht aus den Augen. Er machte sie nervös. Fest entschlossen, sich seinem Blick zu entziehen, verzog sie sich in den hinteren Bereich des Ladens zu den Computerspielen.

Auf einer großen Schachtel stand in knallroten Buchstaben *Lerne den Koran – auf leichte Art.* Brauchte sie das, um den Wettbewerb zu gewinnen? Sie hatte sofort die Mädchen aus ihrer Klasse vor Augen. Wenn sie es mit den besten Schülerinnen aufnehmen wollte – zum Beispiel Salma, und den besten Sprecherinnen, wie Noura – würde sie Hilfe brauchen.

»Da hinten wirst du keine Kassetten finden«, rief der Ladenbesitzer, ohne in ihre Richtung zu gucken. »Das ist ein moderner Laden, verstehst du. Wir haben nur CDs.«

Dieses Mal war Wadjda ganz sicher, er hatte gezwinkert. Während sie den Mann beobachtete, ging ein Lächeln über sein knittriges Gesicht und die Falten um seine Augen wurden tiefer. Okay, irgendwie wirkte es spöttisch. Aber ein Lächeln war ein Lächeln – und ein Lächeln war das Zeichen, auf das sie gewartet hatte.

Ja!, dachte sie. Sie strahlte ihn an, ein Grinsen, das alle ihre

Zähne zeigte. Ihre Freude war echt, daran war nichts geheuchelt. Denn jetzt hatte sie keinen Zweifel mehr: Er würde ihr das Fahrrad verkaufen.

»Vielen Dank!«, zwitscherte sie wie ein Vögelchen und ging immer noch lächelnd auf die Ladentür zu. Dabei steckte sie ihren Schleier fest. »Bis morgen!«

Das war eine Vorwarnung für ihn. Er sollte wissen, dass er sie häufiger sehen würde – bis zu dem Augenblick, in dem sie achthundert Riyal auf seinen Ladentisch legen und auf ihrem Fahrrad nach Hause fahren würde.

Der Laden war stickig von der Nachmittagshitze, Wadjda ließ die Tür also offen stehen. Im Vorübergehen fuhr sie mit den Fingern durch die Bänder am Lenker, die wie Wasser über ihre Haut glitten. Der Ladenbesitzer sah ihre Geste, steckte den Kopf zur Tür hinaus und rief: »Kannst du überhaupt Rad fahren?«

»Rad fahren?« Wadjda zog die Augenbrauen hoch und verschränkte kämpferisch die Arme. Mit beiden Füßen fest auf dem Boden fühlte sie sich stark wie ein Baum. »Ich fahre mit dem Wind um die Wette.«

Ein triumphaler Abgang! Vor Freude hätte Wadjda in die Hände klatschen mögen. Mit hocherhobenem Kopf drehte sie sich um … und stolperte über den am Boden schleifenden Saum ihrer riesigen *abayat ar-ra's*. Sie stürzte nach vorn und musste mit ein paar schnellen Schritten verhindern, dass sie mit dem Gesicht zuerst in den Dreck fiel.

Na toll, dachte sie und spürte, wie sie unter dem Schleier knallrot anlief.

Hinter ihr lachte der Ladenbesitzer. Nicht laut. Aber seine Schultern zitterten und er hatte die Lippen zusammengepresst, als wollte er seine Belustigung verbergen. Eine Sekunde später wurde die Musik von seinem alten Plattenspieler lauter. Wadjda lächelte.

Der Ladenbesitzer wollte es vielleicht nicht zeigen, aber Wadjda wusste, dass sie jetzt einen Verbündeten hatte. Ganz plötzlich war ihr Plan, das Fahrrad zu kaufen, viel aussichtsreicher geworden.

18. KAPITEL

Hatte es je ein Schulfach gegeben, bei dem es leicht war, wach zu bleiben?

Wadjda legte die verschwitzte Wange in die noch verschwitztere Hand. Sie hatte das Gefühl, ihr Körper würde schwanken, ganz langsam, vor und zurück. Über ihr zischte die Klimaanlage. Der Ventilator drehte sich und bewegte die heiße Luft, die schrecklich schwer war. Wadjda wollte sich nur auf den Tisch fallen lassen, die Augen zumachen und tausend Jahre schlafen.

Vor ihr wischte die Lehrerin die Gleichungen und Zahlen der Mathestunde von der Tafel. Mit den schwierigen Aufgaben verschwand auch alle Logik.

Ohne die Mathematik ergab nichts in der Schule einen Sinn, fand Wadjda. Da blieben nur Worte, die wie Sand durch den Raum wehten.

Heute sammelte die Lehrerin Vorschläge für die Pinnwand des Religionsclubs. Obwohl sie das jüngste und vorgeblich das motivierteste Mitglied war, fielen Wadjda immer wieder die Augen zu. Und jedes Mal, wenn es einen Moment lang dunkel war, wurde der Schlaf verlockender. Mittlerweile konnte Wadjdas Arm kaum noch den schweren Kopf stützen.

»Bleib wach, bleib wach, bleib wach«, murmelte Wadjda vor sich hin wie ein Mantra. Mühsam setzte sie sich auf und kniff sich mit den Fingernägeln in die Handfläche. Wild entschlossen schaute sie auf die Tafel – und lächelte sogar die Lehrerin ein wenig an, die Wadjdas neuen Eifer nicht zu bemerken schien.

»Lasst uns alle Geschichten über Qualen im Grab zusammentragen und einen Aushang für die ganze Schule zusammenstellen. Irgendwelche Vorschläge, was unbedingt dabei sein sollte?«

Noura meldete sich. Die Lehrerin nickte und erteilte ihr das Wort.

»Ich möchte die Geschichte von der Riesenschlange aus der Hölle erzählen«, sagte Noura. »Da war ein Mädchen, das nicht zur rechten Zeit gebetet hat. Nach ihrem Tod wurde die Riesenschlange geschickt, um sie zu quälen!«

»Gut, Noura. Danke.« Die Lehrerin schrieb »Riesenschlange aus der Hölle« ganz oben auf ihre Liste.

Sollte das wirklich eine ganze Stunde lang so weitergehen? Wadjda schaute träge auf den Flur hinaus. War das etwa … Sie runzelte die Stirn. Ja, eindeutig, das schwache Klappern hoher Absätze in der Ferne, aber es kam näher. Wadjdas Nackenhaare richteten sich auf.

»Was fällt uns noch ein?«, fragte die Lehrerin.

Wadjda versuchte sich zu konzentrieren. Ihr musste eine gute Geschichte einfallen. Qualen im Grab … Wenn der Prophet Mohammed einen frischen Zweig auf ein Grab legt, erleichtert er das Leiden des Toten, so hieß es doch, oder? Wadjda runzelte die Stirn und überlegte, ob das ein guter Beitrag wäre.

Das Klappern auf dem Flur war näher gekommen. Und dann wurde Wadjdas schlimmster Albtraum wahr, direkt vor ihren Augen: Ihre Mutter folgte Ms Hussa ins Büro.

Wadjdas ganzer Körper wurde steif, als sie die beiden Frauen durch die offene Tür den Flur entlanggehen sah. Die Mutter richtete nervös Haare und Bluse, während sie mit der schwarzen *abaya* unter dem Arm hinter der Rektorin herging.

Die Qualen des Grabes kann man vergessen, dachte Wadjda und sank auf ihrem Stuhl zusammen. Sie würde schon bald Qualen erleben und zwar genau hier auf Erden.

19. KAPITEL

Klirr!

Ein Teller knallte auf den Boden und ging zu Bruch. Die Scherben prallten von den Küchenschränken und Tischbeinen ab.

In ihrem Zimmer setzte Wadjda sich mit einem Ruck auf. Sie hörte, wie die Mutter fluchte, als sie das Geschirr vom Vorabend abwusch – beziehungsweise zerdepperte.

»Immer versuchst du an Geld zu kommen. Lügen, betrügen, gegen die Regeln verstoßen – und wofür?« Die sonst so schöne Stimme der Mutter erhob sich zu einem schrillem Kreischen. In jedem Wort zitterte die Wut. »Für ein Fahrrad? Ich schwöre, Wadjda, dieses Ding kriegst du niemals, solange ich lebe! Denkst du, ich warte nur drauf, dass du von der Schule geworfen wirst?«

Wadjda schlich zur Tür und lugte ganz vorsichtig um die Ecke. Als sie ihre Mutter sah, drückte sie sich an die Wand und ließ den Kopf in die Hände sinken. Die Mutter trug immer noch ihre Arbeitskleidung. Das hieß, dass es ganz schlimm stand. In ihrer guten Bluse und dem guten Rock machte sie im Haus sauber. Diese Sachen waren zu wertvoll. Jeden Monat sparte die Mutter gerade genug Geld, um sich ein, zwei Kleidungsstücke zu kaufen. Jeden Abend wurden sie sorgfältig gewaschen und gebügelt, damit sie länger hielten. Die Mutter legte größten Wert darauf, bei der Arbeit gut auszusehen, und bei dem Chaos, das sie gerade in der Küche anrichtete, würde sie sich ihre schöne rote Bluse ruinieren.

Rums! Ein weiterer Teller ging zu Bruch. Wadjda hielt sich die Ohren zu, sie wollte das nicht hören. Als es nicht funktionierte, lief sie zum Radio und rüttelte an der Antenne. Die Musik konnte ihr eigenes Schluchzen hoffentlich übertönen. Ein neuer Hit von Beyoncé ertönte.

Mit dem Handrücken wischte Wadjda sich die Nase und drehte die Lautstärke bis zum Anschlag auf, damit sie das Schimpfen ihrer Mutter nicht mehr hören musste.

»Stell das verdammte Radio aus! Du hast diese bösen Lieder aufgenommen!« Jetzt klang ihre Mutter noch wütender. »Du bist nicht besser als Abeer! Und was ist mit ihr passiert? Ich werde es dir sagen: Sie bleibt zu Hause, bis ihre Eltern sie verheiraten. Und das werde ich mit dir auch machen! Morgen gehst du nicht zur Schule! Du wirst dieses Haus nicht verlassen.«

Wadjda stellte das Radio aus und ließ sich aufs Bett fallen. Die Tränen kullerten jetzt schneller, aber sie schluckte jeden Schluchzer herunter, der ihre Kehle hochsteigen wollte. Wie besessen wischte sie sich die Wangen und nahm schließlich ihren ganzen Mut zusammen. Sie schlich wieder zu Tür. Warum war es in der Küche so merkwürdig still geworden?

Der Mondschein fiel durch das schmutzige Fenster auf ihre Mutter, die ganz still dastand und die Scherben auf dem Fußboden betrachtete. Die Mutter strich sich das wirre Haar aus dem Gesicht, eine Strähne nach der anderen. Lange stand sie so da, hielt mit einer Hand ihre Haare, während sie die andere auf die Stirn drückte. Das Wasser schoss aus dem Wasserhahn ins

Spülbecken neben ihr. Minuten vergingen, ehe die Mutter den Hahn zudrehte. Alle Wut war aus ihrem Körper gewichen. Jetzt wirkte sie nur schrecklich müde.

Wadjda beobachtete, wie ihre Mutter langsam im Schrank unter der Spüle nach Handfeger und Schaufel suchte. Sie ging auf die Knie, fegte die Scherben zusammen und ließ zerbrochenes Glas in den Mülleimer fallen. Die Scherben klapperten laut in den Plastikbehälter.

Auf Zehenspitzen schlich Wadjda sich weiter in den Flur. Jetzt war die Mutter im Wohnzimmer und ging auf und ab. Wadjda hörte ihre nervösen Schritte, die plötzlich gedämpft wurden, wenn sie auf den Teppich trat. Ein, zwei Mal griff die Mutter nach dem Telefon, zog aber die Hand immer wieder weg. Dann, ganz plötzlich, schnappte sie sich den Hörer, wählte und wartete.

Das Tuten war sehr laut im stillen Haus zu hören. Plötzlich brach es ab. Doch bevor ihre Mutter »Hallo« sagen konnte, hörte Wadjda ein gedämpftes Quaken. Am anderen Ende der Leitung wurde keine Zeit verschwendet und sofort losgelegt.

Der Atem der Mutter ging schneller, während das Quaken kein Ende nehmen wollte. Ab und zu konnte Wadjda mal ein Wort oder einen Satz verstehen. Dieses gebrochene Arabisch hätte sie überall wiedererkannt. Iqbal.

Die Mutter packte den Hörer fester. Wadjda stellte sich vor, wie die Wut ihre Mutter in tausend Stücke zerriss.

»Ich weiß, Iqbal, ich weiß. Sie haben lange gewartet, ja. Aber meine Tochter hatte ein Problem in der Schule.« Wadjda merkte, dass ihre Mutter sich sehr anstrengen musste, ruhig zu bleiben. »Ich hatte nicht die Zeit, Ihnen zu sagen, dass ich früher gehe.«

Offenbar wollte Iqbal das nicht glauben. Die Mutter ging in kleinen Kreisen im Zimmer herum. Dann hielt sie den Hörer vom Ohr weg – »egoistisch, dumm!«, quäkte Iqbal – und verschaffte sich eine kleine Pause vom Gezeter.

»Nun, Sie werden für die Fahrt bezahlt, ob ich da bin oder nicht!«, warf sie ungehalten ein, langsam wurde sie immer wütender. »Gut. Dann kommen Sie morgen nicht, wenn Sie das so sehen.«

Am anderen Ende der Leitung wurde Iqbals Stimme lauter. Er brüllte jetzt so, dass Wadjda jedes Wort verstehen konnte. Der Mund klappte ihr auf. Das waren schreckliche Sachen, die Iqbal zu ihrer Mutter sagte! Am liebsten hätte sie seinem Wagen und ihm einen ordentlichen Fußtritt verpasst.

»Wie können Sie es wagen, so mit mir zu reden?« Das Gesicht der Mutter war rot vor Wut. »Glauben Sie, es gibt keine anderen Fahrer in der Stadt? Warten Sie's ab. Ich finde jemand anderen!«

Sie knallte den Hörer auf die Gabel und ließ sich aufs Sofa fallen. Ihre Brust hob und senkte sich, ihr Atem stockte, als sie versuchte, das Weinen zu unterdrücken.

Stumm schlich sich Wadjda in ihr Zimmer zurück und hockte sich auf die Bettkante. Sie zog die Knie ans Kinn. Mit einem schwarzen Filzstift begann sie, die weißen Kappen ihrer Schuhe und die Sohlen zu bemalen. Ihre Striche waren dick und sorgfältig. Als alles schwarz war, fing sie nochmal von vorn an, bis die Farbe so dunkel war, wie es nur ging.

Aus dem Wohnzimmer war noch immer kein Geräusch zu hören. Wadjda legte den Stift beiseite. Sie zerrte die ausgeblichenen lila Schnürsenkel durch die Ösen und legte sie auf ihren

Schreibtisch. Als Ersatz fädelte sie den schwarzen Faden ein, den sie für ihre Armbänder benutzt hatte.

Aus dem Flur kam ein leises Geräusch – die Haustür ging auf. Der Vater musste nach Haus gekommen sein. Wadjda erstarrte und lauschte. Würde ihr Name jetzt gleich fallen? Sie beeilte sich beim Einfädeln und flitzte dann zurück auf ihren Posten an der Tür.

Die wütenden Klänge trafen sie wie Ohrfeigen. Der Streit wurde lauter. Bald würden die Stimmen der Eltern bis in den Hof hinaus dringen. Wadjda hoffte, dass die Nachbarn nichts hörten.

»Ich kann mir einen privaten Fahrer nicht mal eine Woche leisten!«, schrie ihre Mutter. »Warum hilfst du mir nicht? Warum kannst du denn nicht auch mal etwas bezahlen?«

»Wie denn?«, brüllte der Vater zurück. »Womit denn? Soll ich etwa stehlen? Willst du das?«

»Du treibst doch immer Geld auf, wenn du ein neues Handy brauchst, oder?«

Wadjdas Hals fühlte sich wieder ganz heiß und kratzig an, aber heute Abend war schon zu viel geweint worden. Sie presste die Lippen fest zusammen und zog die Schuhe an. Obwohl die Turnschuhe so gut an den Füßen saßen wie immer, sahen sie verkehrt aus. Damit sah sie aus wie alle anderen.

»Und was ist mit der Mitgift? Mein gut aussehender Ehemann könnte doch ein bisschen von diesem Vermögen ausgeben!« Die Stimme der Mutter klang gemein, als sie »gut aussehender Ehemann« sagte.

»Glaubst du denn, für mich ist es leicht?« Die Stimme des Vaters war noch lauter und wütender als die der Mutter. »Glaubst du, ich will bald zwei Familien ernähren müssen?

Aber ich habe keine Wahl! Ich bin das Gespött der Stadt. Irgendwie muss ich diesen Sohn kriegen, den du mir nicht schenken kannst!«

Schubladen knallten. Wadjda schluckte noch schwerer.

»Vergiss es! Denkst du, ich brauche diesen Unsinn? Denkst du, ich höre dich gern klagen? Mit einem Besuch in der nächsten Woche brauchst du nicht zu rechnen!«

»Ist mir egal!« So hatte Wadjda die Stimme ihrer Mutter noch nie gehört. »Glaubst du etwa, ich wüsste nicht, wie viel Zeit du bei deiner Mutter verbringst? Dass du jeden Abend über infrage kommende Bräute redest?«

Die Haustür fiel krachend ins Schloss, auf Wadjdas Schreibtisch klapperten die Bleistifte. Dann herrschte Stille.

In dieser Nacht lag Wadjda lange wach, in ihrem Bauch rumorte eine schwere, unverdauliche Traurigkeit. Sie sah immer nur die Tabelle vor sich, auf der sie ihre Ersparnisse für das Fahrrad festgehalten hatte.

Irgendwie, dachte sie, muss ich diese Sache in Ordnung bringen.

20. KAPITEL

Am Morgen prallten die heißen Sonnenstrahlen an die Pappe vor dem Fenster und trieben Wadjda aus dem Bett. Beim Aufwachen war ihr schon klar gewesen, dass sie nicht den ganzen Tag in ihrem Zimmer verbringen konnte. Hausarrest hin oder her, nach dem Chaos von gestern Abend musste sie raus.

Auf Zehenspitzen lief sie herum und strich die Laken glatt, dann zog sie Jeans und Schuhe an. Dabei achtete sie darauf, ja keine Geräusche zu machen, die ihre Mutter bemerken konnte. Aus schlechter Erfahrung wusste sie, wie solche Tage abliefen. Die Mutter würde den ganzen Tag auf dem Sofa sitzen und fernsehen oder im Bett liegen und an die Decke starren. Ab und zu würde sie sich aufs Dach schleichen und eine Zigarette rauchen. Aber dann würde sie wieder zurückkommen – aufs Sofa oder ins Bett – und ihre dunklen Augen würden Wadjda in der ganzen Wohnung verfolgen.

Wadjdas Schuhe waren geschnürt. Sie war bereit. Mit äußerster Vorsicht legte sie die Hand an die Tür ihres Zimmers und stupste sie mit dem Finger, bis sie so weit offen stand, dass ein Blick über den Flur möglich war.

Die Mutter war in ihrem Zimmer, mit wirren Haaren und erschöpftem Gesicht saß sie im Bett. In der linken Hand hielt sie das Telefon, sie neigte den ganzen Körper zum Hörer und lauschte nervös. Die Stimme am anderen Ende der Leitung musste etwas Schlimmes gesagt haben, die Mutter fing nämlich an, sich die Schläfen zu reiben.

Wahrscheinlich hat sie letzte Nacht nicht geschlafen, dachte Wadjda. Wieder verknotete sich ihr Bauch. Und das ist alles meine Schuld.

Ihr Blick ging zur Bettseite ihres Vaters. Die Laken waren straff und ordentlich.

»Kann das Fehlen nicht als familiärer Notfall gelten?«, schlug die Mutter vor und unterbrach den Redestrom am anderen Ende. »Da habe ich doch noch ein paar Tage übrig, oder? Sie wissen, wie hart ich gearbeitet habe, ich bin für alle eingesprungen. Und heute wäre ich auch gekommen, wenn dieser Fahrer nicht gewesen wäre! Ich übernehme den ganzen Monat, wenn es sein muss, das verspreche ich.«

Ihre Stimme zitterte und Wadjda sah die Verzweiflung in ihrem Gesicht. Dann, plötzlich, schien sich ihr ganzer Körper zu entspannen. Sie schloss die Augen und ihre Lippen bewegten sich, als würde sie einen stummen Dank aussprechen.

»Okay«, sagte sie. Die Erleichterung in ihrem Ton tat fast schon weh. »Danke. Ich danke Ihnen vielmals. Bis morgen.«

Doch als sie auflegte, schüttelte sie den Kopf. Das war eine Geste der Hoffnungslosigkeit, die Wadjda mitten ins Herz traf. Der Streit gestern Abend war nicht der erste Streit zwischen den Eltern, den Wadjda mitgehört hatte. Sie wusste also, was ihre Mutter dachte. Zwar war es ihr gelungen, sich einen Tag Aufschub zu erkaufen, einen Fahrer hatte sie aber trotzdem nicht – und auch nicht die Möglichkeit, einen zu bekommen. Der Vater war weg. Das Geld war weg. Und wenn sie morgen nicht zur Arbeit kam, würde sie mit Sicherheit ihren Job verlieren.

Wadjda erinnerte sich noch gut an die langen Monate, in denen ihre Mutter Arbeit gesucht hatte. Ewig hatte es gedauert, bis eine Schule gefunden war, die sie anstellen wollte.

»Die werden zugeschüttet mit Bewerbungen«, hatte die Mutter gesagt, als sie mit dem letzten Ablehnungsschreiben am Küchentisch zusammengesunken war. »Die meisten nehmen meine Bewerbung nicht mal entgegen.«

Am Ende war sie von der Schule angestellt worden, in der sie zurzeit arbeitete, in einer entlegenen Gegend, sehr weit weg von ihrem Zuhause. Das Pendeln dorthin war schrecklich – eine endlose Fahrt von über hundert Kilometern auf einer holperigen Straße. Die Mutter arbeitete in einem Dorf in der Nähe des *Leeren Viertels*. Jeden Tag verbrachte sie mindestens zwei Stunden mit sechs Lehrerinnen in einen Minibus gepfercht, um dorthin zu gelangen. Und dann noch mal zwei Stunden für den Heimweg.

»Anders geht es nicht«, hatte sie Wadjda knapp erklärt, als sie die Stelle angenommen hatte. »Wir brauchen das Geld.«

Einmal hatte Iqbals Schrottauto ein paar Kilometer vor der Schule einen Platten gehabt. Da mussten die Mutter und die sechs anderen Lehrerinnen laufen. Sie hatten unbegleitet gehen müssen, weil Iqbal sich geweigert hatte, sein Auto zu verlassen. Wadjda konnte sich vorstellen, wie sie am Straßenrand entlang gewandert waren, sieben verhüllte Gestalten im Morgengrauen. Ihre wunderschöne Mutter war nur eine von vielen dahinziehenden Gestalten in dunkler *abaya*.

Die Mutter hatte versucht zu singen, weil sie hoffte, dass der Weg dadurch leichter werden würde, aber das hatte nicht funktioniert. Eine der Lehrerinnen war wütend geworden und hatte ihr zugezischt, sie sollten lieber den Koran stumm im Herzen rezitieren. »Dann würde Gott uns beschützen«, hatte die Mutter später Wadjda erzählt. Dabei hatte sie die Augen verdreht und sich darüber lustig gemacht.

Aber niemand ging zu Fuß auf den Autobahnen, die Riad umgaben. Wer das tat, hatte Todessehnsucht. Autos fuhren auf den Seitenstreifen und auf den Mittelstreifen, niemand achtete auf Fußgänger. Und auch wenn ihre Mutter nicht laufen musste, war ihre lange Fahrt gefährlich. Beinahe täglich las man schreckliche Geschichten in den Zeitungen über Leute, die auf diesen trostlosen Straßen umgekommen waren. Die Autos waren alt, Reifen platzten oder wurden zerfetzt, weil die Fahrzeuge mit enormer Geschwindigkeit unterwegs waren. Die Fahrer waren schlecht, kaum ausgebildet oder sie hatten sich das Fahren selbst beigebracht. Einige luden besonders viele Frauen ins Auto, weil sie mehr Geld verdienen wollten. Die Sicherheitsgurte waren meistens kaputt, so wie die Klimaanlagen. Bei jeder Fahrt, die die Mutter machte, um ihren Lebensunterhalt zu verdienen, drohte die Gefahr eines tödlichen Unfalls.

Und trotzdem, so schlimm die Fahrt auch war, jetzt würde ich fast alles tun, um diesen grässlichen Iqbal wieder zurückzuholen, dachte Wadjda.

Die Mutter fiel ins Bett zurück und drehte sich zum Fenster. Sie zog sich die Laken über den Kopf und versteckte sich vor der Welt. Behutsam zog Wadjda ihre Tür zu.

Irgendwie, dachte sie, werde ich alles wieder in Ordnung bringen.

Sie ging zu ihrem Schreibtisch und schaltete das Radio an, den Ton drehte sie ganz leise. Ein angenehmes Summen murmelte heraus. Als Nächstes schaltete Wadjda das Licht über ihrem Tisch an, auch das sollte den Eindruck erwecken, dass jemand im Zimmer war.

Sollte sie Kissen unter die Wolldecke stopfen, damit es so aussah, als ob sie dort lag? Wadjda blieb am Fuß des Bettes stehen und überlegte. Im Film hatte sie gesehen, dass Kinder so etwas machten, wenn sie sich heimlich wegschlichen. Aber, mal ehrlich, das war doch Zeitverschwendung. Sie wusste, dass ihre Mutter heute nicht nach ihr sehen würde. Wenn es so schlimm war, dann versank die Mutter ganz in ihrer eigenen Welt. Wadjda konnte nicht einfach zur Haustür rausgehen, aber wie ein Geheimagent brauchte sie sich auch nicht aufführen. Sie musste nur den richtigen Moment abpassen und schnell handeln.

Musik summte aus dem Radio. Die Hitze trommelte ans Fenster. Der Staub tanzte in den Sonnenstrahlen, als die Klimaanlage kühle Luft in den Raum blies.

Endlich zog die Mutter von ihrem Bett ins Wohnzimmer, wo sie sich – wie erwartet – aufs Sofa legte und den Fernseher anschaltete. Eine türkische Seifenoper plärrte los, ein gut aussehender Mann und eine schöne Frau stritten sich. Wadjda hatte keine Ahnung, warum die Mutter sich dieses Zeug ansah, wenn sie es doch im wirklichen Leben mitmachte.

Immerhin konnte sie bei diesem Lärm die knarrende Tür aufmachen, sich nach draußen schleichen und die Tür wieder zuziehen, ohne dass die Mutter etwas merkte. Die abgewetzten Sohlen ihrer Turnschuhe machten ihre Schritte praktisch lautlos, als sie auf Zehenspitzen an der Mutter vorbeischlich und in den Treppenaufgang schlüpfte, der aufs Dach führte. Lautlos huschte sie hoch, ihr Herz schlug schneller, wie ein Kolibri flatterte es in ihrer Brust.

Noch ein letzter Schritt, dann schlug das Sonnenlicht ihr ins Gesicht. Wadjda schloss die Tür zur Treppe hinter sich. Sie trat vor und lehnte sich an die hüfthohe Mauer, die um die Dachfläche ihres Hauses lief. Von hier konnte sie über die ganze Stadt blicken. Riad breitete sich vor ihr aus wie ein Gemälde – über das sich eine dicke Decke gelber Smog breitete. Klobige alte Wohnblocks kauerten neben eleganten neuen Gebäuden. Das Stadion, das aussah wie ein Raumschiff aus einer anderen Galaxie, stach hervor. Das Rot der Außenmauern wurde von der schmutzigen Luft zu einem Ockerton gedämpft. Jede Straße, jeder Dachgarten hatte eine Geschichte, ein Geheimnis. Und so ging es immer weiter – so weit das Auge reichte. Beinahe so weit, wie Wadjda träumen konnte.

Der Streit der Eltern belastete sie noch immer, aber die Spannung in ihren Schultern löste sich. Sie ließ die Arme hängen, schüttelte sie aus und bewegte den Hals von einer Seite zur anderen. Sie war so gern hier oben, über allem, gekleidet, wie sie wollte, und mit dem Wind im Gesicht. Unten erstickte der glühend heiße Beton den Wind. Hier oben aber spielte er mit Wadjda, flüsterte ihr zu: Ich bin bereit zu diesem Rennen.

Dieser Ort barg viele Erinnerungen – zumeist sehr gute. In Winternächten wusch ihre Mutter das Dach oft ab. Wenn es trocken war, legte sie drei Matratzen nebeneinander: Mutter, Vater und Wadjda in der Mitte.

Es ist lange her, dass wir hier übernachtet haben, dachte Wadjda jetzt. Viele ihrer Nachbarn machten es immer noch. Unter freiem Himmel zu schlafen, erinnerte die Saudis vielleicht an ihr Nomadenleben in der Wüste, früher, ehe das Öl und die riesigen Betongebäude, die von dem Öl bezahlt worden waren, das Land übernommen hatten.

Diese Nächte habe ich geliebt, dachte Wadjda. Als sie noch ganz klein gewesen war, hatte ihr Vater sie in den Arm genommen und ihr leise alte Märchen erzählt. Manchmal war der Nachtwind kalt gewesen, dann hatte die Mutter heiße Milch mit Ingwer und Honig gemacht, mit der sie sich aufwärmten. Sie hatten sich aneinandergekuschelt, alle drei, ein kleines Wärmenest in der weiten Wüstennacht. Bei klarem Himmel hatten Wadjda und ihr Vater die Sterne gezählt und dabei an ihren warmen Getränken genippt. Obwohl die Mutter kichernd dagegen protestiert hatte. Wadjda sah sie vor sich, ihre großen Augen waren noch frei gewesen von der Sorge, die sie jetzt wie einen Umhang trug. Damals hatte sie den Kopf an ihren Mann gelehnt und gelächelt.

»Pst«, hatte sie geflüstert. »Die alten Weiber sagen, dass man vom Sternezählen Warzen kriegt. Das wisst ihr doch.«

Immer wenn die Mutter das sagte, bog der Vater sich vor Lachen. »Aberglaube«, murmelte er und drückte seine Wange an ihre. »Wie kannst du so was nur glauben?«

Auf alle Fälle hatte Wadjda danach immer Hände und Füße im Morgenlicht geprüft. Nie hatte sie Warzen entdeckt. Seitdem misstraute sie den Altweiberweisheiten, die das Denken und Verhalten ihrer Mutter leiteten. Wie so vieles in der Welt der Erwachsenen schienen diese uralten Warnungen nur dazu da zu sein, sie davon abzuhalten, Dinge zu tun, die interessant waren und Spaß machten. Seit diesen Winternächten im Freien, damals, vor so langer Zeit, war das Dach Wadjdas Lieblingsplatz. Hier ging sie hin, um allem zu entfliehen. Und das war wortwörtlich gemeint. Wadjda grinste. Die Aussicht auf ihre Unternehmung fegte alle trüben Gedanken weg wie ein Besen den Dreck. Sie band sich ihre *abaya* fest um die Hüfte und schwang ein Bein über die Mauer. Ihre Muskeln wussten genau, was jetzt kam. Sie hangelte sich zur Dachrinne runter, die an der Front des Hauses entlanglief. Obwohl das Haus nur zwei Stockwerke hatte, lag die Terrasse doch ziemlich tief unten, fand Wadjda.

Sie schlängelte sich am Wohnzimmerfenster vorbei, ihr Fuß glitt von einem losen Stück Putz ab. Keuchend zappelte Wadjda herum und versuchte an einer anderen Stelle der bröckeligen Hausmauer festen Halt zu finden. Einen Moment lang glaubte sie, es wäre gelungen, doch dann brach das Stück Zement ganz aus der Mauer. Mit verschwitzten Händen umklammerte sie jetzt das Fallrohr, die Füße baumelten hin und her, der kostbare schwarze Stein rutschte ihr aus der Tasche und hüpfte über den Hof – mit lautem Klappern auf den Fliesen.

Ihr stockte der Atem, ihr Blick ging zum Fenster. Zu ihrem Entsetzen sah sie, wie die Mutter angelaufen kam und sich hastig bedeckte. Wadjda drückte sich enger an die Wand und erstarrte. Wenn sie sich nicht bewegte, hatte sie eine winzig kleine Chance, unentdeckt zu bleiben.

Ein quälender Moment der Stille verging. Dann hörte Wadjda ein Geräusch. Vorsichtig hob sie den Kopf. Die Mutter hatte die Gardinen zugezogen.

Gerettet!, dachte Wadjda. Sie kletterte ganz nach unten, sammelte ihren Stein auf und ging zum Tor. Mit einem Fuß hielt sie es auf, bis sie ein Stück Kaugummi weich gekaut hatte, das sie sorgfältig aufs Schloss klebte, damit es nicht ganz zuschnappte.

Sie legte ihre *abaya* an – die normale, zum Glück – und den Schleier, und dann rannte sie auf die Straße, wie ein Pfeil, der von der Bogensehne schnellt.

21. KAPITEL

In sicherer Entfernung vom Schultor der Jungenschule wartete Wadjda. Ihr ganzer Körper vibrierte vor Nervosität. Sie hatte sich hinter einer Mauer versteckt, in einem schattigen Hauseingang nicht weit vom Schulgebäude. Sie wollte sich nicht verdächtig machen, aber so nah an der Jungenschule wollte sie auch nicht gesehen werden.

Doch sie war nicht deshalb so vorsichtig, weil sie sich um ihren Ruf Sorgen machte. Ha! Bei dem Gedanken schnaubte sie höhnisch. All das Gezeter und Getue über Unsittlichkeit langweilte sie zu Tode. Und sie sorgte sich auch nicht, dass die Mutter ihre Drohungen wahrmachen und sie verheiraten könnte – eigentlich nicht. Es war nur so, dass sie eine Mission zu erfüllen hatte. Sie konnte sich nicht durch neugierige Zuschauer davon ablenken lassen.

Gerade hatte es zum Schulschluss geklingelt. Warum tauchte Abdullah nicht auf? Wadjda lugte um die Ecke. Jede Menge Leute liefen vorbei und Autos parkten vor der Mauer und boten Fahrdienste an. Doch ihr Freund ließ sich nicht blicken.

Hm. Wadjda verzog sich wieder in ihr Versteck, schloss die Augen und dachte scharf nach. War das wirklich eine gute Idee? Sicher war sie sich nicht. Am liebsten hätte sie die Sache allein durchgezogen, aber sie brauchte Hilfe, das war ihr klar. Und Abdullah war der Einzige, auf den sie zählen konnte. Er würde sie begleiten. Wenn er doch endlich auftauchen würde!

Noch ein Blick um die Ecke. Nichts. Vielleicht war er schon längst draußen. Wadjda zog eine Grimasse. Mädchen mussten sich in Riad jedes Mal einer Musterung unterziehen, bevor sie in die Schule und wieder hinaus durften, Jungen hingegen kamen und gingen, wie sie wollten.

Sie hatte eine Idee! Hinter der Schule der Jungen lag eine verlassene Ladenstraße. Da trieb Abdullah sich gern rum, warf Steine auf die schon kaputten Fenster, fuhr Rad mit den anderen Jungen und versuchte, cool zu sein. Mit gesenktem Kopf und dem Schleier vorm Gesicht sprintete Wadjda um die Ecke, eine Gasse entlang und über die Straße. Dann lehnte sie sich mit dem Rücken an eine schmutzige Wand, atmete durch und wartete.

Und richtig, da war Abdullah, er warf mit Steinen und rief seinen Freunden Beleidigungen zu, die nicht ernst gemeint waren. Grinsend hob Wadjda einen Stein auf und schleuderte ihn in seine Richtung. Sie hatte gut gezielt, aber nicht gut genug. Der Stein verfehlte ihn knapp und traf sein Vorderrad. Abdullah fuhr herum und guckte wütend über den leeren Parkplatz. Als er Wadjda entdeckte, schaute er sofort nervös zu seinen Freunden rüber, doch die waren voll damit beschäftigt, auf eine der wenigen heilen Fensterscheiben über ihnen zu zielen.

Immer noch ein Feigling! Wadjda verdrehte genervt die Augen. Er will nicht mit mir gesehen werden.

Sie hob noch einen Stein auf und wog ihn gut sichtbar in der Hand.

Dieses Mal werde ich treffen, gab sie ihm so zu verstehen.

Abdullah zögerte nicht länger, er schob sein Fahrrad zu ihrem Versteck.

»Weißt du, wie man nach Adira kommt?«, fragte sie.

Verblüfft sah Abdullah sie an. Seine Hand ging zum Kopf und er rückte seine *taqiya* zurecht. Der zarte weiße Stoff war schön, sie war perfekt gewebt, wie ein festes Spinnennetz. An den Rändern war sogar ein silberner Faden eingearbeitet. Sie machte sich wirklich gut auf dem Kopf ihres Freundes. Das hätte Wadjda ihm gern gesagt, aber sie tat es nicht. Die Stille zwischen ihnen zog sich in die Länge. Dann ließ Abdullah die Arme fallen, nickte und deutete mit dem Kinn auf die westliche Ecke vom Parkplatz. Ohne weitere Erklärungen zogen sie zusammen los.

Wadjda saß auf Abdullahs Gepäckträger und schwankte hin und her, während er in die Pedale trat. Sie hatte ihre *abaya* gerafft und sich draufgesetzt, damit sie sich ja nicht in den Speichen verhedderte. Schmutzig werden durfte sie auf keinen Fall, Wadjda hatte ihre Lektion mit dem Schleier gelernt.

Auf dem Gepäckträger kam man zügig voran. Abdullah war ein guter Radfahrer und so ging es viel schneller als zu Fuß. Besonders bequem war es aber nicht. Sie sausten am Spielwarenladen vorbei, und Wadjda meinte, das grüne Fahrrad in der Ferne schimmern zu sehen. Dann beobachtete sie Abdullahs Füße auf den kreisenden Pedalen.

Wenn ich mein eigenes Fahrrad hätte, dann hätte ich das hier ganz allein gemacht, dachte sie. Ich hätte keine Hilfe gebraucht.

Um diese Tageszeit waren die Straßen von Riad total verstopft. Abdullah steuerte sein Rad zwischen den Autos hindurch, die sich auf der Straße stauten. Über die Schulter hinweg sah er Wadjda an. Er sagte etwas, aber sie konnte nichts verstehen. Er versuchte es noch mal, brüllte, um das Dröhnen der Motoren zu übertönen.

»Du musst absteigen, wenn wir jemanden sehen, den wir kennen! Und bedecke dein Gesicht. Ich will nicht, dass die Leute über mich reden. Ich sage, du bist meine Schwester.«

»Das glaubt keiner«, brüllte Wadjda zurück. »Ich bin viel zu süß, um mit dir verwandt zu sein.«

»Ja, stimmt.« Abdullah klang verärgert. Anscheinend verlangte er mehr Dankbarkeit von ihr.

So weit kommt es noch, dachte Wadjda. Er kann sich glücklich schätzen, dass ich ihn mitkommen lasse!

»Wird die Rektorin deine Mutter nicht anrufen? Du schwänzt die Schule!«

»Ich habe einen Tag freigenommen, aus persönlichen Gründen«, sagte Wadjda. »Die Schule weiß das.«

Sie hätte mehr sagen können, hätte ihm die ganze schreckliche Geschichte erzählen können. Von Ms Hussa, die ihre Armbänder und Musikkassetten einkassiert hatte, vom Streit ihrer Eltern, von den Drohungen ihrer Mutter, sie zu verheiraten oder sie für immer im Haus einzusperren. Aber am Ende sagte sie gar nichts. Ihr Familiendrama ging niemanden etwas an.

Sie kamen an eine stark befahrene Straße. Abdullah hielt, damit Wadjda absteigen und neben ihm her gehen konnte. Sie strengte sich gewaltig an, nicht aufzufallen und recht züchtig zu sein. Doch wie immer hatte sie ihren Schleier nicht im Griff. Jedes Mal, wenn er rutschte, warf Abdullah ihr einen besorgten Blick zu. Wadjda zog den Stoff zum tausendsten Mal wieder an seinen Platz und seufzte tief.

Es war heiß und das Gehen war anstrengend, aber bald hatten sie alle Beobachter in sicherer Entfernung zurückgelassen. Grinsend sprang Wadjda wieder auf den Gepäckträger und sie setzten ihre Fahrt quer durch die Stadt fort.

Adira war ein Stadtteil, den Wadjda gar nicht kannte, er hatte überhaupt keine Ähnlichkeit mit ihrem Viertel mit den Villen und den starken, schützenden Mauern. Hier lehnte ein baufälliges Gemäuer am anderen. Viele Häuser sahen aus, als könnten sie jeden Moment einstürzen. Davor hatte man kleine Unterschlüpfe errichtet, die wenig Platz in den engen Gassen ließen. Überall waren zerlumpte Tücher als Sonnenschutz aufgespannt worden. In dieser Gegend wimmelte es von Gastarbeitern. Einige lachten, als sie vorbeifuhren.

Immer wieder schauten Männer Wadjda an. Und jedes Mal kroch ihr die Angst den Rücken hoch. Sie dachte an die Arbeiter oben auf dem Rohbau. Und jetzt waren sie in einem Viertel, das nur von alleinstehenden Männern bewohnt wurde! Wadjda zog ihre *abaya* unter dem Po hervor und ließ sie über die Beine fallen. Obwohl alles in ihr »Weg hier!« schrie, richtete sie den Blick entschlossen nach vorn.

Ich muss das machen, dachte sie immer wieder. Meine Mutter braucht mich.

In einer der Gassen saß ein alter Inder auf den Stufen eines winzigen Lebensmittelladens. Drinnen lagen von der Sonne gebleichte Chipstüten und klebrig wirkende Limonadeflaschen in den Regalen. Abdullah nickte dem Mann zu und sah Wadjda mit hochgezogenen Augenbrauen an. Wadjda nickte. Sie nahm ihren Mut zusammen und näherte sich. Der Mann starrte weiter in die Ferne. Wadjda lächelte ihm verhalten zu und winkte, dann sah sie sich nach Abdullah um.

»He, hallo«, sagte sie. »Wissen Sie, wo der Fahrer Iqbal wohnt?«

Der alte Mann schaute sie argwöhnisch an. Er sagte nichts. Das Schweigen dauerte so lange, dass Wadjda sich schon fragte, ob er überhaupt arabisch sprach. Sollte sie ihre Frage einfacher stellen, in dem primitiven Arabisch, das sie mit Iqbal sprach?

»Weißt du, wie viel Fahrer Iqbal hier gibt, kleine Mädchen?«, sagte der Mann schließlich in gebrochenem Arabisch. Er zog an seiner Zigarette und blies den Rauch in einem gleichmäßigen Strom heraus.

Wadjda zuckte mit den Schultern und murmelte: »Danke.« Dann drehte sie sich wieder zu Abdullah um. Gemeinsam schoben sie das Rad voran, fest entschlossen, die Gassen von Adira zu erkunden.

Angenehm war diese Suche nicht. Die kleinen Straßen waren staubig und verdreckt. Streunende Katzen und Hunde nagten an Essensresten. Dicht nebeneinander gingen Abdullah und Wadjda von einer Straße zur anderen. Es war fast Mittag und Arbeiter liefen mit großen Fladenbroten, *tamis*, vorbei.

Wadjda lächelte. Sie mochte *tamis* so gern. Ihr Vater hatte es jeden Freitagmorgen mit zur Arbeit genommen, damit er vor dem Gebet etwas zu essen hatte. Zusammen mit einem Teller jemenitischem *glaba ful*, gekochten Bohnen mit Tomaten und Olivenöl, und einem leichten *hummus* war es eines seiner Lieblingsessen – und Wadjdas auch. Aber im Moment konnte sie nicht an Essen denken. Sie war so nervös, dass ihr der Bauch wehtat.

Endlich entdeckte Wadjda neben einem schäbigen Haus einen Minibus mit Scheinwerfern, die mit Klebeband geflickt waren. Dieser Bus kam ihr bekannt vor, sie hätte schwören können, dass sie die große Beule am linken Kotflügel und die zerkratzte Stoßstange wiedererkannte. Atemlos zeigte sie ihn Abdullah und sie rannten hin, um ihn sich aus der Nähe anzusehen. Wadjda guckte durchs Seitenfenster ins Innere. Und richtig, da war das Bild von dem kleinen Mädchen auf dem Armaturenbrett. Das war Iqbals Wagen.

Ja! Triumphierend zeigte Wadjda Abdullah zwei erhobene Daumen. Sie kam sich vor wie ein Forscher, der sich den Weg durch den Dschungel zu einer vergessenen Stadt voller Schätze freigeschlagen hatte.

»Dieses Haus ist es!«, rief sie. »Komm mit.«

Abdullah wollte vorgehen, aber Wadjda blieb ganz dicht an seiner Seite und zusammen drückten sie die brüchige Holztür auf. Dann standen sie mitten auf einem leeren Hofplatz. Wackelige Trockengestelle mit ausgefranster Arbeitskleidung waren vor einer Reihe von Türen aufgebaut. Neben jeder Tür lagen unordentliche Haufen von Männerschuhen.

Abdullah musste warten, während Wadjda von Tür zu Tür flitzte. Iqbals Sandalen mit dem orangen Klebeband an den Riemen standen vor einer Tür ganz hinten in der Reihe. Wadjda forderte Abdullah auf, dort anzuklopfen, aber er schüttelte den Kopf und verzog sich hinter sein Fahrrad, das er noch nicht ganz mit auf den Hof gezogen hatte.

»Das ist deine Schlacht, Wadjda!«, flüsterte er. »Ich mach nicht mit bei deinen Verrücktheiten.«

»Dann eben nicht!«, zischte Wadjda zurück. Eine Sekunde lang starrte sie ihn finster an, aber sauer werden war Zeitverschwendung. Sie musste ihren Mut zusammennehmen, um Iqbal zur Rede zu stellen.

Sie holte tief Luft und klopfte an die Tür. Bum. Bum. Bum. Es klang viel sicherer, als sie sich fühlte. Sie wartete eine Weile auf eine Reaktion, dabei schlug ihr Herz immer schneller. Bumbumbum. Wie das Echo ihres Klopfens.

War niemand da? Wadjda sah sich nach Abdullah um, der offenbar fest entschlossen war, sie zu ignorieren. Er lehnte an seinem Fahrrad und spielte an seiner *taqiya* herum. Das alles mit einer gelangweilten, unbeteiligten Miene. Wadjda runzelte die Stirn. Blöder Bengel. Wahrscheinlich fand er, sie habe sich nicht genügend bei ihm bedankt.

»Hilfst du mir jetzt oder nicht?«, zischte sie leise über den Hof.

»Immer willst du Hilfe, Wadjda! Und du tust so, als müsste ich sofort aufspringen und losrennen, wenn du es verlangst. Und ein Danke oder so was hört man nie von dir.«

Wadjda verdrehte die Augen, sie hatte recht gehabt.

Abdullah machte das nur noch wütender. Einen Moment lang kam sie sich gemein vor. Er war doch den ganzen Weg nach Adira mitgekommen! Aber ehe sie irgendwas sagen konnte, schnauzte Abdullah sie auch schon an: »Diesmal kannst du es allein machen!« Wadjda presste die Lippen zusammen.

Zu dir werde ich bestimmt nicht mehr nett sein, Abdullah!

Sie drehte sich um und klopfte erneut, sogar noch lauter. Was, wenn Iqbal nicht zu Hause war? Insgeheim hoffte Wadjda das. Doch bevor sie sich umdrehen, mit den Schultern zucken und »Na gut, dann gehen wir wohl lieber wieder« sagen konnte, klickte es metallisch. Die Tür ging auf und Iqbal taumelte heraus. Er rieb sich den Schlaf aus den Augen.

Doch als er Wadjda sah, war seine Müdigkeit wie weggeblasen. Iqbals Augen traten aus den Höhlen, so als hätte ihn jemand überraschend gepackt und heftig gewürgt.

»Du!«, kreischte er mit wütender Miene. »Was willst du?«

»Das können Sie nicht machen!«, gab Wadjda zurück. Sie war überhaupt nicht mehr nervös. Sie fühlte sich wie eine flammende Fackel und würde sich durch nichts von ihrem Plan abbringen lassen. Iqbal wusste das nicht, aber sie war bereit zu kämpfen. »Sie können nicht einfach mitten im Semester aufhören, meine Mutter zur Arbeit zu fahren!«

Der Fahrer winkte ab und wollte die Tür schließen. Blitzschnell stellte Wadjda ihren Fuß in den Türspalt.

»Wagen Sie es nicht, mir die Tür vor der Nase zuzuschlagen. Sie sind schon bezahlt worden, wissen Sie das noch?«

»Verschwinde, kleine Mädchen! Du hier nix hast zu suchen, du nach Hause. Weiß deine Mutter, dass du hier?« Iqbals Gesicht war verzerrt und hässlich. So, wie er vor ihr aufragte, kam er ihr Furcht einflößender vor als bei ihren üblichen morgendlichen Auseinandersetzungen. »Vielleicht ich soll sie mal besuchen, was? Und erzählen, was du machst?«

Wadjda wich zurück. Sie hatte keine Ahnung, was sie tun sollte. Wenn Iqbal seine Drohungen wahrmachte, würde sie noch größeren Ärger kriegen.

Dann, plötzlich, war Abdullah da. Er sprang vor, stellte sich vor Wadjda und stemmte seinen Fuß gegen die Tür. Wadjda klappte der Mund auf.

»Wo ist Ihre *iqama*?«, fragte Abdullah selbstsicher. Die *iqama*, die Meldebescheinigung, war ein Dokument, das alle Fremden brauchten, die in Riad lebten. Als Iqbal das hörte, wurde seine Miene noch grimmiger. Er sah Abdullah drohend an.

»Hau ab!«, brüllte er.

»Das ist ein guter Job, den Sie da haben«, sagte Abdullah, anscheinend unbeeindruckt. »Keine Probleme, viel Geld …«

Wadjda blinzelte. Er redete so erwachsen, so sachlich. Er hörte sich an wie ein alter Mann, der ein Geschäft besprechen wollte. »Gehen Sie einfach wieder an die Arbeit, dann können wir diesen Vorfall vergessen.«

Iqbal sprang darauf nicht an. Er schnaubte und drehte sich um. Den Versuch, die Tür zu schließen, gab er auf. Wadjda brach der kalte Schweiß aus. Wie konnten sie so nah dran sein – und dann verlieren?

Vor ihr wurde Abdullah laut. Sein Ton war bestimmt und jedes Wort eine Kampfansage: »Wissen Sie, wer mein Onkel ist? Der mit dem Schnurrbart? Haben Sie die Wahlplakate gesehen? Ich bin mir sicher, dass er sich für Ihre Aufenthaltsgenehmigung interessieren wird.«

Diese Worte waren wie ein Zauberspruch. Der Fahrer starrte die Störenfriede an und ließ die Schultern sinken. Verbitterung kroch über sein Gesicht. Hinter Abdullah verschränkte Wadjda die Arme und reckte das Kinn vor. Sie wartete auf Iqbals Antwort.

Wir haben gewonnen, dachte sie. Meine Mutter ist gerettet.

22. KAPITEL

Ihre *abaya* ging auf. Wadjda warf den Kopf zurück und ließ sich die frische Luft ins Gesicht wehen. Außerhalb des glühend heißen Hofes und der engen Gassen von Adira wirkte die Stadt sauber und offen, der endlose Heimweg war wie ein Spaziergang im Park. Laut lachend lief Wadjda hinter Abdullah die Straße entlang, der jubilierend auf dem Rad Schlangenlinien fuhr.

Schließlich blieb Wadjda stehen. Sie war aus der Puste. Mit verschränkten Armen stellte sie sich breitbeinig hin und ahmte Abdullah nach, wie er vor Iqbal aufgetreten war.

»Hören Sie mal, meinen Onkel kennen Sie doch bestimmt?«, sagte sie mit tiefer Stimme. »Den mit dem riesigen Schnurrbart?«

Abdullah lachte, er stieg vom Rad und zog sein *thawb* glatt. »Lach nur. Er kannte ihn! Dieser Schnurrbart ist ein Markenzeichen!«

So glücklich hatte sie Abdullah noch nie gesehen. Auf Iqbals Hof war er wie der Ritter im Märchenbuch gewesen, so tapfer und mutig. Das waren sie beide gewesen. Bei diesem Gedanken lachte Wadjda auch, glücklich und erleichtert.

Es hatte geklappt. Und in Abdullah hatte sie einen wahren Freund, der bereit war, ihr immer beizustehen. Sie war so stolz.

Sie machten sich wieder auf den Weg, suchten sich Abkürzungen durch kleine Gassen, weil sie nicht an der Hauptstraße entlanggehen wollten. Jetzt waren sie in einem Wohnviertel – Haus an Haus und kleine Eckläden.

Abdullah zeigte auf ein Gebäude am Ende der Straße. Ein steter Strom von Männern ging durch die Eingangstür rein und raus.

Ein älterer Mann mit einem üppigen Schnurrbart blieb an der Tür stehen. Er trug seine weiße *ghutra* ohne *iqal*, ohne den schwarzen Gurt, mit dem Männer ihre Kopfbedeckung befestigten.

»Warum …«, begann Wadjda und zeigte auf den Mann. Er trug die *ghutra* im Stil der Kommission. Der Kommission zur Förderung der Tugend und Vorbeugung des Lasters, um es genau zu sagen. Und das bedeutete, dass sie und Abdullah sich schnell verdrücken mussten. Der Mann konnte der Religionspolizei angehören – und wenn er sie zusammen auf der Straße erwischte, würde sie ernsthafte Schwierigkeiten kriegen.

»Oje«, hauchte Wadjda.

Abdullah neben ihr seufzte und schüttelte den Kopf. »Keine Sorge. Er ist beschäftigt. Siehst du, wie er die Leute begrüßt? In der Familie gab es einen Todesfall.« Er schob das Rad in eine Straße, die vom Haus wegführte. »Wir sollten hier langgehen.«

Wadjda war überrascht. »Weißt du, was passiert ist?«

»Der Sohn ist beim Kampf im Irak gestorben. Eine Bombe.«

Wadjda machte große Augen. »Das muss schrecklich wehgetan haben!«

»Nein«, widersprach Abdullah. »Wenn du für Gott stirbst, spürst du nicht mehr als einen Nadelstich – es tut kaum weh. Dann fliegt man in den Himmel und kriegt siebzig Jungfrauen – ganz für sich allein.«

»Tatsächlich?« Wadjda kicherte, obwohl sie das gar nicht wollte. Wie Abdullah von siebzig Frauen sprach! Zum Totlachen. Er versteckte sich ja schon vor seinen Freunden, wenn er bloß mit einem Mädchen redete! Ehrlich, die ganze Geschichte klang ziemlich albern, genauso wie die Sache mit der Zahnfee. Ihre Mutter hatte behauptet, die würde ihr für besonders saubere Zähne noch mehr Geld geben.

»Tatsächlich.« Ihr Kichern verletzte Abdullah und er schob sein Rad schneller. Wadjda musste rennen, um ihn einzuholen. Bald kamen sie zu einem kleinen Lebensmittelladen. Abdullah lehnte sein Fahrrad an die Wand, er war nicht mehr sauer.

»Bleib beim Rad«, sagte er. »Pass auf, dass es nicht gestohlen wird. Ich hole uns ein Eis zum Feiern.«

»Ja!«, sagte Wadjda. Sie strich mit den Händen über das Fahrrad und genoss das Gefühl, den Metallrahmen und den etwas rissigen Ledersattel zu berühren.

»He, kauf das mit dem Lottoschein!«, rief sie, als Abdullah schon in der Ladentür stand.

»Igitt! Das schmeckt nach Matsch.«

»Ja, aber vielleicht gewinnen wir!« Wadjdas Augen blitzten auf. »Stell dir das mal vor – zwanzigtausend Riyal!«

Abdullah schüttelte den Kopf und verschwand im Laden. Wadjda sah das Fahrrad an, es reizte sie, aufzuspringen und loszuflitzen. Bis ihr Freund wiederkam, wäre sie schon die ganze Straße runtergefahren. Aber das würde ihn nur aufregen – und er hatte ihr heute so sehr geholfen.

Wadjda lehnte sich lässig auf den Lenker und stützte die Hand auf die Hüfte. Diese Pose hatte sie bei einem alten amerikanischen Filmstar gesehen, Marlon Brando, in einem Film über Motorradfahrer. Der Film war drei Abende hintereinander im Fernsehen gelaufen. Wadjda hatte ihn jedes Mal angeschaut. Jetzt versuchte sie Marlons gelangweilte, coole Haltung zu imitieren, während der Nachmittagsverkehr von Riad vorbeiströmte.

Mit kleckerndem Eis in der Hand kam Abdullah aus dem Laden. Er lächelte. Die beiden trennten sich erst, als sie fast zu Hause angekommen waren. Das letzte Stück des Weges legte Wadjda allein zurück. Ein paar Straßen von ihrem Haus entfernt kam sie an einem winzigen Laden vorbei, in dem Fotos entwickelt wurden. Die Schaufensterauslage war ziemlich bunt, jede Menge T-Shirts, Hefte, Kissen, Becher und andere Sachen, auf denen Familienfotos prangten.

Die meisten waren so kitschig! Wadjda lachte laut über ein Kissen, das ganz vorn im Fenster lag. Darauf war ein Mann zu sehen, der vor einem Bauernhof stand – mit einer roten Windmühle, schwarz-weißen Kühen und grünem Gras, alles schön künstlich. Und als i-Tüpfelchen schwebte über all dem ein bunter Schmetterling, der beinahe so groß war wie der Arm des Mannes.

Wadjda lachte immer noch, als sie in den Laden ging und sich die anderen Sachen auf dem Tresen anschaute. Dann hatte sie eine Idee. Sie kramte in ihrer Geldbörse und holte ein Foto heraus: Eine verschleierte Frau, deren Gesicht verborgen war, hielt zärtlich ein lächelndes Baby in den schlanken, hennaverzierten Händen.

»Können Sie dieses Bild für mich auf einen Becher machen?«, fragte sie.

23. KAPITEL

Vorsichtig schob Wadjda das Eingangstor auf und pulte den Kaugummi aus dem Schloss. Er zog Fäden, die an ihren Fingern kleben blieben. Igitt. Wadjda warf den Klumpen in die Büsche und rieb die Hände aneinander, damit die Reste abgingen. Das Tor schnappte hinter ihr zu und sie schlich sich zum vorderen Fenster und lugte hinein.

Drinnen lag die Mutter auf dem Sofa, den Blick immer noch auf den Fernseher gerichtet. Wadjda unterdrückte ein Seufzen, duckte sich und zog die Knie an die Brust. Das konnte lange dauern.

Ihr Blick ging zum Dach. Es war verlockend, aber sie wusste, dass sie es nicht schaffen würde, wieder hochzuklettern.

Doch es war nicht alles schlecht. Bei dem kurzen Blick durchs Fenster hatte Wadjda sehen können, dass die Mutter zufrieden wirkte. Irgendwie sorglos, als ob ihr eine Last von den Schultern genommen worden war. Iqbal musste angerufen und sich entschuldigt oder zumindest angeboten haben, sie wieder zu fahren.

Sieg! Dieses Gespräch hätte Wadjda zu gern belauscht. Schon bei dem Gedanken daran musste sie grinsen.

Sie lugte noch einmal über das Fenstersims. Dieses Mal sah sie, wie die Mutter sich verstohlen umschaute und dann eine

Schachtel Zigaretten hervorholte. So guckte sie immer, bevor sie rauchte, als wäre das ein ganz großes Geheimnis.

Ha! Wadjda wusste schon seit Jahren, dass ihre Mutter rauchte, schon seit sie die Aschenbecher auf dem Dach entdeckt hatte. Doch das musste geheim bleiben, also hatte Wadjda sich nichts anmerken lassen. Nur liederliche Frauen rauchten – Schauspielerinnen oder billige Models, die sich für ausländische Zeitschriften fotografieren ließen. Ihre eng anliegenden Kleider mit den entblößten Armen und freien Bäuchen mussten von den Zensoren mit Filzstift geschwärzt werden, bevor die Zeitschriften zum Verkauf angeboten wurden.

Was für ein verrückter Job, dachte Wadjda. Man muss sich jede Zeitschrift vornehmen und sämtliche Beine, Schultern und Ausschnitte schwärzen!

Wenn je herauskam, dass Wadjdas Mutter rauchte wie eine von diesen Frauen … Wadjda schüttelte den Kopf. Das wäre ein Riesenskandal. Der Vater würde furchtbar wütend werden. Und sie mochte nicht mal daran denken, was die Großmutter tun würde!

Wadjda bewahrte also das Geheimnis ihrer Mutter. Rauchen war wahrscheinlich das einzig Rebellische, das die Mutter tun konnte. Manchmal, wenn Wadjda im Bett lag und den ekligen Rauch roch, dachte sie daran, wie sie sich fühlte, wenn sie durch die Straßen rannte.

Aber Wadjda wusste, dass ihre Mutter kein Einzelfall war. Sie wusste, was man tratschte, und hatte den Atem von anderen Frauen gerochen. Viele saudische Frauen rauchten heimlich – aber nur wenn sie ganz allein waren. Sie konnten absolut nicht riskieren, ertappt zu werden, das hätte fürchterliche Konsequenzen gehabt.

Drinnen holte die Mutter eine Zigarette und ein Feuerzeug hervor, sie stand vom Sofa auf und ging nach oben. Sofort schlich Wadjda zur Haustür. Sie fing an zu zählen, eins, zwei, drei …

Als sie sicher war, dass die Mutter außer Sichtweite war, machte sie die Augen zu und drehte den Türknauf. Leise ging die Tür auf … vier, fünf, sechs …

Bei zehn war Wadjda drinnen, sie hatte nicht das geringste Geräusch gemacht. Es war, als wäre sie nie weggewesen. In ihrem Zimmer fiel sie auf ihr Bett, sie war total erschöpft. Aber sie war auch stolz und erleichtert – und ein bisschen dankbar. Sie hatte etwas für ihre Mutter tun können und ihr den Job gerettet, ohne ihren Stolz zu opfern. Klar, irgendwie war das alles ihre Schuld gewesen, aber am Ende war doch wieder alles gut geworden.

Und es war immer noch so viel zu tun, ehe sie sich auf ihren Lorbeeren ausruhen konnte. Wadjda stand auf. Ihre *abaya* kam wieder unter die Schultasche. Das verschwitzte Gesicht wischte sie sich mit einem Handtuch ab, dann fiel ihr Blick auf ihre Einnahmentabelle und sie flitzte durchs Zimmer, um ihr Geld zu zählen.

Langsam nahm sie einen Schein nach dem anderen in die Hand und strich ihn glatt. Es war albern, aber sie hoffte, dass es mehr sein würde als beim letzten Zählen, wenn sie nur recht sorgfältig war. Irgendwie …

»Vierzig, fünfzig … sechzig Riyal«, flüsterte sie.

Ihre Tür ging auf. Wadjdas Kopf schoss sofort hoch. Eine Sekunde später schaute die Mutter zur Tür herein. Sie bemühte sich um einen strengen Blick, aber an ihren Augen sah man deutlich, wie glücklich sie war.

Wadjda lächelte – dann schluckte sie. Ups. Sie hatte ja den ganzen Tag Hausarrest gehabt. Sie hätte zerknirscht gucken müssen! Also versuchte sie unschuldig und reumütig dreinzuschauen. Durch die Wimpern schaute sie zu ihrer Mutter auf. Wie ein trauriger Welpe.

Mit der rechten Hand stopfte sie indessen das Geld unter ihre Tabelle.

»Reicht es dir?«, fragte die Mutter.

Wadjda bemühte sich weiterhin um ein demütiges Auftreten, sie nickte.

Ich akzeptiere meine Strafe, sagten ihre großen Augen. Es war alles meine Schuld.

»Morgen kannst du wieder zur Schule gehen«, sagte die Mutter, »aber du bleibst in diesem Religionsclub, Wadjda, wie du der Rektorin versprochen hast.«

Wadjda nickte wieder und senkte den Kopf noch tiefer. Die Mutter lächelte. Es war ihr anzusehen, dass sie dachte, sie habe eine angemessene Strafe für ihre Tochter gefunden. Sie hatte Wadjda auf den Pfad der Erlösung geführt. Als sie die Tür hinter sich geschlossen hatte und den Flur entlangging, hörte Wadjda sie leise singen.

Der Religionsclub war ein geringer Preis für diesen Waffenstillstand. Wadjda fing an, ein wenig zu pfeifen. Sie holte die Geldscheine wieder hervor und zählte weiter. Nach ihrem spontanen Besuch im Fotoladen hatte sie jedoch weniger Geld als vorher, nicht mehr. Das Fahrrad schien in immer weitere Ferne zu verschwinden.

»Siebenundfünfzig, achtundfünfzig … sechzig, einundsechzig …« Sie durchsuchte die Schublade nach übersehenen Geldscheinen und seufzte. »Zweiundsechzig Riyal.«

Der letzte Schein kam auf den Stapel und Wadjda strich mit der Hand darüber. Dann nahm sie den Becher, den sie gekauft hatte, und sah ihn an. Einige Details waren verloren gegangen: ihre Mutter war nur ein schwarzer Fleck. Trotzdem ging von dem Bild etwas Liebevolles aus. Wie die Mutter das Baby Wadjda hielt, wie schützend und zart sie die Hände um sie legte …

Wadjda lächelte, steckte den Becher in ihre Tasche und ging ins Wohnzimmer.

24. KAPITEL

Der Fernseher lief, aber ohne Ton. Stumme Gestalten tanzten über den Bildschirm, zwei Männer in einem Bürogebäude, ein Junge, der mit seinen Freunden auf der Straße spielte. Wadjda setzte sich vor den Fernseher auf den Boden, ihre schwere Schultasche ließ sie neben sich fallen. Sie überlegte, ihre Hausaufgaben zu machen, sie war schon einen Tag im Rückstand. Aber allein der Gedanke daran, wie viel sie morgen tun musste, machte sie ganz müde.

Alle viere von sich gestreckt legte sie sich auf den Boden und träumte eine Weile vor sich hin. Ab und zu wanderte ihr Blick zum Fernseher. Mittlerweile lief Werbung für einen Film, der gleich gesendet würde: The Matrix. Der war zwar tausend Jahre alt, wie alles im saudischen Fernsehen, aber Wadjda mochte Keanu Reeves' Sonnenbrille. Mit der sah er cool aus. Wenn sie doch solche in der Schule verkaufen könnte!

Auf der anderen Seite des Raumes hatte Wadjdas Mutter sich wieder aufs Sofa gesetzt, sie schien sich auch zu langweilen. Sie hatte sich die Haare hochgesteckt, ein paar Locken ringelten sich in ihrem Nacken. Das war eine schickere Frisur als die, die sie sonst trug. Und sie war auch wunderschön geschminkt.

Wadjda sah, wie die Mutter das Telefon nahm und sich den

Hörer ans Ohr hielt. Sie wartete, und als ihr Blick Wadjda streifte, guckte sie verärgert. Drohend sah sie zur Schultasche.

Na gut. Wadjda seufzte und zog ein Buch heraus. Sie versuchte zu lesen, aber die Worte verschwammen vor ihren Augen. Sie wollte sich mit dem Bleistift Notizen machen, aber es war, als würde sie eine Eisenstange über die Seite schleifen. Sie steckte den Bleistift zwischen die Lippen und kaute am Radiergummi. Nach ein paar Sekunden gab sie völlig auf und wälzte sich auf den Rücken, den Bleistift wirbelte sie zwischen den Fingern herum.

Die Mutter lief auf und ab, immer noch mit dem Hörer in der Hand. Das Telefon klingelte und klingelte, und dann hörte Wadjda eine Stimme. Der Vater! Die Mutter lächelte leise. Süß sah das aus. »Komm schon, vermisst du uns denn nicht?«, fragte die Mutter. Ihre Stimme war leise und lockend. »Es ist fast zwei Wochen her, dass du über Nacht geblieben bist. Und gestern habe ich überhaupt nichts von dir gehört. Bestrafst du uns oder hast du schon eine Neue gefunden?«

Obwohl Wadjda beim albernen Gekicher ihrer Mutter die Augen verdrehte, war sie überglücklich, dass die Eltern nach ihrem furchtbaren Streit wieder miteinander redeten. Das Glück prickelte in ihr, vom Kopf bis zu den Füßen.

»Wenn ich das Original bin, warum guckst du dann nach Imitationen?«, trällerte die Mutter ins Telefon. Das war ein Zitat aus einem berühmten Song. Grazil ging sie ins Nebenzimmer, dort sprach sie noch leiser.

Das war der richtige Moment! Wadjda holte den Becher aus der Schultasche, riss eine Seite aus ihrem Schulheft und schüttelte rote, grüne und blaue Buntstifte aus der Schachtel. Sorgfältig schrieb sie ein berühmtes Gedicht auf, jedes Wort in einer anderen Farbe. Sie schrieb langsam, damit ihre Handschrift so ordentlich wurde, wie es nur ging.

»*Mutter, Mutter*«, flüsterte sie beim Schreiben. »*Nicht zu fassen, wie sehr ich sie liebe. Ich vermisse sie immerzu, ihre Hand will ich küssen. Meine Mutter ist voll Zärtlichkeit, ein wahres Geschenk Gottes.*«

Sie faltete den Zettel und steckte ihn in den Becher. Dann stellte sie ihr Geschenk auf den Tisch und machte sich schnell wieder an ihre Hausaufgaben. Durch die Tür sah sie die Mutter in der Küche auf und ab gehen, immer noch mit dem Telefonhörer am Ohr. Offenbar hatten sie und der Vater das Gespräch beendet, denn die Mutter wählte eine andere Nummer. Als sie redete, klang sie viel glücklicher und entspannter.

»Leila, wie geht es dir?« Pause. »Wunderbar. Hör mal, Leila, weißt du, dass ich Geld für dich gesammelt habe – von den anderen Mädchen? Also, das habe ich jetzt schon eine Weile – willst du nicht vorbeikommen und es abholen?«

Sie blieb stehen und hätte fast den Hörer fallen lassen. Wadjda zuckte zusammen bei der plötzlichen Bewegung.

»Tatsächlich!«, rief ihre Mutter. »Du arbeitest im Krankenhaus um die Ecke? Wie lange schon? Was hat dein Mann dazu gesagt? Macht es ihm nichts aus, dass du mit anderen Männern zusammenarbeitest?!« Sie lief weiter auf und ab und hörte gut zu, dann sagte sie: »Das ist ja nur zwei Straßen von hier. Was? Jetzt? Ja, toll, wir sind zu Hause.«

Sie legte auf und starrte in die Luft. Gedankenverloren rieb sie sich die Unterlippe, das tat sie immer, wenn sie nachdachte. Dann verließ sie die Küche und ging den Flur entlang. Wadjda rappelte sich hoch und schlich zur Tür. Sie beobachtete die Mutter.

Die Mutter beugte sich über die Kommode in ihrem Zimmer. Sie zog die oberste Schublade auf und holte ein Bündel Geldscheine heraus. Wadjda machte große Augen. Das war ja riesig!

Geld zu sparen war nicht leicht für ihre Mutter – oder die Freundinnen ihrer Mutter. Wadjda kam es so vor, als würden die Leute in ihrem Land immer sofort ausgeben, was sie verdienten. Sie sagten immer: »Gib aus, was du in der Tasche hast, und was Gott für dich bestimmt hat, wird geschehen.«

Ob das aber immer zutraf? Wadjda war sich da nicht so sicher.

Deshalb strengte sie sich so an für ihr Fahrrad. Und deshalb nutzten Frauen wie ihre Mutter das System der *djama'a*. Neun oder zehn Frauen legten einen Teil ihres Gehalts beiseite. Jeden Monat bekam eine von ihnen das Geld, sie wechselten sich immer ab. So zwangen sie sich auf kreative Weise zum Sparen. Die Verpflichtung gegenüber den anderen hielt sie bei der Stange. Diesen Monat war Leila an der Reihe, das Geld einzusammeln.

Die *djama'a*. Wadjda seufzte und schüttelte den Kopf. Nein. Für sie kam das nicht infrage. Sie würde alles grundlegend anders machen. Vorausgesetzt sie konnte Ms Hussas eiserner Faust entkommen. Dann würde sie hart arbeiten und so viel sparen, wie sie brauchte, ganz allein.

Rrrring! Die Köpfe von Mutter und Tochter gingen hoch, als die Türklingel schrillte. Die Mutter nahm Wadjdas Bewegung vor ihrer Tür wahr, drehte sich um und sah den neugierigen Blick. Stirnrunzelnd – sie schimpfte oft mit Wadjda, weil sie immer im Haus herumschlich – zog sie die Tür zu ihrem Zimmer hinter sich zu.

»Geh, sieh nach, wer da ist«, rief sie, als sich der Riegel mit einem Klick schloss.

Warum nicht? Das war besser als Hausaufgaben! Wadjda rieb sich die Buntstiftschlieren von den Fingern und lief in den engen Flur. Auf Socken schlitterte sie über die Fliesen, dann bremste sie ab und öffnete die Tür. Abdullah stand vor ihr, verlegen trat er von einem Fuß auf den anderen, über seiner Schulter hing ein Verlängerungskabel.

Einen Augenblick starrten sie sich an. Es war komisch, Abdullah wiederzusehen, so kurz nachdem er ihr geholfen hatte. Irgendwie machte das Wadjda ganz schüchtern. Ob sie wohl rot wurde? Hoffentlich nicht! Sie lehnte sich an den Türrahmen und tat möglichst cool und gleichgültig.

»Hallo«, sagte sie sachlich. »Was willst du?«

Abdullah scharrte mit den Füßen und warf einen schnellen Blick hinter sich, anscheinend hielt er nach Verfolgern Ausschau. »Mein Onkel will, dass ich diese Lichterkette an der Straße aufhänge. Darf ich sie auf eurem Dach festmachen?« Er klang schüchtern. Das fiel ihm anscheinend selbst auf, denn mit festerer Stimme sagte er: »Übrigens, Wadjda, ich helfe dir ja gern, immer wieder. Nur schade, dass du niemals Danke sagst!«

»Frag die Nachbarn, ob du deine Lichter bei ihnen aufhängen kannst. In diesem Haus machen wir uns nichts aus deinem Onkel und seinem Schnurrbart.« Wadjda biss sich auf die Lippe, sie wusste nicht, was sie noch sagen sollte. Abdullah wirkte so beleidigt … und verletzt. Sie wollte sich ja bei ihm bedanken, aber die Dankesworte schienen sich hinter ihren Lippen zu stauen und wollten einfach nicht rauskommen. Und deshalb sagte sie: »Und wofür genau soll ich mich bedanken?«

Er sah sie sauer an. »Dafür, dass ich den ganzen, weiten Weg nach Adira mitgekommen bin und die Sache mit eurem Fahrer geregelt habe! Er nimmt deine Mutter doch wieder mit, oder? Und die Lichter kann ich nur bei euch aufhängen, eure Nachbarn haben keinen Mast auf dem Dach, an dem ich sie festmachen kann. Euer Dach ist das einzige, das infrage kommt.«

Erwartungsvoll zog er die Augenbrauen hoch, er schien sich seiner Sache sicher zu sein. Aber Wadjda hörte nicht zu. Sie schaute an ihm vorbei, zu seinem Fahrrad, das voll beladen war mit der Lichterkette, Kabeln und jeder Menge kleiner grüner Fähnchen.

»Warte«, sagte sie. Ehe er darauf reagieren konnte, hatte sie auch schon die Tür zugeknallt. Sie rannte zum Zimmer ihrer Mutter. Die Tür stand wieder offen, der Raum war leer.

Wadjda sprintete zurück ins Wohnzimmer. »Hey, *ummi* !«, rief sie. »Abdullah Al Hanofi möchte unser Dach benutzen, weil er eine Lichterkette für die Wahl anbringen muss, damit sein Onkel – der mit dem Riesenschnurrbart – gewinnt.«

Sie schlitterte zur Tür hinein, hielt sich am Rahmen fest und bremste ab. Etwas außer Atem sah sie ihre Mutter am Couchtisch stehen, mit dem Becher in der Hand. Sie strahlte Wadjda an. Schüchtern lächelte Wadjda zurück.

»Danke, meine Süße. Du warst so ein niedliches Baby.« Die Mutter lächelte. »Und jetzt bist du auch süß – wenn du nur willst.«

Sie trat einen Schritt vor. Einen Moment lang dachte Wadjda, ihre Mutter würde sie umarmen. Stattdessen kniff sie Wadjda liebevoll ins Kinn.

»Und diesem Jungen sagst du, dass er gehen soll. Sein Onkel gehört nicht mal zu unserem Stamm! Wir werden ihn nicht wählen und ihm erst recht nicht mit seiner Lichterkette helfen.«

Abdullah stand vor dem Haus und zappelte ungeduldig herum. Das Verlängerungskabel scheuerte an seiner Schulter. Ihm war heiß, er war verschwitzt und frustriert.

Warum konnte Wadjda denn nicht ein bisschen dankbarer sein? Nicht zu fassen. Nach allem, was er für sie getan hatte! Er hatte die letzte Unterrichtsstunde geschwänzt, riskiert, dass seine Freunde ihn mit einem Mädchen sahen. Und er war mit ihr in einen grässlichen Teil von Riad gegangen und hatte sich mit unheimlichen Leuten rumgeschlagen. All das – und sie tat immer noch so, als wäre nichts Besonderes passiert.

Nun stand er in der heißen Sonne und es brodelte in ihm. Endlich ging die Tür auf und Wadjda lehnte sich nach draußen. In ihrem Blick lag etwas Kühles, Berechnendes. Das machte Abdullah nervös.

»Ich lasse dich aufs Dach«, sagte sie lässig. »Wenn du dein Fahrrad mitbringst.«

25. KAPITEL

Die Zeit schien still zu stehen. Trotzig sah Wadjda Abdullah an. Er schaute genauso trotzig zurück. Und keiner von beiden war bereit nachzugeben.

Ein Wagen hielt mit laufendem Motor vor dem Tor. Sie sahen sich überrascht an und Wadjda nickte. Ihre Auseinandersetzung war erst mal aufgeschoben.

Ein Minibus voll ausländischer, hauptsächlich philippinischer Krankenschwestern hatte mit einem Ruck vor dem Haus gehalten. Eine vollständig verhüllte saudische Frau sprang heraus. Der Minibus blieb stehen und sie lief die Treppe hoch auf Wadjda zu, dabei stieß sie versehentlich mit Abdullah zusammen, der ihr ausweichen wollte. Da er aber mit dem schweren Kabel beladen war, wäre er dabei fast hingefallen. Im letzten Moment konnte er sich noch fangen. Die Frau schien das nicht zu bemerken.

»Hey, Wadjda, ich bin's, Leila! Wie geht es dir?«

Leilas Stimme war klar und hell wie die Sonne im Zitronenbaum. Sie nahm ihren Schleier ab und zeigte ihr lächelndes Gesicht. »Wow, siehst du süß und erwachsen aus!«

Wadjda lächelte stolz, sie guckte schnell zu Abdullah. Nur, um sicherzugehen, dass er das auch gehört hatte. Aber Abdullah war zu sauer auf Wadjda, um tatenlos herumzustehen, während sie Komplimente bekam. Er winkte kurz, sprang aufs Rad und fuhr davon, dabei musste er einen Bogen um den Minibus machen, der in einer immer größer werdenden Wolke aus Staub und Abgasen vor dem Tor hielt.

»Rufst du deine Mutter?«, fragte Leila und warf einen Blick über ihre Schulter. »Ich muss mich beeilen, tut mir leid, aber der Fahrer wartet.«

Wadjda spürte, dass ihre Mutter hinter ihr stand. Wenn sie einatmete, stieg ihr der süße, würzige Duft ihres Parfums in die Nase. Die Mutter war nicht verschleiert, achtete aber darauf, dass man sie vom Tor aus nicht sehen konnte. Fremde, die eventuell draußen vorübergingen, durften ihr Gesicht nicht sehen.

»Verräterin! Ich kann gar nicht glauben, dass du mir nicht erzählt hast, dass du ganz in der Nähe arbeitest!«

Sie zog Leila weiter auf den Hof und küsste sie auf beide Wangen. Dann zerrte sie auch Wadjda noch mit und schlug das Tor zu.

»Im Krankenhaus zu arbeiten ist großartig«, sagte Leila lachend. »Zuerst war ich nicht so sicher, weißt du, aber ich konnte keinen Fahrer finden und … Und ich bin glücklich! Ich arbeite erst ein paar Tage da, aber die Bezahlung ist besser als in der Schule, sie übernehmen den Transport und ich muss nicht jeden Tag stundenlang jemanden wie Iqbal ertragen!«

Wie toll, Leila so glücklich zu sehen, dachte Wadjda. Zum ersten Mal seit Langem wirkte ihr Gesicht nicht verkrampft und angestrengt. Die Falten um ihren Mund hatten sich geglättet und sie sah jünger aus – eher wieder so alt, wie sie wirklich war.

In den letzten vier Jahren hatten die Mutter und Leila zwar

an verschiedenen Schulen gearbeitet, trotzdem waren sie zu Beginn zusammen gefahren worden. Auf den langen Fahrten waren sie gute Freundinnen geworden und abends hatten sie immer noch endlos miteinander telefoniert. Wadjda hatte diesen Gesprächen oft gelauscht, daher wusste sie, dass Leila und die Mutter sich gegenseitig heimlich unter ihren Schleiern Modezeitschriften zusteckten, manchmal sogar Liebesromane! Sie waren die Einzigen, die so etwas taten. Die anderen Lehrerinnen waren viel zu konservativ, um der Mode westlicher Frauen zu folgen – und von Männern und Frauen zu lesen, die sich küssten. Um Himmels willen!

»Du fehlst mir«, sagte Wadjdas Mutter jetzt. »Aber den blöden Fahrer bist du los!«

»Und diese Fahrt«, Leila schüttelte den Kopf, als sie sich daran erinnerte. »Diese Hitze!«

Die beiden lachten bitter. Dann drückte die Mutter Leila ein Bündel Geldscheine in die Hand. Leila lächelte, als sie es in ihre Handtasche steckte.

»Danke, meine Liebe«, sagte sie. »Wann bist du an der Reihe?«

»Nächsten Monat. Ich will ein schönes Kleid für die Hochzeit ihres Onkels kaufen.« Die Mutter zeigte auf Wadjda, die ihren Lieblingsstein im Hof herumkickte und ganz offensichtlich lauschte. »Alle infrage kommenden Bräute werden da sein.« Sie bemühte sich, das ganz beiläufig zu sagen.

Leila lachte. »Gott sei mit der, die er wählt! Du könntest ihr noch am selben Abend das Herz rausreißen!«

Wadjda lachte, aber ihre Mutter schoss einen Laserblick in ihre Richtung ab, also machte sie den Mund zu und kickte weiter. Wenn sie nicht aufpasste, würde die Mutter sie ins Haus schicken, und der Rest des Klatsches würde ihr entgehen.

»Wird er dich zur Hochzeit fahren? Damit er dich sieht, meine ich, bevor du zum Fest der Frauen gehst«, fragte Leila.

»Nein, seine Mutter bringt uns mit dem Taxi hin.« Die Mutter klang leicht verärgert.

Vor dem Tor hupte der Minibus. Leila und die Mutter fuhren erschrocken herum.

»Oh, ich muss los. Ehe ich es vergesse, im Krankenhaus stellen sie Personal ein. Denk drüber nach. Es ist nicht so weit weg wie deine Schule – und wenn du da arbeitest, können wir den ganzen Tag plaudern.«

»Mein Ehemann würde mich umbringen. Er ist so eifersüchtig. Dass andere Männer mich sehen könnten, ist für ihn unerträglich.« Die Mutter schüttelte wehmütig den Kopf. »Von arbeiten ganz zu schweigen.«

»Ach, hör auf«, sagte Leila lachend. »Du machst ihn für alles verantwortlich. Das reicht! Wenn du deine Meinung änderst, ruf mich an. Ich hinterlege an der Rezeption ein Bewerbungsformular für dich.«

Sie nahm die Hand von Wadjdas Mutter, drückte sie fest und ging. Die Mutter ging ein paar Schritte hinter ihr her, achtete aber darauf, außer Sichtweite zu bleiben, als sie dem Minibus nachschaute, der die Straße runterrumpelte. Wadjda sah den Neid in ihren Augen.

Sie wäre auch gern so mutig wie Leila, dachte Wadjda traurig. Aber sie hat zu viel Angst.

Die Mutter würde nichts tun, das sie noch weiter vom üblichen Weg abbrachte. Im Krankenhaus zu arbeiten war ein großer Schritt. Zu groß.

26. KAPITEL

Langsam drehte sich der Ventilator unter der Decke. Sein dumpfes Pulsieren war das einzige Geräusch im Raum. An der Wand unter einem großen Schild mit der Aufschrift *Innere Moschee* hingen Plakate mit Anweisungen, wie man sich zu waschen und wie man das rituelle Gebet durchzuführen hatte. Die Zeichnungen waren detailliert, Kästchen um Kästchen mit winzigen Figuren, die jeden Schritt der komplizierten Riten ausführten.

An der Tür lagen Wadjdas schwarz angemalte Schuhe oben auf einem unordentlichen Haufen. Die Schuhe aller ihrer Klassenkameradinnen waren hastig auf die Seite geworfen worden, als die Mädchen den Raum betreten hatten. Zu dieser Tageszeit, wenn der Religionsclub zusammenkam, wurde das Klassenzimmer zur Moschee. Man durfte dort keine Schuhe tragen und die Köpfe mussten bedeckt sein. Tische gab es nicht, die Mädchen saßen also im Schneidersitz im Kreis auf einem roten, orientalischen Teppich.

Hier zwischen den Keuschesten der Keuschen kam Wadjda sich fehl am Platz vor, wie ein Wolf im Schafspelz. Aber sie hatte keine Wahl. Die vereinten Kräfte von ihrer Mutter und Ms Hussa waren zu groß. Also saß sie geduldig da und konzentrierte sich auf die Lehrerin. Hinter Ms Noof hing ein großes

Plakat mit einem betenden Mädchen. Das Gesicht des Mädchens war unscharf dargestellt, Wadjda fand, sie sah aus wie ein Geist.

Jemand drückte ihr einen Koran in die Hand. Wadjda schaute erschreckt auf. Es war Salma, war ja klar. Ms Noof hatte ihre Lieblingsschülerin gebeten, die Exemplare des Heiligen Buches vom kleinen Regal in der Ecke zu nehmen und jedem Mädchen eines zu geben.

Obwohl dieser Club eine ernste Angelegenheit war, kaute Ms Noof mal wieder Kaugummi. Wie ihre Schülerinnen saß sie im Schneidersitz da und schaute zu, bis Salma ihren Auftrag erledigt hatte.

»Beginnen wir mit unserem Programm.« Sie beäugte die neuen Schülerinnen argwöhnisch – außer Wadjda waren es noch zwei andere Mädchen. »Vorab ist zu sagen: Ich weiß, dass einige von euch ihre Periode bekommen haben. Denkt daran, in dieser besonderen Zeit dürft ihr den Koran nicht berühren.«

Das Kichern, das daraufhin ausbrach, wurde schnell hinter vorgehaltenen Händen unterdrückt. Wadjda merkte, wie ihre Wangen heiß wurden. Wie konnte man in der Schule so ein peinliches Thema anschneiden! Sie hatte diese Worte nicht selbst ausgesprochen und ihre Periode hatte sie auch nicht, aber trotzdem war es ihr unangenehm.

»Pst!« Ms Noof wedelte ärgerlich mit der Hand. »*Tahara*, das bedeutet sauber und rein. Das ist eines der wichtigsten Dinge, mit denen wir uns befassen werden. Während ihrer Periode ist eine Frau nicht *tahara*. Während dieser Zeit …« Sie betonte jedes einzelne Wort. »Fasst das Buch nicht direkt an. Ihr müsst ein Taschentuch oder eine Serviette benutzen. Vergesst das nicht. Da gibt es nichts zu lachen. Ihr seid jetzt junge Frauen.

Eure Körper sind empfindlich, wie Blumen. In jeder Ecke lauert Gefahr. Zum Beispiel …«, ihr Blick fiel auf Wadjda, »könntet ihr eure Jungfräulichkeit verlieren, wenn ihr auf einem Pferd reiten würdet oder Ballett tanzen wie diese Ungläubigen im Westen.«

Wadjda rutschte unruhig hin und her. Ihre Wangen waren so heiß wie Feuer. Die anderen Mädchen kicherten weiter.

»Gut, wir wollen lesen«, sagte Ms Noof ganz plötzlich. Auf der anderen Seite des Raumes blätterte Yasmine anmutig durch die Seiten, die sie mit einem Tuch in der Hand schützte.

Wieder spürte Wadjda den missmutigen Blick ihrer Lehrerin auf sich. Ms Noof lächelte sie sarkastisch an und hob ihre Hand. »Wir beginnen mit unserem begeisterten Neuling. Wadjda. Schlage Seite fünfzig auf und lies uns den ersten Vers vor.«

Wadjda holte tief Luft und schlug die richtige Seite im Koran auf. Wenn sie es irgendwie vermeiden konnte, las sie in der Schule nicht laut vor. Die Schule war nicht ihre Welt. Sie wusste, dass sie sich zur Außenseiterin machte und sich nicht wirklich anstrengte – aber warum auch? Das System war gegen sie. So war es schon immer gewesen, von dem Tag an, an dem Ms Hussa und die Klassenkameradinnen gemerkt hatten, dass sie nicht dazupasste. Warum sollte sie sich Mühe geben, das zu ändern?

Aber jetzt gab sie sich Mühe – und all ihre Befürchtungen wurden wahr. Vom heiseren Klang ihrer dünnen Stimme wurde ihr richtig schlecht.

»*O ihr Menschen. Wir erschufen euch aus einem Mann …*«, Wadjda hielt inne. Schnell und genau zu lesen war schwierig, besonders mit dem Gefühl, die Kehle werde einem zugedrückt.

»*… und einer Frau und machten euch zu Völkern und Stämmen …*«, sagte Ms Noof ungeduldig vor.

Wadjda wiederholte diese Zeile stockend, dann sah sie wieder auf die Seite. Worte holperten ihr über die Lippen.

»*damit ihr einander kennenlernt …*«

Ms Noof schnaufte. »Das reicht. Hör auf, bitte.« Sie suchte den Raum nach einer geeigneteren Kandidatin ab. »Noura, lies weiter.«

Noura mit ihrer schönen Stimme und der perfekten Aussprache würde sie bestimmt wenigstens einen Vers weiter bringen. Trotzdem wirkte die Lehrerin immer noch verärgert. Sie verschränkte die Arme, wiegte den Kopf von einer Seite zur anderen und runzelte die Stirn.

Noura ließ sich von Ms Noofs Missmut nicht beirren, sie fing an zu lesen, rein und perfekt. Jedes Wort hatte den richtigen Klang und rollte ihr grazil von der Zunge.

»*Doch der vor Allah am meisten Geehrte von euch ist der Gottesfürchtigste unter euch. Allah ist fürwahr wissend, kundig*«, rezitierte sie.

»Schön wie immer, Noura«, grummelte Ms Noof. Es klang nicht so, als wäre es ernst gemeint, aber Noura strahlte, als habe sie soeben einen Schönheitswettbewerb gewonnen.

Wadjda sah zu Noura, sie spürte ihre Eifersucht im ganzen Körper. So wie Noura würde sie niemals lesen können, nicht in tausend Jahren.

Aber wenn sie gewinnen wollte, würde sie es lernen müssen.

27. KAPITEL

Lies das! Rezitier dies! Lern das auswendig! Puh!

Wadjda war völlig erschöpft von all der Arbeit für den Religionsclub. Es war Pause und sie wanderte ziellos über den Schulhof. Gab es hier nicht irgendwo einen stillen, schattigen Winkel, in dem sie sich verstecken konnte? Wo sie die Augen zumachen und sich vorstellen konnte, wie sie frei war und auf ihrem grünen Fahrrad durch Riad sauste? Irgendwo weit weg von den Mädchen, die sich über sie lustig machten, weil sie dachten, sie könne nicht mithalten oder den Text nicht richtig lesen.

Hinten an der Mauer saßen Fatin und Fatima, wie immer schauten sie sich Fußballzeitschriften an und wie immer hatten sie die Schuhe ausgezogen. Sie strahlten, als sie Wadjda sahen. Aber wieder einmal war Wadjda zu müde, um mehr als ein schwaches Lächeln zustande zu bringen – eines, bei dem die Augen nicht mitlächelten.

»Wo ist der Nagellack?«, hörte Wadjda Fatima flüstern.

Fatin bückte sich und tastete mit der Hand unter der Bank herum. »Keine Ahnung! Neulich habe ich ihn hier versteckt.«

Wadjda schlenderte zu den beiden rüber, sie wollte ihnen sagen, dass sie den verbotenen Schatz an sich genommen und versteckt hatte, damit die Rektorin ihn nicht fand. Aber dann schnappte sie nach Luft und tauchte in den Schatten der Mauer ab. Ms Hussa!

Entsetzt beobachtete sie die Direktorin, die sich auf die beiden älteren Mädchen stürzte wie ein Racheengel. Ausnahmsweise traf es Fatin und Fatima völlig überraschend. Sie bedeckten schnell ihre nackten Füße. Panisch schoben sie sich gegenseitig die verbotenen Zeitschriften unter die Kleider. Fatin versteckte eine davon hinter Fatimas Rücken. Fatima schob eine andere unter Fatins Beine.

»Was macht ihr hier?«, brüllte Ms Hussa, sie blickte von einem Mädchen zum anderen. »Warum hast du die Hand unter ihrem Rock?«

Fatin und Fatima erstarrten. Die Angst ließ sie zu Stein werden. Auch Wadjda stand regungslos in ihrem Versteck und beobachtete alles.

»Das fehlte uns noch«, sagte Ms Hussa angewidert. »Zwei Mädchen, die sich im Schatten verstecken und die Hände nicht voneinander lassen! Sagt mir, was das zu bedeuten hat!« Fatin und Fatima rückten voneinander ab, am liebsten wären sie im Boden versunken. Ungerührt starrte Ms Hussa auf sie nieder. »Es reicht mir jetzt mit euch. Dieses Mal kommt ihr nicht durch mit einem ›Tut mir leid‹. In mein Büro. Sofort!«

Immer noch rührte Wadjda sich nicht. Sie beobachtete, wie die Rektorin Fatin und Fatima nach drinnen marschieren ließ. Mitanzusehen, wie ihre Idole erwischt und beschämt wurden, war wie eine eiskalte Dusche für sie.

Wenn diese beiden bestraft werden können, dachte sie, dann ist niemand sicher.

Unruhig saß sie ihre letzte Schulstunde ab, dann schoss sie aus der Klasse wie von einer Kanone abgefeuert. Sie musste

Fatin und Fatima finden! Hektisch suchte sie die Mädchenmassen, die aus den Klassenräumen strömten, nach den beiden ab.

Da waren sie! Fatin und Fatima gingen schnell und mit gesenkten Köpfen, offensichtlich hatten sie es eilig wegzukommen. Beide versteckten ihre Gesichter hinter hochgezogenen Schleiern, aber Wadjda konnte die Wut in ihren Augen sehen.

Von allen Seiten wurde Wadjda angerempelt. Weit vorne wurden Fatin und Fatima vorgespült wie die Schaumkrone auf einer Welle. Als sie nicht mehr zu sehen waren, stieß Wadjda hörbar den Atem aus. Langsam und tieftraurig zog sie ihre *abaya* an.

Dieser blöde Tag ist nicht mehr zu retten, dachte sie. Aber vielleicht hilft ja ein Besuch im Spielwarenladen.

Und so war es. Auf dem Weg spürte sie, wie ihre Wut und ihre Müdigkeit sich verwandelten – in Entschlossenheit. Das Gekicher ihrer Klassenkameradinnen schrillte in ihren Ohren. Nouras höhnisches Grinsen tanzte vor ihren Augen. Und jedes Mal, wenn Wadjda die Geräusche und Bilder zurückdrängte, spürte sie, wie sie stärker wurde.

Sie würde sie alle in diesem Wettbewerb schlagen, jede Einzelne, die ihr so etwas nicht zutraute, würde sie besiegen! Das würde sie für alle Schülerinnen in Riad tun, die tagaus, tagein beschämt und verhöhnt wurden. Und dann würde sie triumphierend auf ihrem Fahrrad davonfahren und alle stehen lassen, mit offenem Mund und hängenden Ohren.

Mit jedem Schritt fühlte Wadjda sich stärker. Sie lief schneller. Ihre Füße hoben sich weiter und weiter vom Boden. Bald rannte sie. Mit der Hand griff sie nach dem Schleier, damit er nicht rutschte oder sich verhedderte und sie behinderte. Der

Laden kam näher und Wadjda lächelte. Sie wusste, was sie zu tun hatte.

Wie üblich war der Besitzer in seiner eigenen Welt, er hörte alte Schallplatten und nippte saudischen Kaffee. Sein Kopf zuckte hoch, als er Wadjda sah. Und als sie an dem grünen Fahrrad vorbeiging, war seine Überraschung deutlich zu sehen. Wadjda hätte bestimmt gelacht, wenn sie keinen festen Plan gehabt hätte. Aber den hatte sie. Unverzüglich verschwand sie in einem der hinteren Gänge. Eine Sekunde später kam sie mit dem Spiel *Lerne den Koran – auf leichte Art* in den Händen wieder zum Vorschein. Sie legte die Schachtel auf den Tresen und sah den Ladenbesitzer an. Er zog eine Augenbraue hoch.

»Ist für die Schule«, sagte sie. »Wie viel?«

Der alte Mann drehte die Schachtel um und musterte den Barcode. »Nur achtzig Riyal«, sagte er. »Billiger als ein Fahrrad.«

»Wie wär's denn mit zweiundsechzig«, sagte Wadjda höflich. Mit zitternden Händen breitete sie alles, was sie zusammengespart hatte, auf dem Ladentisch aus.

So viel hatte sie noch nie riskiert.

28. KAPITEL

Der Wind wehte und pustete ihr kühle Luft über die Haut. Unter ihr ausgebreitet lag Riad, ein Flickenteppich aus Häusern, Autos und Bussen, Geschichten und Geheimnissen. Hoch über allem, sicher auf dem Dach ihres Hauses versteckt, saß Wadjda triumphierend auf Abdullahs Fahrrad.

Es war nicht leicht gewesen, das schwere Rad die Treppen hochzuwuchten, aber Abdullah war in einer verzwickten Lage. Er wollte seinen Onkel beeindrucken und seine Aufgabe gut erledigen. Wadjdas Haus bot nicht nur einen gut platzierten Mast, der viele Drähte und Kabel tragen würde, es lag auch noch strategisch günstig über dem leeren Baugelände, auf dem das Wahlzelt aufgebaut werden würde. Einen besseren Ort zum Lichteraufhängen gab es gar nicht.

»Dich auf mein Rad zu lassen, solange ich arbeite, ist wohl ein guter Preis«, hatte Abdullah gekeucht, als er das Rad um eine besonders enge Ecke gehievt hatte.

Ein paar Stufen über ihm hatte Wadjda sich die verschwitzten Haare aus dem Gesicht gepustet und ihn angelächelt. Abdullah spielte sich gern auf. Sie wusste, dass er gern mit ihr zusammen war. Hier oben konnte sich niemand darüber lustig machen, dass er mit Mädchen spielte. So zu tun, als bekäme er seinen Willen, war auch für sie ein guter Preis.

Sie hatte das Rad noch die letzten Stufen hochgezerrt und Wadjda war aufgefallen, dass Abdullah dieselbe schöne *taqiya* trug wie an dem Tag, an dem sie nach Adira gegangen waren. Auch das hatte sie zum Lächeln gebracht.

Jetzt arbeitete er und sie fuhr Rad. Vorsichtig glitten ihre Zehenspitzen über das Dach. Wadjda schubste das alte Rad voran. Sie hatte schreckliche Angst hinzufallen, dagegen konnte sie gar nichts tun. Ungeschickt wackelte sie voran und hatte Mühe, das Gleichgewicht für die paar Sekunden zu halten, in denen sie die Füße vom Boden löste.

Auf der anderen Seite des Daches befestigte Abdullah einen Haken an der Hausmauer. Links von ihm hing ein Wust von Metall über den Rand des Daches. Wie ein Nest von durchgedrehten Roboterratten sah das aus, fand er.

»Was ist das?«, fragte Abdullah und untersuchte das Gebilde.

Wadjdas Kopf schoss hoch und sie stemmte die Füße auf den Boden.

»Na was wohl!«, sagte sie beleidigt. »Das ist eine Antenne, Blödmann. Ich kann damit Signale empfangen, die weit über deine Welt hinausgehen. Was glaubst du, wie ich meine Wahnsinnskassetten zusammenstelle?«

»Mit all den Leuten, die im Hintergrund rumbrüllen?«, sagte Abdullah spöttisch und machte sich wieder an die Arbeit. »Und dem Geknister? Ist wirklich Wahnsinn! Hör mal, mein Onkel mag den Koran-Radiosender. Da will er über seinen Wahlkampf reden. Die haben all diese berühmten Sprecher – die rezitieren den Koran so schön! Da schmilzt dir das Herz, sagt mein Onkel.«

Wadjda legte die Hand auf ihr eigenes Herz, sie wollte Abdullah zeigen, dass sie die Wahrheit sagte. »Er sollte meine

Mutter mal singen hören«, sagte sie. »*Da* schmilzt einem das Herz. Sie sollte ihren eigenen Sender haben.«

Abdullah schnaufte.

Na egal, dachte Wadjda. Sie streckte eine Hand aus und zog sich am Geländer entlang. Während sie so auf dem Fahrrad voranruckelte, wanderte ihr Blick zum Wahlkampfzelt. Davor stand ein Poster von Abdullahs Onkel, aber irgendwie sah er aus wie ein anderer Mensch. Dieser ernst blickende Kandidat hatte keinen Schnurrbart, nur einen langen, sorgfältig gezüchteten Bart. War das überhaupt derselbe Mann?

Sie rümpfte die Nase. »Warum sieht dein Onkel so anders aus?«

»Weißt du das nicht?«, Abdullah wickelte ein Kabel um den Mast. »Männer sollen sich den Bart nicht mehr scheren. Das ist *haram*! Was bringen sie euch eigentlich bei in der Schule?«

»Ach, weißt du, wir lernen was über die Periode und über Blutungen nach der Niederkunft …«, sagte Wadjda sarkastisch. Abdullah verfärbte sich dunkelrot, so peinlich war ihm das. Wadjda bekam einen Lachanfall, als er sich plötzlich ganz intensiv seiner Arbeit widmete.

Noch eine Runde auf dem Dach. Wadjdas Füße blieben meistens am Boden. Wenn sie in die Pedale treten wollte, wackelten die Räder jedes Mal bedrohlich. Sie drehte langsam eine Runde, balancierte, so gut sie konnte, und klingelte. Das helle Trillern der Fahrradklingel ertönte stolz und wurde noch lauter von den Mauern zurückgeworfen.

»Alle in der Nachbarschaft werden dich hören«, warnte Abdullah.

»Mir doch egal!« Wadjda drückte mit dem Daumen den Klingelhebel. Bing, bing! »Guck, ich bin ein Naturtalent!«

Sie lachte und stieß sich mit beiden Füßen kräftig vom Boden ab – das Vorderrad schwenkte aus und sie knallte auf den Boden. Abdullah zuckte zusammen, besorgt wollte er sie fragen, ob sie sich wehgetan hatte. Doch als er sah, dass ihr nichts passiert war, kicherte er stattdessen.

»Ein Naturtalent. Na klar. Du machst so einen Aufstand wegen einem Fahrrad – und kannst nicht mal fahren!«

»Wie denn?«, verteidigte Wadjda sich. Sie ließ das Handgelenk kreisen, und rieb sich die schmerzende Hüfte. »Wo kann ich denn Rad fahren lernen?«

Sie sah ganz verzweifelt aus und presste die Lippen so fest aufeinander, dass sie fast weiß wurden. Abdullah tat es leid. Spontan ließ er sein Werkzeug fallen, sprang auf und stellte sich hinter sie.

»Dann mal los.« Er hielt das Fahrrad fest.

»Bist du bereit?«, fragte er. Wadjda strahlte und nickte, und er schob sie und trabte neben ihr her, während sie in die Pedale trat.

Zusammen kurvten sie mit dem Fahrrad auf dem Dach herum, dabei lachten und quietschten sie vergnügt. Einen besseren Ort zum Radfahrenlernen konnten sich Wadjda und Abdullah nicht vorstellen, eine Stadt mit besserem Wetter oder blauerem Himmel auch nicht. Einen Moment lang waren sie frei, zwei Kinder, die hoch über der Welt spielten.

Die Palmen wiegten sich in der Nachmittagsbrise. Die Sonne schien, aber nicht mehr so heiß. Das Jahr war vorangeschritten.

29. KAPITEL

Ehe Wadjda an diesem Abend das Licht ausmachte, griff sie vom Bett aus zum Radio und schaltete es ein. Sie ließ die Sender durchlaufen, hörte sich ein Lied an, das sie mochte, und sang es leise mit. Dann erinnerte sie sich wieder an ihren Plan. Systematisch drehte sie am Senderknopf, bis sie gefunden hatte, was sie eigentlich suchte.

»Sie hören den einen, den einzigartigen Koransender. Schalten Sie ein, jeden Tag, den ganzen Tag lang, und hören Sie Ihre liebsten Stimmen. Jetzt liest Al Hudafi die *sura al-baqara*«, kündigte der Radiomoderator an.

Wadjda legte sich auf ihr Kissen zurück, faltete die Hände hinter dem Kopf und starrte an die Decke. Die Stimme aus dem Radio hallte durchs Zimmer.

»Im Namen Allahs, des Gütigen, des Gnädigen. *Alif lam mim.* Dieses Buch, da besteht kein Zweifel, ist ein Leitfaden für diejenigen, die gegen das Böse kämpfen.«

Wadjda nahm ihren Koran vom Schreibtisch, schlug die richtige Seite auf und versuchte, dem Text zu folgen. Der Mann las schnell und schon bald hatte sie den Faden verloren. Seufzend legte Wadjda den Koran wieder hin, achtete aber darauf, dass die richtige Stelle aufgeschlagen blieb. Ob sie wohl je so flüssig lesen können würde wie dieser Mann?

Wadjda schaute auf ihren Schreibtisch. Da lag das Videospiel, das sie gekauft hatte. Sie lächelte.

Im Flur waren Schritte zu hören. Die Tür ging auf. Die Mutter schaute herein, ihr Lächeln verschwand aber sofort, als ihr Blick auf Wadjdas Schreibtisch fiel. Sie klappte den Koran zu.

»Niemals darfst du das Heilige Buch aufgeschlagen liegen lassen!«, schimpfte sie. »Der Satan wird hineinspucken!«

Wieder so eine Altweiberweisheit. Aber dieses Mal verdrehte Wadjda nicht die Augen, sie nickte.

»Ja, *ummi*. Tut mir leid.«

»Gutes Mädchen.« Ihre Mutter lächelte wieder. »Komm, setz dich eine Weile zu mir.«

Wadjda freute sich über die unerwartete Einladung und schaltete das Radio aus. Sie nahm ihr Videospiel und ging hinter der Mutter her den Flur entlang.

Dieser Tag wird doch noch besser, dachte sie.

Im Wohnzimmer setzte die Mutter sich auf die Couch und zählte *oud* – kleine Holzstückchen, die aus Indien importiert wurden. *Oud* war sehr teuer. Ein paar Gramm kosteten so viel wie Wadjdas Traumfahrrad.

Wadjda kannte den Preis, sie hatte ihre Mutter begleitet, als sie das Holz von einem dicken Mann gekauft hatten, der wie eine Kröte über seinen Waren gehockt hatte. Beim Feilschen hatte er immerzu auf die Hände der Mutter gestarrt, mehr Haut hatte sie nicht gezeigt. Wie sie sich auch bewegte, was sie auch sagte, sein Blick klebte an ihren Händen. Wadjda hatte gemerkt, wie unwohl ihre Mutter sich gefühlt hatte. Irgendwann hatte sie die Hände in die Ärmel ihrer *abaya* gezogen, um sie vor den Blicken zu schützen. Und sie hatte dem Händler den aberwitzigen Preis gezahlt, den er verlangt hatte, nur damit sie gehen konnte.

Ich wünschte, ich hätte das Handeln übernehmen dürfen, dachte Wadjda. Ich hätte ein Vermögen gespart.

Trotzdem würde das Haus wunderbar duften. Wenn das oud verbrannte, zog ein dichter, herrlicher Nebel durch die Räume, der beim Einatmen würzig in der Nase kitzelte. Und dann konnten Wadjda und ihre Mutter so tun, als würden sie in einem reichen Haus leben, in dem man sich jeden erdenklichen Luxus leisten konnte.

Leise summend stellte die Mutter einen kleinen *mubkhar*, der mit Kohle betrieben wurde auf den Couchtisch. Wadjda holte tief Luft. War das eine besondere Gelegenheit? Warum verbrannte die Mutter gerade jetzt das *oud*?

Wadjda setzte sich vor den Fernseher und begann, an den Drähten zu fummeln. Nach zehn Minuten warf sie die Kabel auf den Teppich. Sie seufzte tief – und dann noch mal, lauter. Genervt schaute sie auf. Merkte die Mutter denn gar nicht, wie sie sich abmühte?

»So gewinne ich den Wettbewerb niemals«, sagte sie und stocherte in den Kabeln herum. »Dieses Spiel läuft nicht auf unserem Uralt-Fernseher. Wie soll ich da üben?«

Sie hatte das ganz beiläufig sagen wollen, es sollte nur die Andeutung sein, dass es doch wohl eine gute Lösung ihres Problems gab. Und die gab es. Aber als die Mutter begriff, was Wadjda meinte, sagte sie: »Schlag dir das aus dem Kopf. Dein Vater dreht durch, wenn du an seinem Fernseher herumspielst.«

Wadjda seufzte. Vor Kurzem hatte ihr Vater den riesigen Flachbildfernseher bekommen, damit er seine Videospiele stilvoll spielen konnte. Mit diesem Gerät konnte der alte Kasten im Wohnzimmer nicht konkurrieren. Das Bild war körnig und oft gestört. Einen Anschluss für einen DVD-Spieler gab es nicht und einen für Videospiele erst recht nicht.

Wahrscheinlich könnte ich mir irgendwas zusammenbasteln, dachte Wadjda. Sie untersuchte die Rückseite des Geräts genauer. Aber es wäre so viel leichter, Vaters Fernseher zu benutzen.

Egal was sie machte, es musste schnell gehen. Das Spiel war entscheidend für ihren Plan, den Wettbewerb zu gewinnen. Sie schloss die Augen und stellte sich vor, auf Abdullahs Fahrrad auf dem Dach herumzufahren. Aber in ihrem Tagtraum war es nicht sein klapperndes altes Rad, sondern das schöne grüne Fahrrad, das sie so liebte.

Überleg dir was, Wadjda, sagte sie sich. Sonst …

30. KAPITEL

Die ersten Zusammenkünfte hatte sie überlebt. Ihre Nerven beruhigten sich langsam. Und vielleicht, nur vielleicht, wusste Wadjda nun, wie die Sache mit dem Religionsclub lief.

Sie kam als eine der Ersten zu jedem Treffen. Eine ganze Stunde saß sie dann kerzengerade da, schaute mit gesenktem Blick auf den Koran. Hin und wieder nickte sie und tat so, als würde sie den leidenschaftlichen Tiraden der Lehrerin zuhören. Natürlich wusste sie nie so genau, worüber Ms Noof da eigentlich redete, wahrscheinlich über die Millionen verschiedenen Weisen, auf die man in die Hölle kommen konnte. Aber Wadjda schaute sie immer an, als ob es nichts Faszinierenderes auf der Welt gäbe.

Heute ging es nicht gut. Nachdem Ms Noof mehrere Minuten vor sich hin gezetert hatte, unterbrach sie ihren Wortschwall und schaute sich im Kreis der Schülerinnen um. Sie nahm das einzige Mädchen aufs Korn, das entfernt interessiert wirkte. »Wadjda, was denkst du?«, fragte sie.

Hm … Wadjda hatte einen riesigen Kloß im Hals. »Ich … ich …«

Konzentriere dich, sagte sie sich. Nimm dir Zeit, deine Gedanken zu sammeln.

Auf der anderen Seite des Kreises stieß Noura Yasmine mit dem Ellenbogen an und verdrehte die Augen.

Mehr Motivation brauchte Wadjda nicht. Sie spürte die mittlerweile vertraute Entschlossenheit und riss sich zusammen.

»Ich denke, dieser Wettbewerb ist sehr schwer für mich«, sagt sie.

Noura und die anderen Mädchen waren verblüfft, weil sie so selbstbewusst redete. Zwei oder drei andere konnten das Kichern nicht lassen.

Ms Noof wedelte ungeduldig mit der Hand und brachte sie zum Schweigen. »Sprich weiter, Wadjda«, sagte sie.

»Ja, es ist schwer«, fuhr Wadjda langsam fort. »Aber … aber gestern habe ich auf dem Koransender gehört, wenn es einem leicht fällt, dann bekommt man nur *eine* Belohnung von Gott. Wenn man aber Schwierigkeiten hat, zu lesen und sich zu erinnern, dann bekommt man *zwei* Belohnungen. Eine fürs Lesen des Korans und eine für die große Mühe, die man auf sich nimmt.«

Zum ersten Mal in all den Zusammenkünften, an denen Wadjda teilgenommen hatte, guckte Ms Noof nicht verärgert. In ihrem Blick lag etwas ganz anderes: Stolz. Sie strahlte, als hätte sie zu Wadjdas unglaublichem Durchbruch beigetragen.

»Danke, dass du das mit uns geteilt hast«, sagte sie. »Mädchen, ich möchte, dass ihr alle Wadjda zuhört. Sie ist ein wunderbares Beispiel: jemand, der sich sehr anstrengt, ein Mensch, der Gott ergeben ist.«

Noura und ihre Verbündeten waren erschüttert. Yasmine klappte tatsächlich der Mund auf.

»Danke«, sagte Wadjda schüchtern, sie genoss ihre neue

Rolle als Liebling der Lehrerin. Sie machte weiterhin ein demütiges Gesicht, schaute aber verstohlen nach links und rechts. Hatte Salma das auch gehört? Würde sie glauben, dass Wadjda – wenigstens vorübergehend – Ms Noofs Gunst erworben hatte?

Es war nicht leicht stillzuhalten, aber Wadjda zwang sich dazu, denselben Satz so lange zu lesen, bis ihr Lächeln nachließ. Selbst dann genoss sie den ruhmreichen Augenblick noch. Wie gut es sich anfühlte, eine Musterschülerin zu sein. Vielleicht sollte sie das häufiger mal versuchen.

Ms Jamila tauchte in der Tür auf und machte Ms Noof ein Zeichen.

»Entschuldigt mich bitte einen Augenblick, Mädchen.« Die Lehrerin stand auf und lief schwerfällig zur Tür. Ms Jamila begrüßte sie und die beiden Frauen tratschten und kicherten eine Weile. Allem Anschein nach bewunderte Ms Jamila die Bluse von Ms Noof. Sie berührte immer wieder den Stoff am Ärmel. Und Ms Noof lobte den neuen Schleier von Ms Jamila. Ein paar Sekunden lang tauschten sie Komplimente aus.

Wadjda beobachtete sie. Ihr kam ein seltsamer Gedanke. Vielleicht konnten die Lehrerinnen wie ganz normale Menschen sein? War so was möglich? Konnten sie lachen, kichern, über Kleider und Freundinnen reden – über alltägliche Dinge? Wenigstens ab und zu?

»Wadjda«, rief Ms Noof. »Ms Hussa will dich sehen. Geh sofort in ihr Büro.«

Oh nein. Wadjda bekam Bauchweh, ihr Mund wurde ganz trocken. Sie musste schlucken.

»Oh … Wadjda?« Ms Noof lächelte ihr wieder zu. »Ich habe Ms Jamila gebeten, Ms Hussa zu sagen, wie gut du dich machst.«

Das war tröstlich – aber nur ein bisschen. Wadjdas ruhmreicher Augenblick war offensichtlich vorüber. Ihre Klassenkameradinnen kicherten schon wieder … und sie war erneut auf dem üblichen Weg den endlosen Flur entlang zum Büro der Rektorin.

31. KAPITEL

Warum habe ich nur Jeans an? Ausgerechnet heute. Wie blöd, blöd, blöd!

Wadjda stand vor dem Schreibtisch der Rektorin und zappelte. Dieses Mal hatte sie keine Ahnung, warum sie hier stand. Sie verkaufte keine Sachen mehr, sie war fast jeden Tag pünktlich in der Schule und sie hatte sich sehr darum bemüht, die *abayat ar-ra's* genau nach Vorschrift zu tragen. Wadjda hatte sich in den letzten Wochen völlig verwandelt.

Vielleicht funktionierte das ja? Sie schaute verstohlen zu Ms Hussa. Die Rektorin hatte nicht den üblichen bösen Blick für sie. Eigentlich wirkte sie entspannt, sie hatte sich auf ihrem Stuhl zurückgelehnt und schaute in die Luft.

Ja. Irgendwas war anders. Eindeutig.

»Wadjda«, sagte Ms Hussa plötzlich und sah sie an.

Wadjda blinzelte. War das etwa … ein Lächeln?

»Ich muss schon sagen, ich habe es nicht geglaubt, als Ms Jamila es mir sagte. Aber offenbar machst du deine Sache im Religionsclub wirklich gut. Wenn dieser Wandel von Dauer ist, dann bin ich wirklich beeindruckt.«

Wadjda hatte die Finger hinter ihrem Rücken so fest verknotet, dass es wehtat. Aber sie machte ein höfliches Gesicht.

»Danke, Ms Hussa«, flüsterte sie.

Die Rektorin stand auf und begann, im Aktenschrank nach etwas zu suchen. Sie zog eine Akte heraus und prüfte die Papiere darin. Dann richtete sie den Blick lange auf Wadjda, die nicht verstand, was das sollte.

Einen Moment lang herrschte Stille, die nur vom Rascheln des Papiers gestört wurde. Ms Hussa warf die Akte auf ihren Schreibtisch. Was sie tat, hatte offenbar einen Sinn, aber der erschloss sich Wadjda nicht, so sehr sie sich auch anstrengte. Sie hatte das Gefühl, sie müsste diese Akte im Auge behalten, als wäre sie für sie bestimmt. Aber wenn sie sich nun irrte?

Sie rührte sich nicht vom Fleck. Ms Hussa setzte sich wieder auf ihren Platz, nahm die Akte und tippte damit immer wieder auf die glatte Tischplatte. Tack-tack-tack.

»Du wirst es vielleicht nicht glauben«, sagte sie und sah Wadjda aus den Augenwinkeln an. »Aber in deinem Alter war ich auch leichtsinnig. Und schau mich jetzt an!«

Wieder tippte sie mit der Akte auf den Tisch. Tack-tack-tack.

»Wenn du so weitermachst wie jetzt, dann glaube ich, dass es dir gelingen könnte, den Wettbewerb zu gewinnen.« Ohne Wadjda aus den Augen zu lassen, drückte sie den Knopf der Gegensprechanlage. »Ms Jamila? Bitte holen Sie doch später die Unterlagen für den Koran-Wettbewerb bei mir ab. Die Fragen sind jetzt vollständig aufgeführt. Danke.«

Sie lehnte sich wieder zurück und schob die Mappe auf ihrem Schreibtisch nach vorne. Zu Wadjda. Die schaute das Ding mit großen Augen an.

»Ich wette, die anderen Mädchen würden sterben, um zu erfahren, was da drin steht«, sagte Ms Hussa.

Es klopfte laut an der Tür. Wadjda zuckte zusammen. Ms

Hussa blieb ganz ruhig am Tisch sitzen, ihr Gesicht zeigte keine Regung. »Herein«, rief sie.

Die Tür ging auf und Fatin und Fatima traten ein. Wadjdas Herz fing an zu hämmern.

»Schließt bitte die Tür«, sagte Ms Hussa. Fatin gehorchte, dann drehte sie sich um und stellte sich trotzig neben Fatima.

Wadjda rasten die Gedanken durch den Kopf. Die beiden älteren Mädchen standen zwischen ihr und der Tür. Warum hatte Ms Hussa sie nicht weggeschickt? Sie trat von einem Fuß auf den anderen, die Sohlen ihrer Turnschuhe quietschten auf dem kühlen Marmorboden. Ihre Handflächen waren verschwitzt.

Eine Weile herrschte Stille. Fatin und Fatima schauten starr geradeaus. Ms Hussa musterte sie. Alle im Raum schienen durch Wadjda hindurchzugucken.

»Ihr bleibt also dabei, dass ihr nichts getan habt, da draußen hinter der Schule?«

»Wir haben Zeitschriften gelesen. Mehr nicht«, erwiderte Fatima. »Wir haben nicht getan, was Sie gesagt haben!« Sie zeigte auf Wadjda. »Sie können sie fragen.«

Tack-tack-tack machte die Mappe auf dem Tisch. Ms Hussa legte die Finger darauf und zog sie im Kreis über die Tischplatte. Dabei sah sie Wadjda auffordernd an.

»Nun?«

Das hier ist wie am Fuß eines Hügels zu stehen, dachte Wadjda. Ein gewaltiger Felsbrocken rollte in rasendem Tempo auf sie zu. Wenn sie nicht aus dem Weg sprang, würde sie zermalmt werden. Aber um sie herum waren Gräben voller Krokodile, auf allen Seiten. Die hungrigen Viecher rissen gierig die Mäuler auf.

Sie sah zu Fatin und Fatima. Die Angst schnürte ihr die Kehle zu. Die beiden erwiderten ihren Blick zuversichtlich. Sie waren sicher, dass sie ihre Geschichte bestätigen würde.

Felsbrocken oder Krokodile?

Wadjda guckte Ms Hussa an, dann schaute sie auf die Mappe in ihren Händen. Schließlich senkte sie den Kopf und schloss die Augen.

»Ich weiß nicht«, sagte sie leise. »Ich war so weit weg.«

Fatin und Fatima schauten sich fassungslos an. Fatima war ganz blass geworden. Fatin starrte Wadjda ungläubig an. Wadjda sah auf den Boden und wich ihren Blicken aus.

»Aha«, sagte Ms Hussa. »Wir werden also nie erfahren, ob ihr beide euch ›nur die Zehennägel lackiert‹ habt, wie ihr behauptet.« Sie machte eine Pause und lächelte süffisant. »Eine dumme Lüge. Ihr hattet keinen Nagellack.«

Die Worte trafen Wadjda wie eine schallende Ohrfeige. Die Rektorin merkte es nicht. Sie lächelte zufrieden und sagte: »Danke, Wadjda. Du kannst jetzt wieder in deine Klasse gehen.« Dann nahm sie die Mappe vom Tisch. »Gib das bitte meiner Sekretärin.« Sie sah Wadjda durchdringend an. »Und mach bitte die Tür hinter dir zu.«

Mit zitternden Händen nahm Wadjda die Mappe. Sie drückte sie fest an sich, ihre feuchten Hände würden bestimmt Flecken auf dem makellosen Papier hinterlassen.

Fatin und Fatima traten zur Seite und machten ihr Platz, damit sie zur Tür gehen konnte. Wadjda war nie aufgefallen, wie groß sie waren! Sie überragten sie deutlich. Als sie das Büro verließ, war sie eine winzige Gestalt, auf die von links und rechts zwei grimmige Statuen wütend hinabschauten.

Reglos stand Wadjda auf dem menschenleeren Flur und versuchte wieder zu Atem zu kommen. Die Mappe in ihrer Hand war schwer wie Blei. Sie öffnete sie ein klein wenig, gerade weit genug, um das Deckblatt darin zu sehen: *Wettbewerbsfragen*.

Die Worte der Rektorin hallten in ihrem Kopf wider: Ich glaube, du könntest diesen Wettbewerb gewinnen.

Wadjda schlug den Aktendeckel ganz zurück. Sie wollte gerade anfangen zu lesen, als die Stimmen in Ms Hussas Büro lauter wurden.

»Es sind nur ein paar Wörter«, sagte Ms Hussa. »Unterschreibt und wir vergessen diese hässliche Angelegenheit.«

»Nein!«, rief Fatin. Sie war den Tränen nahe. »Das ist eine Lüge! Wir haben uns nicht berührt!«

Wadjda musste sich an die kühle Wand lehnen, sie starrte zur Decke. Obwohl sie Ms Hussa entronnen war, konnte sie immer noch nicht richtig atmen. Ein Tränenkloß saß ihr im Hals.

Es klingelte. Der Lärm plappernder Mädchen und knallender Türen drang durch den Flur. Wadjda schaute auf die Mappe und dann wieder zum Büro der Rektorin. Bei dem Krach hier draußen konnte sie den Streit drinnen nicht mehr hören. Aber es spielte keine Rolle. Ihr Entschluss stand fest.

Ehe sie es sich anders überlegen konnte, klappte sie die Mappe zu, schleppte sich zu Ms Jamilas Schreibtisch und ließ die Mappe in ihren Briefkorb fallen.

Wenn ich gewinne, dann auf meine Art, dachte sie und ging weg, ohne sich umzugucken.

32. KAPITEL

»*Allahu akbar, Allahu akbar* !«

Der morgendliche Aufruf zum Gebet hallte durch die Straßen und in Wadjdas dunkles Zimmer. »*As-salatu khairun min an-nawm*«, rief der *muezzin*. Das bedeutete: Beten ist besser als schlafen. Diese Zeile gab es nur im Aufruf zum Morgengebet.

Wadjdas Mutter war schon wach, sie saß auf der Bettkante ihrer Tochter und berührte ihre Schulter sachte.

»Aufwachen, kleiner Quälgeist«, flüsterte sie.

Wadjda hob den Kopf und rieb sich die Augen. Gestern Abend hatte sie lange nicht einschlafen können. Zu viele Gedanken und Gefühle hatten sie aufgewühlt.

Die Mutter fuhr mit den Händen durch Wadjdas Haare. Wadjda blieb still liegen und starrte auf das Fläschchen mit dem blauen Nagellack. Es stand auf dem Schreibtisch, neben ihrer Spartabelle – und erinnerte sie an die kleinen rebellischen Augenblicke, die sie mit ihren älteren Freundinnen genossen hatte – mit Fatin und Fatima – sogar mit Abeer.

»*ummi*«, sagte sie. »Glaubst du, dass es Abeer gut geht …«

Ihre Stimme wurde leiser, sie schaute der Mutter in die Augen.

»Nach dem, was passiert ist?« Die letzten Worte waren ein Wispern.

Die Mutter lächelte. »Natürlich, Liebling. Abeers Verlobung war der schönste Tag ihres Lebens. Sie ist ein glückliches Mädchen und sehr froh darüber, dass sie nicht mehr zur Schule gehen muss!«

Wadjda biss sich auf die Lippe. Sie war sich da nicht sicher. Die Nagellackflasche zog ihren Blick immer wieder an. Sie hatte das Gefühl, ein kleiner blauer Finger würde anklagend auf sie zeigen … Wieder ertönte der Ruf zum Gebet. Wadjda drehte den Kopf weg.

Im Badezimmer benutzte die Mutter den Duschkopf, um das *wudu* durchzuführen, die Waschung vor dem Gebet. Der Duschkopf war mit einem langen Schlauch mit den Wasserrohren verbunden, also abnehmbar. Damit war es leicht, sich Arme und Füße zu waschen, ohne gleich ganz in die Dusche steigen zu müssen.

Hinter ihr beugte Wadjda sich über das Waschbecken. Sie saugte Wasser in die Nase, um sie zu reinigen, spritzte sich mit den Händen Wasser ins Gesicht und rieb sich emsig Wasser hinter die Ohren. Im Koransender hörte man viel über das *wudu*.

»Im Fernsehen habe ich Mädchen Rad fahren sehen, *ummi*«, sagte sie. Dabei bückte sie sich und spritzte Wasser auf ihre Füße. »Warum gibst du mir nicht das Geld für ein Fahrrad. Du kannst es, das weiß ich. Ich weiß, dass du noch viel Geld in deiner Schublade hast!«

»Hier fahren Mädchen nicht Rad«, sagte die Mutter. Sie spülte sich die Füße mit dem Duschkopf ab und trat aus der Kabine. »Wenn du Rad fährst, kannst du keine Kinder bekommen.«

Wieder so eine lächerliche Antwort! Jedes Mal wenn Wadjda

vom Fahrrad redete, schien ihre Mutter einen neuen albernen Grund zum Neinsagen zu haben. Aber dieses Mal hielt Wadjda dagegen. Sie war so genervt, dass sie ohne nachzudenken rief: »Du bist niemals Rad gefahren und trotzdem kannst du keine Kinder mehr kriegen!«

Es war, als wäre ein ganzer Schrank mit Kristallgläsern umgekippt. Ihre Mutter ließ das Handtuch fallen. Tiefer Schmerz zeigte sich auf ihrem Gesicht, ein Schatten legte sich über ihre Augen und zog ihre Mundwinkel herunter.

Wadjda wurde blass. Erst jetzt wurde ihr klar, was sie gesagt hatte. Und jetzt war es zu spät, die Worte zurückzunehmen.

»Wie kannst du so was sagen?« Die Stimme ihrer Mutter brach. »Ich wäre beinahe gestorben, als ich dich bekommen habe!«

Sie riss das Handtuch vom Boden hoch und warf es über den Wäscheständer. Dann stürmte sie aus dem Bad und knallte die Tür hinter sich zu. Völlig niedergeschlagen ließ Wadjda den Kopf auf die Arme sinken. Sie hasste sich dafür, dass sie ihrer Mutter wehgetan hatte. Im Badezimmerspiegel sah sie Wassertropfen über ihr Gesicht laufen und von der Nase ins Waschbecken tropfen. Sie sahen aus wie Tränen.

Als Wadjda aus dem Bad kam, um mit der Mutter zu beten, war diese schon mit einem leuchtend roten Tuch bedeckt, das an ihrem Körper herunter bis zum Boden floss. Wadjda machte ihren eigenen Schleier unter dem Kinn fest und stellte sich zögernd neben ihre Mutter. Ohne zu reden, holten sie zwei Gebetsteppiche aus einer kleinen, wunderschön verzierten Holztruhe.

Wadjdas Mutter biss sich auf die Lippen. Die Truhe war ein Hochzeitsgeschenk von Wadjdas Großmutter gewesen, die sie speziell für sie in der heiligen Stadt Mekka gekauft hatte. Wadjda wusste, dass die Mutter versuchte, sie zu verkaufen – das war ein weiteres heikles Thema zwischen ihr und ihrer Schwiegermutter.

»Was soll ich denn machen, wenn wir Geld brauchen?«, sagte die Mutter immer.

Sie rollten die Gebetsteppiche aus, nebeneinander, und stellten sich zum Beten hin. Wieder rückte Wadjda so dicht wie möglich an ihre Mutter heran. Sie hörte den tropfenden Wasserhahn im Bad. Plopp, plopp, plopp. Das Geräusch vermischte sich mit der Stimme des Imam, die aus dem Lautsprecher der nahe gelegenen Moschee dröhnte.

Die Mutter hob die Hände an die Ohren. Wadjda schaute zu Boden und machte es ihrer Mutter nach.

»*Allahu akbar*«, flüsterte die Mutter. Stumm bewegte Wadjda die Lippen und rezitierte das Gebet mit ihr.

33. KAPITEL

Die Hände voller Schulbücher lief die Mutter zum Tor des Hauses hinaus, dicht gefolgt von Wadjda, die mit Heften beladen war. Die Mutter war voll verschleiert, ganz in Schwarz gehüllt. Nur ihre Augen waren zu sehen.

Trotz der schrecklichen Eile blieb sie wie angewurzelt stehen, als sie aufschaute und die Lichterkette entdeckte, die auf dem Dach befestigt war. »Was …«, flüsterte sie und sah Wadjda anklagend an. Wadjda wurde rot. Auf frischer Tat ertappt!

Zum Glück wartete Iqbal. Er hupte laut und lange und steckte den Kopf aus dem Fenster. Doch als er Wadjda sah, zog er den Kopf wieder zurück. Die Mutter bemerkte es glücklicherweise nicht. Leise schimpfend zog sie die Schiebetür des Wagens auf und warf ihre Sachen auf den Sitz. Dann drehte sie sich um und riss Wadjda den Stapel Hefte aus den Armen.

»Darüber reden wir später«, sagte sie und zeigte auf die Lichter. Wadjda wandte schuldbewusst den Blick ab. Die Mutter kletterte in den Wagen und knallte die Tür zu.

Iqbal schoss ruckartig los und hinterließ eine dreckige Abgaswolke. Im Vorbeifahren warf er Wadjda noch einen finsteren Blick zu.

Lachend legte sie den Zeigefinger unter die Nase wie einen Schnurrbart, damit er sich an Abdullahs Drohung erinnerte.

Iqbal verfluchte sie stumm hinter der dreckigen Scheibe und legte einen höheren Gang ein. Der Wagen raste wie ein Tornado in Staub und Qualm die Straße hinunter.

Als sie wieder im Haus war, ging Wadjda ins Zimmer ihrer Mutter. Sie hatte mehr Zeit vor Schulbeginn, seit sie nichts mehr verkaufte. Und in dieser halben Stunde war sie unruhig. Immer wieder dachte sie an die *djama'a.*

Seufzend öffnete sie die Schubladen der Kommode, eine nach der anderen, sie atmete den süßen, würzigen Duft ein. Schließlich zog sie die oberste Schublade auf und schob eine Lage Kleider zur Seite. Da war noch ein Bündel Geld. Wadjda schaute es mit großen Augen an. Vorsichtig holte sie die Scheine heraus, die von einem Gummiband eher schlecht als recht zusammengehalten wurden. Sie blätterte sie durch und zählte stumm. Eine Weile hielt sie das Geld in der Hand und spürte, wie schwer es war. Was man damit alles kaufen konnte!

Ihr Blick ging zum fast leeren Kleiderschrank ihrer Mutter und sie runzelte die Stirn. Entschlossen legte sie das große Geldbündel an seinen Platz zurück. Sorgfältig breitete sie die Kleider wieder darüber, schloss die Schublade und ging aus dem Zimmer.

Im Wohnzimmer machte ihre Rastlosigkeit sie rasend. In letzter Zeit hatte sie sich so gut benommen! Sie hatte sich die Fragen für den Wettbewerb nicht angesehen. Sie hatte das Geld nicht genommen. Da konnte sie doch wohl irgendwas anstellen, das hatte sie sich einfach verdient! Zum Beispiel könnte sie Vaters brandneuen Fernseher benutzen. Bei diesem Gedanken lächelte Wadjda. Sie würde nichts kaputt machen, das wusste sie, also war das ein Verbrechen ohne Opfer. Mehr oder weniger. Abgesehen davon, tat sie es ja nur zum Lernen. Edle Absichten also.

Blitzschnell lief sie in die Küche und holte einen Schlüsselring aus einer Schachtel, die unter dem Küchenschrank neben dem Backofen versteckt war. Daran hingen die verschiedenen Hausschlüssel. Ohne zu zögern, ging sie zur Tür des *madjlis*, wo sie einen Schlüssel nach dem anderen ins Schlüsselloch steckte und drehte. Hoffentlich fand sie den richtigen.

Die Schlüssel klimperten und klapperten. Sie dachte schon, der richtige sei nicht dabei, als endlich einer passte. Das Schloss ging auf. Ja! Wadjda stieß grinsend die Faust in die Luft. Nun war alles eine Sache von Sekunden. Sie holte ihr Spiel und lud es auf den neuen Fernseher des Vaters hoch.

Das Bild war riesig und ganz scharf. Die kitschigen Zeichnungen ihres Spiels wirkten altmodisch auf diesem schönen Bildschirm.

»Wähle die richtige Antwort«, lautete die Anweisung. Die erste Frage tauchte auf. »Wer sind die Sabier?«

»Die was?«, sagte Wadjda laut. Sie drückte einen Knopf, irgendeinen. Sie konnte nur raten, sie hatte nämlich keine Ahnung, wer die Sabier waren.

»Falsch!«, sagte das Spiel. Der Ton war roboterartig, aber irgendwie wütend. »Versuche es noch mal. Wer sind die Sabier?«

»Okay, okay. Ich werd's dir zeigen. Nur … öh« Sie hatte immer noch keine Ahnung, wer die Sabier waren. Verzweifelt überflog sie die Antwortmöglichkeiten auf dem Bildschirm und drückte einen anderen Knopf.

»Falsch! Versuche es noch mal«, sagte das Spiel mit derselben gemeinen Roboterstimme. »Wer sind die Sabier?«

Genervt warf Wadjda den Controller auf den Boden, wo er auf dem Teppich liegen blieb.

»Woher soll ich das wissen?«, brüllte sie den Fernseher an.

In diesem Moment klingelte es an der Tür. Ihr war jede Ausrede recht, das Spiel aufzugeben, also lief sie erleichtert los, um nachzusehen, wer gekommen war.

Aber wenn ich gewinnen will, sagte sie sich, dann muss ich verdammt noch mal rausfinden, wer diese blöden Sabier sind. Und das schnell.

34. KAPITEL

Keuchend wuchteten Wadjda und Abdullah das Fahrrad aufs Dach.

»Ist mir doch egal, wenn die alles auswendig lernen«, stieß Wadjda schwer atmend hervor. »Ich werde besser sein! Ich schlage sie alle!« Sie machte eine Pause und lehnte das Fahrrad an die Wand. Ihre Stimme wurde kräftiger. »Ernsthaft, ich werde gut!«

Abdullah wusste nicht, worüber Wadjda da redete, aber Streit wollte er auch nicht, deshalb nickte er stumm. Heute machten die Treppen ihm mehr Mühe. Das lag an seinen Stiefeln. Die waren zu schwer. Er schleifte die Füße hinterher, als er sich und das Rad nach oben schob, die Räder rollten mühsam Stufe für Stufe hoch.

Schließlich konnten sie das Rad oben auf der Betonfläche des Daches abstellen. Abdullah keuchte immer noch, als er sich an der Lichterkette zu schaffen machte. Wadjda beugte sich vor, sie war immer noch aus der Puste – und blinzelte überrascht. Das Fahrrad stand von allein!

Argwöhnisch ging sie darum herum. Hinten waren Stützräder befestig worden! Sie wurde wütend, wirbelte herum und schoss einen Todesblick auf Abdullah ab.

»Was soll das?« Sie gab dem einen kleinen Stützrad einen Tritt.

»Das hilft dir beim Lernen«, sagte Abdullah. »Hör mal, ich muss mich um die Lichterkette kümmern, ich kann dich nicht den ganzen Tag im Kreis herumschieben.«

Wadjda ging auf ihn zu, stemmte die Hände in die Hüften und guckte ihn grimmig an.

»Rezitieren kann ich also nicht und Rad fahren auch nicht, sehe ich das richtig? Ich hasse dich! Und, und ...« Sie wusste nicht weiter. Wütend trat sie nach Abdullahs Werkzeugkasten. Hammer und Schraubendreher schepperten aufs Dach und Wadjda warf sich auf den Beton, schlug die Hände vor die Augen und weinte.

Abdullah sah das verstreute Werkzeug an und seufzte. Wortlos griff er sich eine Zange und montierte die Stützräder ab. Erst das eine, dann das andere. Er sagte kein Wort. Als er fertig war, legte er die Räder neben Wadjda auf den Boden. Erst das eine, dann das andere. Klong, klong.

Dann setzte er sich neben sie und schaute über die Stadt. Heute war Smog. Die Gebäude am Stadtrand waren nicht zu sehen und sogar die nahe gelegenen wirkten im Dunst wie verschwommen.

»Ich hab sie abgenommen«, sagte er leise. »Du lernst fahren und du wirst auch gut lesen. Es ist nur eine Frage der Zeit.«

Wadjda rührte sich nicht vom Fleck. Ihre Schultern zitterten, weil sie leise schluchzte. Verzweifelt griff Abdullah in seine Tasche und holte ein paar zerknüllte Geldscheine hervor.

»Wenn du aufhörst zu weinen, gebe ich dir fünf Riyal.«

Er hielt ihr das Geld hin. Wadjda hielt sich immer noch eine Hand vor die Augen, die andere aber schnellte vor und schnappte sich das Geld. Sie steckte es in ihre Tasche, hob den Kopf und wischte sich die Nase.

Auf der anderen Seite des Daches wehten die neuen Bänder an Abdullahs Fahrradgriffen in der Brise. Wadjda beobachtete sie eine Weile. Dann drehte sie sich zu Abdullah um und lächelte.

Schweigend saßen die beiden nebeneinander auf dem Dach und genossen die Stille. Aber Wadjda wusste, wie viel noch zu tun war.

35. KAPITEL

Iqbals klapperiges Auto rumpelte durch Schlaglöcher und über Betonschwellen durchs Viertel. Auf dem Rücksitz saßen Wadjda und ihre Mutter, sie redeten beide nicht. Immer wieder zupfte Wadjdas Mutter an ihrem *niqab* und zurrte sich den Schleier fest um den Kopf. Aber bei jeder Erschütterung löste sich der Stoff wieder.

Sie hielten an der Ampel gegenüber vom Spielwarenladen. Wadjda reckte sich zum Fenster, vielleicht konnte sie ja ihr grünes Fahrrad sehen. Stattdessen sah sie den Ladenbesitzer, der mit einem Mann und seinem Sohn redete. Sie standen vor ihrem Fahrrad und begutachteten es! Jetzt legte der Ladenbesitzer die Hand auf den Lenker und zeigte auf den Sattel. Wadjda konnte nicht hören, was gesagt wurde, aber sie hatte den Eindruck, dass sie feilschten.

Nein, nein, nein! Wadjda presste das Gesicht an die dreckige Scheibe, damit sie mehr sehen konnte. In diesem Moment hob der Ladenbesitzer den Kopf und entdeckte sie, wie sie sehnsüchtig durchs Fenster schaute. Er machte große Augen, als er sie erkannte, aber dann lächelte er, guckte weg und redete weiter mit dem möglichen Käufer.

Der Mann und sein Sohn trugen glänzende *thawbs*.

Bestimmt haben sie viel Geld, wenn sie sich solche Stoffe

leisten können, dachte Wadjda. Die weiße *ghutra* des Mannes und der ordentliche schwarze *iqal* waren denen ähnlich, die ihr Vater zu besonderen Anlässen trug. Die achthundert Riyal für das Rad fanden sie wahrscheinlich nicht mal teuer.

Iqbal legte den Gang ein, der Wagen klapperte weiter. Wadjda überlegte, ob sie die Tür aufreißen und rausspringen sollte, aber die Vernunft siegte und sie rutschte stattdessen auf ihrem unbequemen Sitz herum. Am liebsten hätte sie den Mann und seinen blöden Sohn verjagt und den Ladenbesitzer zur Schnecke gemacht, weil er es gewagt hatte, ihr Fahrrad jemand anderem vorzuführen.

Die Mutter schaute kurz zu ihr herüber, dann aus dem Fenster, sie wollte sehen, was Wadjda so unruhig machte. Hinter ihnen glitzerte das grüne Fahrrad in der Sonne. Einen Moment später bogen sie um die Ecke auf eine breite Hauptstraße ein. Wadjda konnte den Spielwarenladen nicht mehr im Rückfenster sehen. Wutschnaubend lehnte sie sich auf ihrem Platz zurück, fummelte an ihrer *abaya* und verknotete sie in den Händen.

»Madam, nur eine Stunde«, rief Iqbal vom Fahrersitz. »Ich nicht warten, keine Zeit. Sie zu spät, ich fahre. Sie nehmen Taxi.«

»Wir haben verstanden, Iqbal«, sagte die Mutter. »Das reicht.«

Damit er nicht weiter mit ihr redete, holte sie ihr Handy heraus und tat so, als würde sie eine SMS schreiben. Wadjda sah sich im Auto um. Ihr Blick fiel auf das Bild von dem kleinen Mädchen, das am Armaturenbrett klebte. Wadjda stützte die Arme auf die Lehne des Vordersitzes und schob sich den Schleier aus dem Gesicht, um besser sehen zu können. Das kleine Mädchen auf dem Foto hatte große dunkle Augen, ein

Muttermal auf der Wange und ein niedliches Lächeln, ihr fehlte ein Schneidezahn.

»Wer ist das kleine Mädchen, Iqbal?«, fragte Wadjda.

»Meine Tochter.« Er sah sie im Rückspiegel an. »Jetzt ich habe sie drei Jahre nicht gesehen.«

Er schüttelte den Kopf, traurig, aber lächelnd.

»Sie geht in Schule.« Er machte eine Pause. »Ich war nicht in Schule.«

Er klang so stolz. Das berührte Wadjda, doch sie zeigte es nicht. Schließlich war das Iqbal. Da war es besser, schnippisch zu sein.

»Man merkt sofort, dass du nicht zur Schule gegangen bist, du hast ja keine Manieren«, sagte sie, weil sie ihn ein bisschen ärgern wollte. Im Rückspiegel sah Iqbal das Funkeln in ihren Augen.

»Du hast auch keine«, erwiderte er mit einem kleinen Lächeln. Wadjda grinste ihn an und streckte die Zunge raus. Ihre Mutter zog sie wieder auf ihren Sitz zurück und warf ihr einen strengen Blick zu.

Der Wagen hoppelte und schlingerte, als er durch die Wüste raste. In der letzten Woche war es kühler geworden. Tage wie diese waren schon beinahe angenehm. Doch es war auch die Jahreszeit, in der der *habub* durchs Land fegte und alles mit Sand bedeckte. Für Wadjda war der *habub* immer etwas Magisches gewesen. Oft wälzte er sich wie eine Wolke über Riad, eine Wolke aus Sand, der in alle Ecken und Winkel drang.

Ob er wohl heute Nacht kam? Wadjda drückte ihr Gesicht an die Fensterscheibe. Die Sicht war schon eingeschränkt. Sandverwehungen zogen sich vor ihnen über die Straße. Aber ein richtiger Sturm war das nicht, noch nicht.

36. KAPITEL

Es war hell, kühl und voll im Einkaufszentrum, in den Gängen liefen Leute hin und her und versuchten ihre Einkäufe zu erledigen, bevor die Läden zum Abendgebet schlossen.

Alle Frauen, die hier einkauften, sahen gleich aus, man konnte sie nur an der Größe und Marke ihrer Handtaschen unterscheiden. Die Männer sahen auch mehr oder weniger gleich aus. Und alle wirkten gehetzt – Wadjdas Mutter auch.

In der zweiten Etage, die sie ansteuerten, waren besonders viele schwarz oder weiß gekleidete Leute.

Wie ein großes Schachbrett, dachte Wadjda. Aber die Figuren bewegten sich so schnell, dass sie sie nicht im Auge behalten konnte. Die Mutter ging vor, sie bewegte sich zügig und schaute nicht auf die vielen Menschen.

Wadjda trödelte hinter ihr her. An einem Stand mit Accessoires und kleinen Schmuckstücken blieb sie stehen. Sie zeigte anklagend auf den Ständer mit Armbändern, die genauso aussahen wie ihre eigenen, nur nicht so schön wie selbst gemacht. Auf dem Preisschild stand *Nur 20 Riyal.*

»Ich mache bessere Armbänder als diese hier«, sprach Wadjda den Verkäufer direkt an und befühlte eine der armseligen Imitationen. »Was zahlen Sie mir, wenn ich Ihnen welche mache? Zehn Riyal pro Stück?«

»Nein danke.« Der Mann hinter dem Ladentisch lachte. »Ich bekomme sie aus China, kleines Mädchen. Für zehn Riyal kriege ich zehntausend davon.«

»China liefert doch nicht unsere Nationalfarben!«, wandte Wadjda ein. Ihre maßgefertigten Armbänder waren den chinesischen weit überlegen, befand sie bei genauerer Prüfung. Es war billiges Garn. Die Farbe würde ausbleichen und die Bänder würden schnell reißen.

»Meinst du solche?« Der Verkäufer drehte den Ständer und zeigte auf Armbänder in verschiedenen Variationen von saudischem Grün und Weiß.

»Wadjda! Wo bist du? Wadjda!«

Ups. Wadjda stellte sich auf die Zehenspitzen und versuchte herauszufinden, woher die Stimme der Mutter kam. Wieder rief sie, dieses Mal kam es eindeutig von oben. Wadjda schaute hoch, ihre Mutter war schon auf der oberen Etage und funkelte wütend durch den schmalen Schlitz, der ihre Augen freigab. Wadjda trennte sich von dem dummen Verkäufer, der keine Ahnung hatte, welches tolle Geschäft ihm durch die Lappen gegangen war, und rannte zur Rolltreppe. Auf dem Weg dorthin kam sie an einer Reihe von Plakaten vorbei. Das erste zeigte die islamischste Art, den Schleier zu tragen. Auf dem zweiten ging es um die Wichtigkeit, sich an Orten anständig zu benehmen, an denen sich Menschen beiderlei Geschlechts aufhielten, wie zum Beispiel im Einkaufzentrum oder im *suq*, dem großen Markt. Herumrennen war offenbar nicht okay.

Wie schade, dachte Wadjda, als sie so schnell wie möglich die Rolltreppe hochhuschte.

Schließlich hatte sie ihre Mutter eingeholt, die vor einem Laden am anderen Ende des Ganges stand. Eine große Auswahl von Kleidern war im Schaufenster zu sehen. In allen Farben des Regenbogens, die meisten waren mit Schmucksteinen und Perlen verziert. Ein wunderschönes rotes Kleid stach besonders hervor – und diese fantastische Robe starrte Wadjdas Mutter begehrlich an.

Sie gingen in den Laden und die Mutter berührte den Stoff des roten Kleides. Sie streichelte die Seide und ließ sie über die Finger fließen. Irgendwas an der Art, wie sie den Stoff betrachtete, brach Wadjda das Herz. Da lag so eine Sehnsucht in diesem Blick. Vielleicht war es auch nur der Kontrast zwischen dem leuchtend roten Kleidungsstück und der unförmigen schwarzen *abaya* der Mutter.

Wie aus einer Trance erwacht ließ die Mutter den Ärmel des roten Kleides fallen und ging auf den Verkäufer zu.

»Darf ich mir bitte das rote Kleid im Fenster ansehen?«, fragte sie. Ihr war anzusehen, dass ihr nicht wohl dabei war, diesen fremden Mann anzusprechen. Ihre Schultern waren verkrampft und sie achtete darauf, ja nicht zu dicht an den Mann heranzutreten.

Wadjda plumpste auf einen Sessel neben der Tür und verfolgte das Treiben auf dem Gang. Aus dem Augenwinkel sah sie, wie der Verkäufer das Kleid von der Schaufensterpuppe im Fenster zog. Schnell bedeckte er die nackte Gestalt mit einem Tuch. Dann musterte er die Mutter von Kopf bis Fuß. Unter seinem scharfen Blick wurde sie rot. Wadjda konnte den oberen Teil ihrer Wangen hinter dem Schleier sehen.

»Das ist ein schönes Kleid«, sagte er, »aber vielleicht ist es Ihnen ein wenig zu groß.«

Nervös zog die Mutter die Hände in die *abaya*, wie eine Schildkröte, die sich in ihren Panzer verkriecht.

»Welche Größe hat es denn?«

»L«, sagte der Verkäufer. Wadjdas Mutter war zierlich, und er war sich sicher, dass sie in diesem Kleid versinken würde.

»Das ist in Ordnung.« Die Mutter redete schnell, anscheinend hoffte sie, das Gespräch so bald wie möglich beenden zu können. »Darf ich es anprobieren?«

»Selbstverständlich. Sie können auf die Damentoilette gehen.« Er zeigte auf die öffentliche Toilette am Ende des Ganges. »Sollte es zu groß sein, können wir es für Sie ändern. Nachdem Sie eine Anzahlung hinterlegt haben, selbstverständlich.«

In kleinen Läden durfte es keine Umkleidekabinen geben. Frauen durften ihre Kleider nicht an ungeschützten Orten ablegen. Manche Ladeninhaber versteckten Kameras oder bohrten Löcher in die Wände der Kabinen, damit sie die Frauen nackt sehen konnten, während sie sich umzogen. Damit die Frauen vor zudringlichen Blicken geschützt waren, mussten sie die Kleider in öffentlichen Toiletten anprobieren.

Wadjda hockte sich auf den Waschtisch, solange ihre Mutter in der Kabine war. Darin gab es nur ein Loch im Boden mit zwei Erhebungen links und rechts für die Füße. Der Fußboden war nass vom Spritzwasser, die Mutter musste sich also ganz vorsichtig auf Zehenspitzen stehend umziehen und aufpassen, dass ihre Kleider den Boden nicht berührten. An die Tür gedrückt mühte sie sich mit dem Reißverschluss ab, während sie den Saum des Kleides zwischen den Beinen festgeklemmt hielt.

»Es ist viel Geld, ich weiß«, flüsterte die Mutter, »aber ich muss deinem Vater zeigen, dass er keine finden wird, die besser ist als ich.«

Eigentlich redet sie nicht mit mir, dachte Wadjda. Sie versucht nur, sich zu trösten. Da keine Antwort nötig war, spielte

Wadjda mit dem Seifenspender, ließ sich Seife in die hohle Hand laufen, spülte sie ab und beobachtete, wie der Schaum das Waschbecken füllte.

Trotz all der Zerstreuungen im Einkaufszentrum dachte sie immer noch an ihr Fahrrad. Dieser blöde reiche Bengel fuhr jetzt wahrscheinlich darauf herum und verdreckte es. Und sie saß hier und konnte nichts dagegen tun.

Nach einer Ewigkeit kam ihre Mutter aus der Kabine. Sie drehte sich im Kreis und führte das Kleid vor. Sogar in dem stickigen, übel riechenden Raum mit den flackernden Leuchtstoffröhren war ihre Schönheit offensichtlich. Aber Wadjda, die in der nicht seifigen Hand die *abaya* der Mutter hielt, war mit ihren Gedanken bei ihrem Fahrrad und nickte nur.

»Glaubst du, das gefällt deinem Vater?« Die Mutter wirbelte herum. Wieder redete sie eher mit sich selbst als mit Wadjda. Der Verkäufer hatte recht gehabt, das Kleid war viel zu groß. Sie musste es an der Taille raffen, damit es richtig saß. Wadjda streckte die Arme aus, um ihr zu zeigen, wie riesig das Kleid war.

»Wir bringen es zum Verkäufer, ich zahle es an, dann kann es geändert werden.« Die Mutter war verärgert über Wadjdas mangelnde Begeisterung. »Dann müssen wir uns beeilen, damit Iqbal nicht wütend wird und wegfährt.«

Sie zog das Kleid hoch und ging wieder in die Kabine. Wadjda sprang vom Waschtisch und reichte ihr die *abaya* vorsichtig über die Tür.

»Keine Sorge«, sagte sie leise. »Der fährt nicht weg.«

Merkwürdig, aber sie vertraute ihm.

37. KAPITEL

In feurigem Rot und Orange ging die Sonne unter. Die Luftverschmutzung in Riad ließ die Farben noch leuchtender und intensiver erscheinen als bei Sonnenuntergängen, die im Fernsehen zu sehen waren. Jede Wolke glühte wie im Scheinwerferlicht. Der ganze Himmel schien in Flammen zu stehen.

Wadjda und Abdullah waren wieder auf dem Dach, das war mittlerweile zur Gewohnheit geworden. Am Abend zuvor war ein Sandsturm durch die Straßen gefegt. Eine dicke Staubschicht lag über der Stadt, überall gab es kleine Sandverwehungen. Der starke Wind hatte in der Nacht komplizierte Muster aus goldbraunem Staub gemalt. Wadjda eierte mit dem Rad um die Sanddünen herum, sie waren die Hindernisse auf ihrem Parcours.

Sie fuhr jetzt sicherer, ihre Bewegungen waren aber immer noch unbeholfen. Die abgefahrenen Reifen rutschten auf dem Staub, und es war ziemlich schwer, das Gleichgewicht zu halten. Wadjda war ständig kurz davor umzufallen, im letzten Moment gelang es ihr aber immer wieder sich zu fangen.

»Ich glaube, ich bin jetzt fertig mit meiner Arbeit«, sagte Abdullah. Es klang traurig, denn er wusste, dass nun bald Schluss sein würde mit ihren nachmittäglichen Treffen.

Auf der anderen Seite des Daches legte Wadjda sich waghalsig in die Kurve. Abdullah schaute über die Mauer und sah zu, wie die Lichterkette in der warmen Brise schaukelte.

»Meine Mutter hat die Lichter gesehen, aber sie hat vergessen, mich danach zu fragen«, rief Wadjda.

»Sie weiß nichts davon?« Abdullah klang erschrocken. »Und was ist mit deinem Vater?«

Wadjda musste lächeln, als sie ihn so unsicher sah. »Ich glaube, sie mögen deinen Onkel. Seit sie ihn im Radio gehört haben, meine ich.«

Sie drehte den Lenker scharf nach links zu einer nicht gerade eleganten Kurve. Abdullah machte schon den Mund auf, um ihr Anweisungen zu geben ....

»Aiiiiahia!!!« Der Schrei kam von der anderen Seite des Daches und durchbrach die friedliche rosig-goldene Abendstimmung. Wadjda und Abdullah drehten erschreckt die Köpfe.

Zu ihrem Entsetzen stand Wadjdas Mutter an der Tür zum Dach, mit offenem Mund, immer noch in ihrer Arbeitskleidung. Sie sah genauso verblüfft aus wie Wadjda und Abdullah. Schnell drehte sie sich um und drückte heimlich ihre brennende Zigarette aus. In diesem Moment schwankte Wadjda, kippte und krachte mit einem lauten Knall zu Boden. Sie verzog das Gesicht vor Schmerz und schaute ihre Mutter an.

»Ich blute«, stöhnte sie. »Guck doch!«

Jammernd streckte sie die verletzte Hand aus. Die Mutter wurde blass, sie lehnte sich an die Mauer und klammerte sich ans Geländer.

»Du dummes Mädchen«, brüllte sie. »Glaubst du, du kannst dich aufführen wie ein Junge?« Sie presste die Hand auf die Augen. Dann überlegte sie es sich anders und lugte zwischen den Fingern hervor. »Deine Ehre. Oh mein Gott, oh mein Gott, was hast du nur gemacht? Wo kommt das Blut her? Wo?«

»Von meinem Knie?« Wadjda wusste nicht genau, warum das bisschen Blut so eine große Sache sein sollte. Aber es fiel ihr leichter, sich zu beruhigen, wenn ihre Mutter so hysterisch war.

So weh tut es nun auch wieder nicht, dachte sie, als sie die Schürfwunde am rechten Knie betrachtete.

»Was?« Die Mutter ließ die Hand sinken und seufzte vor Erleichterung. Alle Anspannung wich aus ihrem Körper, sie lehnte sich an die Mauer. »Oh, Gott sei Dank, es ist nur dein Knie. Was hätten wir nur getan, wenn der Sturz deine Jungfräulichkeit verletzt hätte!«

Doch als die Angst der Mutter verschwand, flammte ihr Zorn wieder auf. Sie ging auf Wadjda zu und packte sie an der Schulter. »Fahrräder sind gefährlich für Mädchen«, sagte sie, dabei fuchtelte sie mit erhobenem Zeigefinger vor Wadjdas Gesicht herum. »Und fast hättest du zu spüren bekommen, warum! Stell dir das mal vor! Dein Leben wäre ruiniert gewesen und …«

Sie brach ab, drehte sich um und starrte Abdullah so wütend an, dass er zusammenzuckte.

»Und du!«, blaffte sie. »Was hast du dir dabei gedacht? Ich werde deinem Onkel sagen, dass er dir Manieren beibringen muss. Verschwinde hier!«

Abdullah lief nach links, dann nach rechts, dann wieder nach links und fast gegen die Mauer, ehe er die Tür fand. Er war wie ein verschrecktes Huhn auf der Flucht.

Verstohlen zeigte Wadjda aufs Treppenhaus, ihre wütende Mutter bemerkte es nicht. Nickend schnappte Abdullah sich seine Sachen und stolperte auf den Ausgang zu. Ehe er ihn jedoch erreichte, zeigte Wadjdas Mutter mit zitterndem Finger auf das Fahrrad.

»Nimm das verdammte Ding mit!«, rief sie.

Abdullah drehte sich wieder um, stopfte sich seine Habseligkeiten unter den linken Arm und hob das Fahrrad auf seine linke Schulter. Dann rannte er zur Treppe, es war mühsam, das Rad allein zu schleppen. Das Gewicht zog ihn nach vorn und Wadjda befürchtete schon, dass ihn das Rad die Treppe runterziehen würde – wie ein Anker, der auf den Meeresgrund sinkt.

Als Abdullah endlich verschwunden war, wandte die Mutter sich wieder Wadjda zu. Sie schien nicht mehr ganz so wütend zu sein.

»Schäm dich! Einen Jungen mit hier hoch zu nehmen, wenn niemand zu Hause ist! Was würde dein Vater wohl machen, wenn er das wüsste?« Ehe Wadjda ein Wort sagen konnte, hatte sie die Frage schon selbst beantwortet. »Er würde dich umbringen.«

Wadjda guckte weg, sie rieb sich das schmerzende Knie – es blutete kaum noch – und klopfte sich den Staub von den Kleidern. »Warum bist du denn so früh zu Hause?«, murmelte sie und hoffte, damit vom Thema abzulenken.

Ihre Mutter kniete sich hin und sah Wadjda direkt ins Gesicht. Ihr Blick war drohend.

»Hör mir zu«, sagte sie. »Nimm ihn nie wieder mit nach oben. Das meine ich ernst! Verstehst du? Ich werde mit seinem Onkel reden, dann kriegt er großen Ärger. Wenn ich nicht so viel mit den Vorbereitungen für das Essen deines Vaters zu tun hätte, würde ich jetzt richtig böse werden. Wir hätten uns lange über diese Sache unterhalten müssen.«

Wadjda nickte mürrisch. Ihre Mutter seufzte und blickte zum Horizont. Die ganze Stadt glühte in den letzten Sonnenstrahlen, die den Dunst durchdrangen. Sie spiegelten sich in den zahllosen Fenstern. Tausende kleine Sonnenuntergänge.

Eine Weile blieben beide stumm. Dann stand die Mutter auf.

»Komm, wir gehen runter«, sagte sie. »Wir müssen anfangen zu kochen. Dein Vater hat heute Abend Gäste.«

Sie sah Wadjda mit einem bedeutsamen Blick an.

»Du weißt, wie wichtig das ist.«

38. KAPITEL

In der Küche blubberte und zischte es in Töpfen und Pfannen. Köstliche Essensdüfte lagen in der Luft.

Seite an Seite bereiteten Wadjda und ihre Mutter riesige Teller mit Essen vor, die sie den Männern im *madjlis* servieren würde. Ein Gericht nach dem anderen kochten sie, während laute Gespräche und Männerlachen durchs Haus hallten.

Wadjda war ein bisschen aus der Puste, das hier war anstrengender, als das Fahrrad die Treppen hochzuschleppen. Sie schnaufte und wischte sich mit dem Ärmel den Schweiß von der Stirn.

Neben ihr löffelte die Mutter Reis auf eine große Servierplatte. Eine riesige Lammkeule, die sie mehrere Stunden lang geschmort hatte, damit sie möglichst zart wurde, lag in der Mitte der Platte.

Das Gesicht der Mutter war angespannt. Um den Mund herum zeigten sich Falten und sie schaute die Speisen immer wieder besorgt an.

Wie konnte man sie entspannen? Wadjda hatte eine Idee.

»*Ya lila dana, la dana*«, sang sie scheu und hoffte, ihre Mutter würde einstimmen.

»Pst!«, zischte die Mutter wütend. »Sei still! Willst du etwa, dass sie dich hören? Hier, stell das in den Ofen.«

Sie drückte Wadjda einen Stapel Pita-Brot in die Arme. Ernüchtert hörte Wadjda auf zu singen, öffnete die Backofentür mit dem Fuß und schob das Brot auf den mittleren Rost.

Tu dies, mach das, das ist nicht gut genug! Stundenlang schimpfte die Mutter schon mit ihr. Seit sie mit Abdullah auf dem Dach erwischt worden war, hatte es nichts als Stress gegeben. Das Haus war nach dem Sturm voller Staub gewesen, sie hatten also alles sauber machen müssen. Das war ein ständig wiederkehrendes Ritual in dieser Jahreszeit. Das Haus wurde älter. Fenster und Türen waren nicht isoliert, der Staub konnte überall eindringen. Wenn der *habub* besonders stark gewesen war, mussten sie den Sand eimerweise aus den Ecken kehren. Es war fast wie bei einem Schneesturm, nur schmolz hier nichts weg, stattdessen sammelte sich der Staub in allen Winkeln.

Beim Saubermachen hatte die Mutter sich besondere Mühe mit dem *madjlis* gegeben, denn dort würden die Männer sitzen. Sie hatte mehr *oud* verbrannt, damit es im Raum gut roch, der Preis war ihr egal. Der würzige Rauch schien sich in den Ecken und Winkeln einzunisten, die sie gerade vom Staub befreit hatten. Ehe die Mutter die Tür geschlossen hatte, um den Duft noch eine Weile im Raum gefangen zu halten, hatte Wadjda einen kleinen Hustenanfall bekommen.

Jetzt, nach Stunden in der Küche, nahm die Mutter den großen Teller mit Reis und Fleisch und ging damit zur Tür des *madjlis*. Sie setzte die Platte vorsichtig auf dem Boden ab, richtete ihre Haare und ihr Kleid und klopfte an. Der Vater öffnete die Tür gerade so weit, dass er sich seitlich durch den Spalt quetschen konnte, und schloss sie sofort wieder hinter sich. In dem kurzen Augenblick, in dem die Tür offen war, zog die Mutter sich aus dem Blickfeld zurück.

Der Vater nahm die Platte, sog die verlockenden Düfte vom aromatischen Reis und dem Fleisch ein – und Wadjda sah sein begeistertes Lächeln.

»Wow! So viel Essen!« Er küsste die Mutter auf die Stirn und schaute ihr strahlend in die Augen. »Sie werden beeindruckt sein. Du machst mich sehr stolz.«

»Offenbar nicht stolz genug«, sagte sie traurig. Aber ihr Blick und die Art, wie sie mit dem Schleier spielte, verrieten, dass sie flirtete.

Nachdem der Vater die Tür wieder hinter sich geschlossen hatte, kam die Mutter zurück in die Küche und bereitete den nächsten Gang vor, *djarish* – Fleischstücke auf grobem Weizengrieß mit duftenden gebratenen Zwiebeln und Gewürzen darauf. Es roch köstlich.

Im *madjlis* hörte Wadjda die Männer über die Börse reden. Viele von ihnen hatten bei schlechten Geschäften einen Großteil ihres Geldes verloren. Das war normal. Damals, als der Aktienhandel eröffnet worden war, hatten viele Familien ihre gesamten Ersparnisse investiert. Sie hatten nicht gewusst, dass die Reichen und Mächtigen in Saudi-Arabien den Aktienmarkt manipulierten. Inzwischen wurde in den Nachrichten viel darüber berichtet.

Als der Aktienmarkt schließlich zusammengebrochen war, hatte sich für viele ganz normale, hart arbeitende Menschen der Traum vom schnellen Geld in Luft aufgelöst – und alles, was sie besessen hatten, auch.

Wadjdas Vater hatte zum Glück nie so viel Geld gehabt, dass er Aktien hätte kaufen können. Das erwies sich jetzt als Segen. Seine Stimme klang viel ruhiger als die seiner aufgeregt diskutierenden Gäste.

Nachdem die Männer gegessen hatten und gemeinsam hinaus in die Nacht gegangen waren, holten Wadjda und ihre Mutter das Geschirr aus dem *madjlis*. Alles war hinter dem langen Sitzbereich auf dem Boden aufgereiht.

Wadjda hatte schnell genug vom Aufräumen, sie ging im Raum herum und genoss die seltene Gelegenheit, sich dort umzusehen und der Mutter Fragen stellen zu können.

»Was ist das?« Sie nahm einen goldenen Rahmen in die Hand. Das musste ein Geschenk für ihren Vater gewesen sein, aber sie wusste nicht, wann er es bekommen hatte. Auf dem Bild in dem Rahmen war ein großer Baum, der an Stelle von Zweigen Linien hatte, auf denen in schöner Schrift Namen geschrieben waren. Wadjda fuhr mit dem Finger eine dieser verzweigten Linien nach.

»Der wunderbare Stammbaum deines Vaters«, sagte die Mutter zynisch. Sie hatte sich auf die Couch gesetzt und naschte Essensreste. »Deinen Namen wirst du darauf nicht finden. Nur die Männer sind aufgeführt.«

Ihr Ton war ganz sachlich, aber Bitterkeit und Wut lauerten hinter den Worten. Wadjda blinzelte und stellte den Stammbaum wieder hin.

Die Mutter stand auf und stapelte die Teller. Als sie eine Serviette beiseiteschob, entdeckte sie die Gebetsperlen ihres Ehemannes darunter. Sie hob sie auf und hängte sie an den Haken neben der Haustür.

Wadjda nutzte ihre Abwesenheit und holte ihr Spiel aus dem Versteck unter der Couch. Beim Saubermachen hatte ihre Mutter wahrscheinlich gemerkt, dass sie den Fernseher benutzt hatte. Und nachdem sie schon mit Abdullah und seinem Fahrrad auf dem Dach erwischt worden war, konnte sie kaum in noch größere Schwierigkeiten geraten. Da konnte sie sich auch das noch erlauben, fand sie und schloss das Spiel an.

Als die Mutter zurückkam und sah, was Wadjda tat, runzelte sie die Stirn. Aber sie ließ sie gewähren.

»Räum das wieder weg, wenn du fertig bist«, sagte sie nur. »Ich will nicht, dass er wieder sauer wird.«

Wadjda nickte. Aber es dauerte so lange, bis das Spiel hochgeladen war, dass sie bald keine Lust mehr hatte, auf dem Boden herumzuliegen und zu warten. Sie warf den Controller beiseite, ging wieder zurück zum Familienstammbaum, fuhr mit dem Finger über die Blätter und las die Namen laut vor: »Khalid, Mansour, Mohammed, Omar ...« Sie brach ab, als sie zu ihrem Vater kam. Sein Name stand ganz allein am Ende eines Zweiges. Um ihn herum standen die Namen seiner Brüder. Aus jedem sprossen viele Blätter mit den Namen von Jungen.

Lange starrte Wadjda den Stammbaum an, dann riss sie ein Blatt aus einer Zeitschrift, schrieb in großen Buchstaben ihren Namen darauf und klebte ihn mit Tesafilm unter den ihres Vaters, damit auch seine Seite des Baumes wuchs.

39. KAPITEL

Die anderen Mädchen im Religionsclub scharten sich um Salma, sie kicherten und plapperten, nur Wadjda saß abseits und lernte. Sie hatte die Knie an die Brust gezogen und das Heft daraufgelegt. Hochkonzentriert versuchte sie, sich die Verse einzuprägen.

Leicht war es nicht. Salma reichte einen Stapel Fotos herum. Die Mädchen lachten und schlugen sich gegenseitig die Hände weg, weil jede sie als Erste ansehen wollte.

»Lass mich gucken! Lass mich!« Noura riss dem Mädchen neben ihr zwei Bilder aus der Hand, schaute sie an, schnappte nach Luft und bedeckte ihr Gesicht in gespieltem Erstaunen.

Als Ms Noof hereinkam, rückte Wadjda weiter von den anderen Mädchen ab. Sie bemerkten es nicht. Gierig schnappten sie sich weiter die Fotos weg, wie Straßenkatzen, die um Essensreste kämpfen. Noura, die von der Anwesenheit der Lehrerin nichts gemerkt hatte, hielt ein Bild hoch.

»Ist das dein Vater?«, fragte sie.

»Das ist Khalid, mein Ehemann!«, antwortete Salma beleidigt.

»Sieht aus wie dein Großvater.« Noura lachte. »Aber was Besseres hat deine Familie wohl nicht finden können!«

Alle Mädchen außer Wadjda kicherten. Die gedemütigte Salma holte sich das Foto zurück und drückte es an die Brust.

Ms Noof räusperte sich. »Was ist hier los?«, fragte sie verärgert.

Die Mädchen verstummten.

»Ich habe ihnen gesagt, dass sie keine Fotos in die Schule mitbringen dürfen«, sagte Wadjda. Sie sah Noura an.

»Nein, hast du nicht!«, blaffte Noura. Sie setzte ihre Musterschülerinnenmiene auf und zeigte auf den Stapel Fotos in Salmas Hand. »Ms Noof, Salma hat geheiratet. Sehen Sie mal, sie hat Fotos mitgebracht!«

»Zeig mal.« Plötzlich wirkte die Lehrerin interessiert. Sie schnappte sich die Fotos und schaute sie neugierig an. »Wer ist das? Deine Mutter? Und das ist dein Ehemann?«

Während sie redeten, wanderte Wadjdas Blick zum Flur. Sie zuckte zusammen. Fatin und Fatima gingen vorbei, gefolgt von zwei Frauen, die wohl ihre Mütter waren. Sie waren voll verschleiert und hatten die Köpfe abgewandt, Ähnlichkeiten waren also nicht zu erkennen. Aber sie mussten verwandt sein, denn sie wichen ihren Töchtern nicht von der Seite.

Dann drehten sie die Köpfe und ihre Gesichter waren zu sehen. Wadjdas Herz rutschte ein Stück tiefer. Beide Frauen wirkten wie versteinert. Ihre Töchter wurden eines furchtbaren Verbrechens bezichtigt. Fatin versuchte gerade etwas zu erklären, aber ihre Mutter brachte sie mit einem wütenden Blick zum Schweigen.

Fatima, die dem Klassenraum am nächsten stand, bemerkte Wadjdas mitfühlende Blicke. Aber sie lächelte nicht und nickte ihr auch nicht zu. Sie wandte einfach den Kopf ab – eiskalt. Wadjda sah zu Boden, sie schämte sich und ihre Wangen brannten.

Hinter ihr war das Gespräch verebbt.

»Okay, legt sie weg«, Ms Noof gab Salma die Fotos zurück. »Wadjda hat recht, in der Schule dürft ihr keine Fotos zeigen.«

Wieder lief Wadjda rot an, obwohl das ja nur eine kleine Lüge gewesen war.

»Wir wollen anfangen«, fuhr die Lehrerin fort. »Myriam, lies von Seite dreizehn an.«

»Ich brauche ein Tuch«, flüsterte das Mädchen. Ms Noof seufzte genervt, winkte ab und sah sich nach einer anderen Kandidatin um.

Wadjda hob den Kopf und klappte den Koran zu. »Ich sage ihn, ohne abzulesen.«

An ihrem Tonfall hörte man, dass sie es ernst meinte. Ms Noof blinzelte erstaunt, gab ihr aber ein Zeichen anzufangen.

Showtime. Wadjda rezitierte, so schnell sie konnte – ihr blieb kaum Zeit zum Luftholen, so schnell kamen die Worte aus ihrem Mund.

»*Und wenn ihr fürchtet, ihnen nicht gerecht werden zu können, heiratet nur eine oder diejenigen, die ihr von Rechts wegen besitzt. Dies schützt euch vor Ungerechtigkeit.*«

Als sie fertig war, holte sie japsend Luft und seufzte zufrieden. Sie hatte keinen Fehler gemacht.

»Sehr schön, Wadjda«, sagte die Lehrerin knapp. »Du hast nichts vergessen. Aber du musst rezitieren. Du kannst nicht einfach alles herunterleiern! Das sind heilige Worte.«

Sie schaute sich im Raum nach einer weiteren Kandidatin um und entschied sich für Salma.

»Wie wäre es denn mit unserer jungen Braut? Lass uns deine Stimme hören. Hör gut hin, Wadjda. So musst du rezitieren, wenn du gewinnen willst.«

»*Und wenn ihr fürchtet ...*«, rezitierte Salma gehorsam. Jedes

Wort zitterte einen Augenblick verlockend auf ihrer Zunge, ehe es voll Anmut in die Welt hinaustönte. Frustriert schaute Wadjda auf den leeren Flur hinaus.

Fatin und Fatima waren verschwunden. Salmas Stimme hallte durch den Raum, aber Wadjda konnte nur daran denken, wohin die beiden verschwunden waren – und ob sie es hätte verhindern können.

40. KAPITEL

Kling! Peng. Klong! Auf dem Heimweg von der Schule warf Wadjda ihren Stein nach allem, was ihr in die Quere kam. Jede Flasche war ein Ziel, jedes Straßenschild eine Zielscheibe. Ihre Wut und ihre Verzweiflung machten jeden Wurf schärfer und genauer.

Irgendwann war der Spielwarenladen nicht mehr weit. Aber sie hatte fast schon Angst nachzuschauen. Ob das grüne Fahrrad noch da war? Was sollte sie machen, wenn es weg war? Noch einen zögernden Schritt weiter – und dann noch einen – und Wadjda schaute vom Boden auf wie ein Gefangener zum Henker.

Aber das Fahrrad war da! Sie spürte neue Energie in den müden Knochen, als sie es vor dem Laden in der Nachmittagssonne schimmern sah. Ein paar Sekunden lang genoss sie die Erleichterung.

Dann packte sie die Wut. Wie konnte der Ladenbesitzer es wagen, dieses Rad verkaufen zu wollen? Das war ihr Rad! Sie stapfte in den Laden, um ihm ganz klar zu sagen, was sie von der Sache hielt.

»Mit wem haben Sie da über mein Fahrrad geredet?«, sagte sie mit den Händen auf den Hüften. »Neulich? Da draußen? Ich habe Sie gesehen, das wissen Sie.«

»Nein. Ich weiß nicht mal, wovon du redest«, entgegnete der Mann.

»Ich weiß genau, wovon ich rede.« Wadjda stellte sich breitbeinig hin wie ein mächtiger Krieger. »Ich will nicht, dass Sie mein Fahrrad irgendjemandem sonst zeigen.«

Der Ladenbesitzer schüttelte den Kopf, als könne er kaum glauben, was für ein Gespräch er gerade führte. Wadjda ließ sich nicht beirren, sie griff in die Tasche und holte eine Kassette heraus.

»Hier«, sie hielt ihm ihre Friedensgabe hin. »Ich habe Ihnen eine Kassette bespielt. Es ist ein Musikmix. Ein paar Lieder, die Sie mit der modernen Welt vertraut machen sollen.«

Sie wies auf seinen zerkratzten Plattenspieler. Der Ladenbesitzer nahm die Kassette und zog die Augenbrauen bis an die *ghutra* hoch, als er die seltsamen Songtitel las, die auf die Hülle gekritzelt waren.

»Danke für deine Großzügigkeit«, sagte er skeptisch.

Wadjda lächelte, sie zeigte noch mal auf das Fahrrad, um zu unterstreichen, worum es bei diesem Gespräch ging. Der Ladenbesitzer lachte, er warf die Kassette auf den Ladentisch und beugte sich wieder über seine Quittungen.

Wadjda war noch nicht einmal in ihre Straße eingebogen, da sah sie auch schon das Wahlzelt von Abdullahs Onkel. Es überragte die angrenzenden Häuser und füllte das riesige leere Grundstück gegenüber ihrer Haustür aus. Die Lichterkette, die Abdullah aufgehängt hatte, glitzerte in der Nachmittagssonne. Gastarbeiter wuselten herum, richteten Pfähle auf und legten roten Teppich aus. Hinter dem Zelt war der Schutt weggeräumt worden, dort stand jetzt eine lange Reihe von Tischen.

Das war der Essbereich, in dem ganze gegrillte Lämmer auf großen Platten mit Reis angerichtet werden würden.

Nicht weit davon waren ein großer Flachbildfernseher und ein Projektor aufgebaut. Davor standen Stühle in einem Halbkreis. Die Lichterketten, die zu allen Seiten wunderschön herabfielen, bildeten ein Dreieck auf der Spitze des Zeltdaches. Abdullah spannte das gesamte Grundstück mit einem Stoffbanner ab, das im Wind wehte. Er rollte den Stoff ab und flocht ihn sorgfältig um eine Reihe von Pfählen, dabei sah Wadjda, dass der Name des Onkels in großen Buchstaben darauf gedruckt war.

Keine große Sache, was? Wadjda tat so, als würde sie Abdullah nicht sehen – und als wäre es ihr auch völlig gleichgültig, wenn sie ihn sehen würde. Sogar als sie direkt an ihm vorbeiging, sagte sie nichts.

Verschwitzt und müde lehnte Abdullah die Rolle Stoff an einen Pfosten und brüllte ihr hinterher.

»Was denn? Bist du jetzt etwa sauer? Deine Mutter hätte mir fast das Genick gebrochen, als sie mich die Treppe runtergeschubst hat!«

»Meine Mutter will nicht, dass ich mit dir rede«, erwiderte Wadjda steif. »Abgesehen davon muss ich lernen.«

Sie zupfte an ihrer *abaya* und ging weiter. Abdullah schnappte sich den Helm, der von seinem Fahrradlenker baumelte, und rannte ihr hinterher.

»Seit wann hörst du denn auf deine Mutter?«, keuchte er. »Oh – das hier habe ich für dich besorgt.« Er warf ihr den Helm zu, als wäre der völlig nebensächlich, als hätte er ihn nicht extra vorne an sein Fahrrad gehängt, damit Wadjda ihn sah.

»Das ist ein Fahrradhelm«, sagte er. »Wie die Jungen und Mädchen im Fernsehen ihn tragen.«

Mit einem kleinen Freudenschrei fing Wadjda den Helm auf. Sie strahlte übers ganze Gesicht. Abdullah freute sich, dass sein Geschenk diese Wirkung erzielte.

»Willst du auf dem leeren Gelände hinter dem Zelt Rad fahren?«, fragte er. »Es dauert noch ein paar Minuten, bis Leute kommen.«

Wadjda nickte ganz aufgeregt und folgte ihm hinter den riesigen weißen Pavillon. Sie zog den Helm über ihren Schleier. Dann fuhr sie im Kreis auf dem leeren Gelände herum. Ihre *abaya* flatterte wieder hinter ihr her wie das Cape eines Superhelden. Immer wieder warf sie den Kopf zurück und lachte glücklich. Abdullah hockte sich auf einen Holzklotz und beobachtete zufrieden, wie sie ihre Kreise drehte.

»Guck mal!«, rief sie aufgeregt.

Dann holte sie tief Luft, nahm die Hände vom Lenker und trat regelmäßig weiter in die Pedale, um das Gleichgewicht zu halten, dabei winkte sie triumphierend. Abdullah nickte anerkennend. »Gut so!«, rief er.

Das Rad schwankte, Wadjda griff wieder nach dem Lenker. Aber das Experiment hatte ihr Selbstvertrauen gegeben. Sie fuhr weiter und ließ den Lenker für immer längere Zeit los. Nun streckte sie die Arme nach beiden Seiten aus, ihre *abaya* glitt durch die Luft wie Flügel.

Ihre Freude brachte Abdullah dazu, etwas zu sagen, das er eigentlich hatte für sich behalten wollen.

»Der Besitzer des Spielwarenladens hat Khalid und seinem Vater gesagt, dass das Fahrrad schon reserviert ist«, brüllte er.

Mit Wadjdas Reaktion darauf hatte er nicht gerechnet. Sie

bremste scharf, stemmte die Füße auf den Boden und lächelte triumphierend.

»Ja!«, brüllte sie. »Für mich. Ich hab es gewusst!« Begeistert stieß sie die Faust in die Luft.

Auf der anderen Straßenseite blieben neugierige Passanten stehen und starrten erstaunt das seltsame Mädchen an, das mitten auf einem verdreckten Grundstück auf einem Fahrrad saß und brüllte, so laut es konnte. Abdullah zog den Kopf ein, so peinlich war es ihm, jedes vorbeifahrende Auto mit weiteren Zuschauern machte ihn nervöser. Aber Wadjda ignorierte alle. Sie wusste, dass sie ihrem Traum einen Schritt näher gekommen war.

Wieder stieß sie sich ab und fuhr ein paar größere Kreise, nun schon viel sicherer. Der Helm schützte sie und der Fahrtwind war herrlich.

Auf meinem Fahrrad wird das sogar noch schöner, dachte sie.

41. KAPITEL

Auch noch viel später an diesem Abend, als Wadjda schon mit ihrem Videospiel im *madjlis* des Vaters saß, hatte sie den Helm auf dem Kopf. Mit sicherer Hand drückte sie die Tasten auf dem Controller. Bis jetzt hatte sie jede Frage richtig beantwortet.

»Was bedeutet Mihrab?«, fragte die Roboterstimme.

»Oh, das weiß ich.« Wadjda drückte fest auf die Taste.

»Richtig!«, jubelte die Stimme.

Sogar der Roboter hat es satt, mir das Leben schwer zu machen, dachte Wadjda und grinste.

»Endlich!« Sie warf sich auf die Couch und riss die Arme hoch. Sieg! Auf dem Bildschirm erschien ihr Ergebnis: hundert Prozent! Aus den Lautsprechern dudelte eine fröhliche Melodie.

Wadjda lächelte noch, als ihr Blick auf den Familienstammbaum fiel – und das Lachen verging ihr.

Ihr Name war abgenommen worden. Der Papierfetzen lag zerknüllt auf dem Tisch daneben. Sie hob ihn auf und drehte ihn langsam in den Händen.

Im anderen Zimmer hörte sie ihre Mutter am Telefon, sie schrie. »Wenn du mir nicht zuhören willst, dann weiß ich nicht, warum ich dir zuhören sollte!«

Wadjda sprang auf und rannte zur Tür. Die Mutter knallte

gerade das Telefon auf den Nachttisch, dann zog sie sich ihre *abaya* über und befestigte den *niqab* über dem Gesicht. Als sie Wadjda um die Ecke schauen sah, brüllte sie: »Mach dich fertig, Wadjda. Wir gehen aus!«

Schnell nahm Wadjda den Fahrradhelm ab – sie hatte Glück gehabt. Ihre Mutter war zu sehr mit ihren eigenen Gedanken beschäftigt und hatte nichts bemerkt. Wadjda flitzte in ihr Zimmer und holte ihre *abaya*. Die Mutter war schon draußen, sie raste durch die Haustür wie ein menschlicher Wirbelsturm. Wadjda musste rennen, um mit ihr Schritt zu halten.

Wortlos eilten sie die Straße entlang. Das war äußerst seltsam, langsam fing Wadjda an, sich Sorgen zu machen. Ihre Mutter ging niemals zu Fuß irgendwohin. Und warum war sie so wütend?

Ein vorüberfahrendes Auto bremste ab und kroch neben ihnen her. Wadjda drückte sich an die Seite ihrer Mutter.

Der Fahrer des Autos drehte die Scheibe runter und begann mit schmeichelnder Stimme auf die Mutter einzureden. Wadjda konnte nur »*Helwa, helwa*« verstehen. Wadjda fand zwar auch, dass ihre Mutter schön war, doch es klang schrecklich, wenn dieser Mann das sagte. Ängstlich schaute sie hoch. Ihre Mutter blickte starr geradeaus und beachtete den Mann nicht. Aber sie ging immer schneller und schneller, dann wechselte sie die Straßenseite. Wadjda folgte ihr, sie hatte Mühe, Schritt zu halten.

Ganz gleich, was sie auch machten, der Kerl wollte nicht aufgeben. Wadjda sah, wie seine Knopfaugen ihre Mutter fixierten. Wenn sie die Straßenseite wechselten, wechselte er die Fahrbahn und ließ das Auto im Schneckentempo neben ihnen herrollen.

Schließlich reichte es ihrer Mutter. Mit zitternden Händen hob sie einen großen Stein auf und wog ihn drohend in der Hand. Sie brüllte, so laut sie konnte, ihre zarte Stimme schallte durch die Straße.

»Wenn du uns nicht in Ruhe lässt, werfe ich dir die Scheinwerfer ein!«

Ihr ganzer Körper zitterte jetzt, aber man merkte deutlich, dass sie es ernst meinte.

Trotzdem fing der Kerl im Auto an zu lachen. Er warf ein Stück Papier aus dem Fenster. Es landete vor Wadjdas Füßen und sie sah, dass eine Telefonnummer darauf stand. Dann trat er aufs Gaspedal, rief: »Ruf mich an, wenn du es dir anders überlegst!« und raste davon.

Schweigend gingen Wadjda und ihre Mutter weiter. Jetzt wurde die Mutter langsamer. Das Feuer, das sie aus dem Haus getrieben hatte, schien verglüht zu sein. Der Schwung war weg, die Schritte wurden schleppender. Bald lief Wadjda mühelos neben ihrer Mutter her. Besser fühlte sie sich deshalb aber nicht. Wenn sie doch nur wüsste, was los war!

Eine Weile später erreichten sie ihr Ziel. Wadjda staunte. Sie waren am Krankenhaus. Während sie hinter ihrer Mutter durch die automatischen Türen ging, überschlugen sich ihre Gedanken. War jemand krank? Wer konnte das sein?

Aber dann fiel ihr das Gespräch der Mutter mit Leila wieder ein. Hatte die Mutter auf Leila gehört? Vielleicht wollte sie sich um eine Stelle bewerben! Als sie die Lobby betraten, war Wadjda schon ganz aufgeregt. Ihre Mutter wirkte nervös. Sie trat von einem Fuß auf den anderen, während sie hinter den Tresen nach einem bekannten Gesicht Ausschau hielt.

Da! Leila war am anderen Ende des Raumes, sie trug einen

Kittel und stellte große Aktenordner auf ein Regal. Wadjda und die Mutter erschraken, als sie sahen, dass Leila nur einen *hidjab* trug. Ihr Gesicht und sogar etwas von ihrem Haar war enthüllt.

Ein Arzt stellte eine Tasse Kaffee neben Leila auf den Tresen. Wadjda spürte, wie die Mutter zusammenzuckte. Doch es gab keinen Grund zur Beunruhigung. Leila und der Arzt plauderten, sie lachten und scherzten sogar!

»Willst du hier mit Leila arbeiten?«, flüsterte Wadjda und zupfte an der *abaya* der Mutter. »Diese Kittel sind cool, wie die in Matrix, nur weiß.«

»Pst«, zischte die Mutter. »Ich … ich will ihr nur etwas geben, das ist alles.«

Leila hatte Wadjdas Stimme gehört. Sie entdeckte die beiden, lächelte und winkte ihnen fröhlich zu.

»Hey! Da bist du ja. Wunderbar.« Wieder fiel Wadjda auf, wie jung Leila aussah – und wie glücklich.

»Warte eine Sekunde. Ich hole das Bewerbungsformular.«

»Leila, was ist passiert?«, flüsterte die Mutter. »Warum zeigst du dein Gesicht?«

Leila lächelte selbstbewusst und winkte ohne nähere Erklärung ab. Sie ging hinter den Tresen und fing an, in einer Schublade nach einem Bewerbungsformular zu suchen. Kurz darauf kam der Arzt zurück und ordnete seine eigenen Unterlagen auf dem Tisch, direkt vor Wadjda und ihrer Mutter. Zunächst war er von seiner Arbeit abgelenkt, aber dann bemerkte er Mutter und Tochter und lächelte ihnen höflich zu.

»Wie geht es Ihnen?«, fragte er die Mutter. Sie wendete sich ab, ohne zu antworten und zog die Hände unter die *abaya*.

Wadjda sah den Mann an und sagte unerschrocken: »Hallo.«

Der Arzt lächelte sie an, nahm sich einen Stapel Röntgenbilder und ging wieder. Die Mutter, die sich immer unwohler fühlte, lehnte sich über den Tresen und fuchtelte mit den Händen, um Leila auf sich aufmerksam zu machen.

»Leila, meine Liebe, lass nur«, flüsterte sie. »Ich bin nicht wegen der Bewerbung hier. Wir kamen gerade vorbei und da dachte ich … da dachte ich, wir sagen mal Hallo.«

Leila sah Wadjda ins Gesicht und Wadjda musste schnell verbergen, wie überrascht sie von der Lüge ihrer Mutter war.

»Wir lassen dich mal weiterarbeiten«, sagte die Mutter hastig. »Du scheinst sehr viel zu tun zu haben.«

»Es ist ein guter Job und die Stellen werden schnell besetzt«, sagte Leila. Es klang sehr mitfühlend. »Du solltest …«

»Es war schön, dich zu sehen, Leila«, unterbrach die Mutter sie. »Ich rufe dich später an.«

Und damit nahm sie Wadjdas Hand und ging mit ihr zur Tür. Wadjda sah sich wehmütig nach Leila um, dann schaute sie ihre Mutter an. Sie zupfte an ihrem Ärmel und flüsterte: »Ich dachte, du wolltest …«

»Schluss jetzt!«, sagte die Mutter, ging schnell zur Tür hinaus und ließ das Krankenhaus noch schneller hinter sich.

42. KAPITEL

Die ganze Schule war auf dem Hof zu einer besonderen Versammlung zusammengekommen. Nach Klassen geordnet standen die Mädchen in langen Reihen da. Die Lehrerinnen liefen herum, halfen den Schülerinnen dabei, ihren Platz zu finden, oder richteten die Schultern von denjenigen auf, die nicht ordentlich standen. Jedes Mädchen wurde sorgfältig inspiziert. Trug sie schwarze Schuhe? Waren ihre Nägel geschnitten – und farblos? Das Mädchen neben Wadjda zerrte sich heimlich ein Armband vom Handgelenk und versteckte es im Ärmel ihrer Uniform.

Ein paar Mädchen mit langen Fingernägeln wurden aus der Reihe geholt, sie bekamen Nagelschneider und wurden nach hinten geschickt. Unter den wachsamen Blicken einer Lehrerin musste sich jede von ihnen über einer Abfalltonne die Nägel schneiden. Wadjda wusste, dass man das machte, damit die abgeschnittenen Nägel sicher entsorgt werden konnten. In Saudi-Arabien glaubten viele Leute, dass jemand, der in den Besitz abgeschnittener Fingernägel oder gar abgeschnittener Haarsträhnen kam, die entsprechende Person mit einem Zauberbann belegen konnte. So etwas war unheimlich, das musste Wadjda zugeben.

Nachdem sie eine halbe Ewigkeit wartend herumgestanden hatten, trat Ms Hussa auf die provisorische Bühne. Sie nahm ein Megafon zur Hand und schaltete es ein. Streng nahm sie die Menge in Augenschein und erwiderte die erwartungsvollen Blicke. Abgesehen von ihren Patrouillen bei der Ankunft und der Entlassung der Schülerinnen nach Schulschluss trat sie kaum öffentlich in Erscheinung. Entsprechend ehrfürchtig reagierten die Schülerinnen. Absolute Stille herrschte auf dem Schulhof.

»Mädchen, hört gut zu.« Ms Hussa hielt das knisternde Megafon ein paar Zentimeter vor ihren Lippen, deshalb waren ihre Worte sehr laut und ein bisschen undeutlich.

»Wir haben zwei Mädchen erwischt, die hier in unserer Schule etwas äußerst Ungehöriges getan haben.«

Ihr Blick schweifte über die Schülerinnen. Ihre Worte hallten und wurden von den Mauern ringsherum zurückgeworfen.

»Auf unserem Schulhof.« Sie machte eine Pause, damit allen die Ungeheuerlichkeit dessen, was sie sagte, bewusst wurde. »Ihre Namen sind Fatin Ali und Fatima Umar.«

Absolute Stille. Niemand rührte sich oder wagte auch nur mit den Kleidern zu rascheln. Ms Hussa winkte die Schuldigen heran. Langsam traten Fatin und Fatima auf die Bühne. Alle Mädchen starrten sie an.

»Sie treten jetzt an den Rand der Bühne, um Buße zu tun«, sagte Ms Hussa.

Fatin und Fatima! Diese gebeugten Gestalten? Waren sie das wirklich? Wadjda war das freche Lächeln der beiden so vertraut – sie waren immer so entspannt durch die Schule gezogen, hatten ständig gelacht und heimlich Witze gemacht. Jetzt wirkten sie gebrochen, ließen die Köpfe hängen und ihre Blicke waren leer. Wadjda merkte, wie sich ihr der Magen umdrehte, sie dachte schon, sie müsse sich an Ort und Stelle übergeben.

»Um ähnliche Situationen zu vermeiden«, sagte Ms Hussa, »dürft ihr euren Freundinnen ab jetzt keine Blumen mehr mitbringen. Es ist nicht erlaubt, Briefe auszutauschen und sich an den Händen zu halten. Habt ihr das verstanden?«

Ihre Stimme wurde lauter, sie dröhnte über den ganzen Hof. Reihen von Mädchen nickten schweigend.

»Gut. Dann dürft ihr jetzt zurück in eure Klassen gehen.«

Die Reihen lösten sich auf, die Schülerinnen drängten zu den Türen, schubsten und stießen sich gegenseitig, um voranzukommen.

Fatin und Fatima wollten auch gehen, aber aus Versehen rempelte Fatin ein kleines Mädchen an.

»Fass mich nicht an!«, kreischte die Drittklässlerin panisch. »Wag es ja nicht!«

Wadjda wartete auf eine freche Antwort von Fatin. Aber sie sagte kein Wort. Sie drehte sich nur um, die Lippen fest zusammengepresst.

Wadjda wollte auf sie und Fatima zugehen, doch dann sah sie Ms Hussa an der Treppe warten. Wadjda blieb stehen und schaute hinüber zu den beiden Mädchen. Sie waren immer so nett zu ihr gewesen. Sogar wenn sonst keiner nett zu ihr gewesen war. Ihr Blick ging wieder zu Ms Hussa. Dann zu Fatin und Fatima. Noch nie im Leben hatte sie sich so schuldig und so unsicher gefühlt.

43. KAPITEL

Blau lackierte Zehennägel. Unglaublich cool, aber trotzdem belastete Wadjda ihr schlechtes Gewissen. Sie lag auf dem Bett ihrer Mutter und starrte die nackten Füße an, die sie an die Wand gedrückt hatte. Während der Nagellack von Fatin und Fatima auf ihren Zehen trocknete, lief der Nachmittag immer wieder vor ihrem inneren Auge ab wie ein Film, den sie nicht anhalten konnte.

Das Zimmer ihrer Eltern war sparsam eingerichtet, geblümte Gardinen und nur eine schöne Lampe in der Ecke. Trotzdem wirkte der Raum gemütlich und einladend. Aber nicht einmal hier konnte Wadjda ihre Schuldgefühle verdrängen. Immer wieder sah sie die Gesichter von Fatin und Fatima vor sich, die alle Lebendigkeit verloren hatten. Vor der ganzen Schule gedemütigt zu werden war schrecklich!

Ich habe den Tod verdient, weil ich nicht zu ihnen gestanden habe, dachte Wadjda. Und weil ich mich nicht getraut habe, sie vor Ms Hussa zu verteidigen, als ich die Gelegenheit dazu hatte.

An ihr grünes Fahrrad zu denken, machte sie sogar noch trauriger.

Die Mutter war auch in Gedanken versunken. Sie saß auf der anderen Seite des Zimmers vor dem Spiegel und glättete sich die Haare. Dabei sang sie und ihre Stimme war so rein und stark wie immer. Und wieder einmal dachte Wadjda, dass sie es ohne Weiteres mit den Sängerinnen im Radio aufnehmen konnte.

»*Ich schreibe dir einen Liebesbrief, sag dir, wie sehr ich dich vermisse*«, gurrte die Mutter und klemmte eine Haarsträhne ins Glätteisen. Sie zog es über die ganze seidige Länge nach unten und betrachtete sich im Spiegel.

»Ich wünschte, ich könnte mir die Haare kürzer schneiden lassen«, sagte sie plötzlich. »Wie Lobna Abdel Aziz.«

Das würde toll aussehen!, dachte Wadjda. Sie wurde gleich munterer. Lobna Abdel Aziz war eine ägyptische Schauspielerin, die eine Menge Schwarz-Weiß-Filme gedreht hatte. Sie war sehr schön, hatte große Augen und dunkle Locken, die ihr Gesicht wie ein Heiligenschein umrahmten. Klar, die Filme waren alt und langweilig, aber sie sah toll aus …

»Mach's«, sagte Wadjda.

Die Mutter lächelte sie von der Seite an. Wadjda konnte in ihrem Blick lesen: Wenn es doch nur so einfach wäre.

»Dein Vater liebt meine langen Haare«, sagte sie mit einem Anflug von Stolz. Dann fing sie wieder an zu singen: »*Ich schreibe dir einen Liebesbrief, sage dir, wie sehr ich dich vermisse …*«

Sie holte ein Haarband aus der Schublade. Etwas rollte klappernd darin hin und her. Die Mutter blinzelte, griff hinein und holte einen neuen, dunkelroten Lippenstift heraus.

»Na so was!« Obwohl sie Wadjda skeptisch anschaute, klang ihre Stimme zärtlich. »Hast du den für mich gekauft?«

Wadjda nickte eifrig, sie war stolz, dass sie ihre Mutter glücklich machen konnte. Ihre Blicke trafen sich im Spiegel und ihre

Mutter lächelte sanft. Scheu wandte Wadjda sich ab. Aber als sie wieder in den Spiegel sah, schaute die Mutter sie immer noch an. Sie war gerührt, das merkte man deutlich. Ihre Augen glänzten.

»Ich würde ja Danke sagen, aber ich habe Angst zu fragen, woher du das Geld hast.«

Sie lächelte, dann spitzte sie die Lippen und trug Lippenstift auf. Wadjda grinste und zuckte mit den Schultern.

Das wird ein Geheimnis bleiben, wollte sie damit sagen. Wehmütig schüttelte die Mutter den Kopf, sie legte den Lippenstift zurück in die Schublade und glättete sich weiter die Haare. Während sie in den Spiegel schaute, sagte sie: »Die Schicht deines Vaters geht morgen am frühen Abend zu Ende. Was sollen wir für ihn kochen? *Marquq*?«

Igitt. Schon wieder? All dieses Gemüse und Fleisch, zusammengemanscht und mit rohem Brotteig bedeckt … Wadjda schüttelte sich bei dem Gedanken daran.

»Ich hasse *marquq*. Und gibt er mir diesen Monat mein Taschengeld? Oder fällt das mal wieder aus?«

Die Mutter antwortete nicht. »Dein Vater liebt *marquq*«, sagte sie nur. »Also kochen wir ihm das.«

Wut durchfuhr Wadjdas ganzen Körper. Der Vater kriegte, was immer er wollte, und er tat nichts dafür! Er kam und ging, wie es ihm passte. Er redete nie mit ihr. Er saß immer nur rum und spielte Videospiele. Und trotzdem behandelte ihre Mutter ihn wie einen König! Ohne nachzudenken, hob sie den Kopf und zickte los: »Du solltest mir *kapsa* kochen! Du weißt, dass er das Brautgeld für seine neue Frau mit meinem Taschengeld bezahlt!«

Die Mutter erstarrte. Sie drehte den Kopf weg, sodass

Wadjda ihren Gesichtsausdruck nicht mehr im Spiegel sehen konnte. Die scharfen Konturen ihres Körpers sah sie aber – und dass sie zu einer Statue erstarrt war.

Wadjdas Ohren wurden heiß, genau wie bei der Schulversammlung, und ihr Gesicht wurde rot. In diesem Moment war ihr Schuldgefühl so groß, dass sie hundert Teller *marquq* gegessen hätte.

Keine Gespräche mehr, kein Gesang. Schweigend zog die Mutter das Band um ihr Haar und ging in die Küche. Reglos blieb Wadjda auf dem Bett sitzen und starrte an die Decke. Zum zweiten Mal an diesem Tag überrollte die Scham sie wie eine gewaltige Welle.

44. KAPITEL

Die nächsten Tage bewegte Wadjda sich still durchs Haus. Sie hielt den Blick gesenkt und achtete auf einen respektvollen Ton. Abends half sie bei den Vorbereitungen fürs Essen und beim Saubermachen der Küche. Sie widersprach nicht, wenn die Mutter etwas sagte. Sie sprach eigentlich kaum. Sie wussten beide, dass sie versuchte, sich zu entschuldigen.

Zwei Nächte waren vergangen, Wadjda war auf dem Weg ins Wohnzimmer. Die Mutter saß auf dem Boden und bügelte die *thawbs* von Wadjdas Vater. Sie hatte einen der großen Gebetsteppiche umgedreht und benutzte die steife Rückseite als Bügelbrett. Und – Wadjda fiel ein Stein vom Herzen – sie sang wieder.

Einen Moment lang blieb sie in der Tür stehen und lauschte. Dann trat sie ein. Der Kopf der Mutter zuckte hoch, sie war überrascht, Wadjda zu sehen – und noch überraschter war sie, Wadjda mit dem Koran in der Hand zu sehen.

Zögernd hockte Wadjda sich im Schneidersitz neben die Mutter, die weiterbügelte, aber auch weitersang.

»Der schöne Mann hat mir das Herz gestohlen mit seinen schwarzen Augen. Ich komme näher, er geht weg, welche Leere fühle ich. Keine Tränen, keine Worte bringen ihn zurück. Oh, mein Herz!«

Den letzten Ton zog sie ganz lang, es klang wunderbar. Sie lächelte Wadjda an, die ihre Karten auf dem Fußboden ordnete.

Obwohl die Melodie so schön war, musste Wadjda seufzten. Sie hatte dunkle Ringe unter den Augen und wirkte missmutig und müde.

Besorgt sah die Mutter sie an. »Was hast du?«, fragte sie. »Du siehst so …«

»Die viele Arbeit für den Wettbewerb bringt mich um!«, platzte es aus Wadjda heraus. »Auswendig lernen, rezitieren – ich halte das nicht länger aus! Und diese blöde Ms Hussa … Es ist alles zu viel.« Ihre Stimme brach und sie flüsterte: »Ich bin müde.«

»Was hat Ms Hussa denn damit zu tun? Du willst doch gewinnen! Und du hast dich sehr angestrengt. Glaub nur nicht, dass mir das nicht aufgefallen wäre.« Die Mutter lächelte sie ermutigend an und sagte: »Dein Vater ist sehr glücklich darüber, dass du das machst. Er ist stolz auf dich.«

Sie kniff scherzhaft Wadjdas Kinn.

»Bitte, Wadjda. Dass er stolz ist … das ist gerade sehr wichtig für uns.«

Hatte sie ihr womöglich verziehen? Ein Hoffnungsschimmer zeigte sich in Wadjdas Augen. Sie setzte sich aufrecht hin und fing an zu rezitieren: »*Zu Seinen Zeichen gehört auch, dass Er euch Gattinnen aus euch selbst schuf, damit ihr bei ihnen ruht. Und Er hat zwischen euch Liebe und Barmherzigkeit gesetzt. Darin sind fürwahr Zeichen für nachdenkliche Leute.*«

Die Worte kamen zügig aus ihrem Mund. Die Sätze liefen ineinander. Zwar stimmte jedes Wort, aber aufgrund der Betonung konnte man dies nicht erkennen. Und ihre Mutter sah sie liebevoll an, so wie nur eine Mutter eine Tochter ansehen kann, die dringend Hilfe braucht.

Sie stellte das Bügeleisen aus, schob es zur Seite und faltete die Hände im Schoß.

»Versuch es einmal so.« Mit ihrer schönen Stimme begann sie den Text in einem Singsang vorzutragen – wie die Strophen eines Liedes. »*Zu Seinen Zeichen gehört auch, dass Er euch Gattinnen aus euch selbst schuf, damit ihr bei ihnen ruht.*«

Sie hielt inne und nickte Wadjda zu. »Nun, probier das mal.«

Nie im Leben wird sich das bei mir so anhören! Wadjda schluckte heftig und holte tief Luft. Dann rezitierte sie noch einmal. Sie tat ihr Bestes, um es ihrer Mutter nachzumachen, ließ die Worte rhythmisch und melodisch klingen.

»*Zu Seinen Zeichen gehört auch …*«, Wadjda blinzelte überrascht. Das klang gut!

»Ja, Wadjda, das war wunderbar!« Die Mutter klatschte in die Hände, fast hätte sie gelacht vor Entzücken. Nur selten konnte sie etwas von ihrem Wissen an ihre Tochter weitergeben. Eifrig fuhr sie fort: »Und die nächsten Zeilen trägst du so vor: *Und Er hat zwischen euch Liebe und Barmherzigkeit gesetzt. Darin sind fürwahr Zeichen für nachdenkliche Leute.*«

Im vollen Klang ihrer Stimme schwang Ehrfurcht mit. Wieder folgte Wadjda ihrem Beispiel. Jetzt war ihre Stimme kräftiger. Bestimmte Worte ließ sie in der Luft des kleinen Wohnzimmers vibrieren.

»*Und Er hat zwischen euch Liebe und …*« Als sie fertig war, presste Wadjda die Handflächen auf den Boden, um sie nicht jubelnd in die Luft zu recken. Es war kaum zu glauben, dass so eine perfekte Rezitation aus ihrem Mund gekommen war.

»Ausgezeichnet!« Sie strahlten sich voller Freude an. Dann

lächelte die Mutter und sagte: »Deine Stimme ist genauso schön wie die deiner Mutter.«

Wadjda lächelte verlegen. »Aber ich bin schüchtern, *ummi*. So kann ich nicht vor allen Leuten rezitieren.«

»Schüchtern? Du?« Die Mutter lachte laut los. »Ha! Ich wünschte, das wäre wahr.«

Plötzlich gab es eine Lichtexplosion und das Fenster wurde ganz hell. Draußen an den Lichterketten, die Abdullah aufgehängt hatte, ging eine Birne nach der anderen an, die ganze Straße war erleuchtet und ein magisches Licht fiel in den dunklen Raum. All ihre Auseinandersetzungen über die Festbeleuchtung waren vergessen. Wadjda und ihre Mutter schauten sich aufgeregt an, wie zwei Schulmädchen, die ein Geheimnis hüten.

»Du hast sehr hart gearbeitet«, sagte die Mutter. Sie stand auf und packte Wadjdas Hand. »Komm mit!«

Zusammen rannten sie aufs Dach, um sich die Show anzusehen.

45. KAPITEL

Seite an Seite beugten sich Wadjda und ihre Mutter über die Mauer. Ihre Gesichter wurden von den Lichtern angestrahlt und leuchteten in den Schatten des frühen Abends. Sie sahen sich sehr ähnlich, die Dämmerung machte ihre Gesichter runder und weicher, die Augen größer und die Schatten unter den Wangenknochen markanter. In diesem Augenblick, so wie sie hier eng beieinander standen, war klar, dass sie zusammengehörten.

Unten versammelten sich Gruppen von Männern, sie lachten und redeten. Eine leichte Brise strich Wadjda durchs Haar. Sie sah die Mutter aufgeregt an. Das Leben in ihrer Straße war in vollem Gange – und sie hatten Plätze in der ersten Reihe. In Wahrheit scherte sich keiner darum, wer die Wahl gewann oder was der Stadtrat tat. Aber trotzdem lag eine gewisse Spannung in der Luft.

Bestimmt auch, weil das hier etwas Neues ist, dachte Wadjda. Es war schön zu sehen, wie die Menschen in ihrer verschlafenen Straße zusammenkamen, schön, das Gewimmel zu beobachten und dem Stimmengewirr zu lauschen.

Am glücklichsten war Wadjda darüber, diesen flüchtigen Moment mit ihrer Mutter zusammen zu erleben. Diese strich sich eine Haarsträhne aus dem Gesicht und schaute lächelnd auf den Trubel. Sie konnten Abdullahs bärtigen Onkel sehen, der die Männer bei ihrer Ankunft mit weit offenen Armen begrüßte. Abdullah war auch da, er stand in seinem besten *thawb* am Ende der langen Empfangsschlange. Wadjda blinzelte. Wie gut er aussah. Wie ein Popstar oder Fußballspieler, nur besser, weil er Abdullah war.

Grinsend nahm Wadjda die Menge noch einmal in Augenschein und dabei entdeckte sie ihren Vater. Er trug auch sein bestes *thawb* und lachte mit einem anderen Mann. Sie stieß ihre Mutter an.

»Guck!«, flüsterte sie. »Vater ist da. Siehst du?«

Die Mutter machte große Augen und suchte die Menge mit einem ungeduldigen Blick ab. »Wo? Ich kann nicht …«

Wadjda zeigte mit dem Finger auf ihn. »Da unten!«

»Oh! Ja.« Das Gesicht der Mutter strahlte mit der Lichterkette um die Wette. »Sieh nur, wie gut er aussieht.«

Aus den Augenwinkeln beobachtete Wadjda ihre Mutter. Sie schien ganz erfüllt zu sein vom Anblick ihres Ehemanns und ließ ihn nicht mehr aus den Augen. Vielleicht lag es an ihrem geheimen Aussichtsposten. Hier, verborgen vor den Blicken der Männer unten, konnte die Mutter jede Bewegung ihres Mannes ungehindert beobachten.

Wadjda genoss das alles. Sobald sie sich versichert hatte, dass die Mutter abgelenkt war, hob sie ein Steinchen vom Boden auf und zielte auf Abdullah. Es landete gefährlich dicht vor seinen Füßen. Instinktiv zuckte er zurück und schaute sich in alle Richtungen um.

Als er hochschaute und Wadjda entdeckte, ohne Schleier oder Kopftuch, mit einem Gesicht, das golden unter den Lichtern strahlte, die er aufgehängt hatte, lächelte Abdullah. Einfach so. Aber dann zupfte er an seiner *ghutra*, warf die Zipfel über die Schultern und breitete den Stoff aus, um ihr zu zeigen, wie gut gekleidet er war – und wie wichtig.

Wadjda kicherte. Sie erwiderte sein Lächeln, aber dann fasste sie sich ins Gesicht und rieb sich übertrieben die Wange. Was sie damit sagen wollte, war ganz klar: Du hast da was im Gesicht.

Abdullahs Hand schoss zur Wange und er rieb, so stark er konnte. Ein genialer Trick, aber Wadjda konnte keine Sekunde länger ernst bleiben. Sie fing an zu lachen, zeigte mit dem Finger auf Abdullah und sagte tonlos: »Reingefallen!«

Ein Räuspern neben ihr. Wadjda bemerkte den wütenden Blick ihrer Mutter. Sofort ließ sie die Hand sinken.

Gerade noch rechtzeitig! Denn der dicke, bärtige Mann neben Abdullah schaute hoch, weil er sehen wollte, was los war. Wadjda und ihre Mutter duckten sich hinter die Mauer. Sie lachten leise – die Kühnheit, ohne Verschleierung draußen zu sein, verband sie wieder.

Als ihr Kichern verebbt war, legte die Mutter sich auf den Rücken. Sie faltete die Hände auf dem Bauch und schaute zu den Sternen hoch, die am klaren Nachthimmel funkelten. Sie lächelte immer noch, doch jetzt schienen ihre Gedanken in die Ferne zu gehen. Vorsichtig legte Wadjda sich neben sie. Sie streifte den warmen Arm der Mutter mit ihrem Arm. Es war friedlich hier oben. Zusammen.

»Und – liebst du ihn?«

»Wen?«, fragte die Mutter verlegen. »Deinen Vater?«

»Nein, den Nachbarsjungen!«, neckte Wadjda sie.

»Ich glaube nicht, dass ich diejenige bin, die in den Nachbarsjungen verliebt ist«, erwiderte ihre Mutter.

Wadjda wurde rot und versuchte den Kommentar mit einem Lachen abzutun. Ihre Mutter lachte auch. Wadjda drehte sich auf die Seite und stützte sich auf den Ellenbogen.

»Du hast nicht geantwortet!« Wenn sie schon aufgezogen wurde, wollte sie die Mutter auch nicht so leicht vom Haken lassen.

Die Mutter seufzte und fuhr Wadjda mit der Hand durch die Haare. Mit sanftem Streicheln löste sie die Knoten, bis alle Strähnen mühelos durch ihre Finger glitten.

»Als ich in der Oberschule war, hat er um meine Hand angehalten«, sagte sie. »Alle Mädchen waren neidisch, als sie sein Foto gesehen haben! Er war der erste Mann in meinem Leben – und wahrscheinlich der letzte. Und man hat Spaß mit ihm, das muss ich zugeben.«

Das waren nette Worte, aber es lag auch eine gewisse Bitterkeit darin. Aber ihr Blick ließ keinen Zweifel daran, dass ihre Mutter den Vater noch immer sehr liebte.

»Du bist viel hübscher als alle anderen Frauen, die ich je gesehen haben«, sagte Wadjda. »Vater kriegt einen Herzinfarkt, wenn er dich in deinem roten Kleid sieht.«

»Nein.« Die Mutter seufzte niedergeschlagen. »Er wird es nicht sehen. Er wird im Männerbereich zu tun haben. Aber Wadjda, ich kenne ihn … Er macht große Worte. Natürlich tut er das. Aber er wird mir nie mit einer zweiten Frau das Herz brechen. Ehrlich, ich weiß gar nicht, wer ihm so einen Unsinn in den Kopf setzt.«

Sie richtete sich auf.

»Genug davon. Jetzt wollen wir noch mal für deinen Wettbewerb morgen üben.«

Gehorsam setzte Wadjda sich in den Schneidersitz. In diesem Moment, mit der leichten Brise im Gesicht und den funkelnden Sternen am Himmel, war sie zu allem bereit, das ihre Mutter aufheitern konnte.

»Oh, und erzähl niemandem etwas von deinen verrückten Fahrradplänen«, warnte die Mutter. »Sie lassen dich niemals gewinnen, wenn sie wissen, was du vorhast. Und jetzt: rezitiere.«

Wadjda ließ ihre Stimme fließen wie beim Singen und spürte, wie sie über die Dächer hinaus in die Nacht getragen wurde.

»Lass es von Herzen kommen«, sagte die Mutter. »Vergiss alle um dich herum.«

Sanft legte sie ihre Hand auf Wadjdas und drückte sie auf ihr Herz. Mit einer Leidenschaft, die Wadjda noch nie gesehen hatte, kamen ihr die Worte über die Lippen. Als würde man Morgenkaffee trinken, dachte Wadjda. So warm und süß. Ihre Stimme hallte über das leere Dach. Über ihren Köpfen wiegten sich die Lichter im Wind – und unter den Fingern fühlte Wadjda den Herzschlag ihrer Mutter.

46. KAPITEL

Wadjda schlief noch, als ihre Mutter in ihr Zimmer kam, um sich zu verabschieden. Sie blinzelte benommen in die Dunkelheit und war überrascht, die Mutter schon in ihrer *abaya* zu sehen, bereit für den Weg zur Arbeit.

Dann fiel ihr wieder ein, dass die Mutter heute besonders früh aus dem Haus ging, weil sie die Schule aufschließen musste. Wadjda drehte sich um und rieb sich den Schlaf aus den Augen. Sie würden keine Zeit zum Reden haben – an so einem wichtigen Tag! Das war einfach ungerecht.

Ihre Mutter dachte wohl genauso, denn sie setzte sich auf die Bettkante und streichelte Wadjdas Haar. Wadjda schmiegte sich an sie und drückte den Kopf an ihre Schulter.

»Du hast einen großen Tag vor dir«, flüsterte die Mutter. »Wenn du auf die Bühne gehst, möchte ich, dass du dir Folgendes sagst: *Gott inspiriere mich, mache die Dinge für mich leichter und löse meine Zunge, damit ich fließend sprechen kann.*«

Wadjda wiederholte es lautlos, hatte aber Mühe, die Worte zu behalten. Sie war noch im Halbschlaf und ihre Stimme klang rau und kratzig. »*Gott inspiriere mich, mache die Dinge leichter für mich ...*« Sie hielt inne, den Rest hatte sie vergessen.

»Gut«, flüsterte die Mutter. Sie rückte von Wadjda ab und begann ihren Schleier festzustecken. »Tut mir leid, dass ich so früh weg muss, Wadjda. Ich wünschte, ich hätte heute nicht die Aufsicht.« Sie schüttelte den Kopf, als wollte sie diesen Gedanken verscheuchen. »Aber merk dir das: *Löse meine Zunge …*«

Wadjda gähnte und fuhr sich mit den Fingern durch die wirren Haare. »*Löse meine Zunge*«, murmelte sie.

»*… damit ich fließend sprechen kann*«, sagte die Mutter vor.

Draußen hupte ein Auto. Beide schauten zur Tür, aber Wadjdas Mutter blieb sitzen und lächelte ihre Tochter an. Wadjda strich mit den Fingerspitzen über die Perlen an der *abaya* ihrer Mutter. Ach, wenn sie doch den Stoff packen und die Mutter hierbehalten könnte.

»*Damit ich fließend spreche*«, flüsterte sie ganz leise.

Die Mutter beugte sich über sie und küsste sie auf die Stirn, dann stand sie auf und machte sich auf den Weg.

»Ich wäre so gern mitgekommen heute«, sagte sie wieder. »Aber du weißt ja, wie das ist: Iqbal, die anderen Frauen, die Fahrt.« Seufzend zog sie ihren *niqab* über Mund und Nase. Ihre Augen waren noch zu sehen, sie strahlten vor Stolz.

»Du schaffst es, das weiß ich!«, sagte sie kämpferisch. Dann schlüpfte sie hinaus auf den Flur, wo sie zu einem schwarzen Schatten in der Dämmerung wurde, der noch lange an der Wand zu haften schien, bevor er schließlich verschwand.

Wadjda sah ihr nach, seufzte und ließ sich wieder ins Bett fallen. Dann aber streckte sie die Hand aus und berührte die Gebetsperlen ihres Vaters. Die Mutter hatte sie gestern Abend auf ihren Nachttisch gelegt.

Wadjda nahm die Perlen und hielt sie ganz fest, dabei stellte sie sich vor, die Eltern wären bei ihr.

Auf dem Weg zur Schule ging sie, so schnell sie konnte, sie machte einen Bogen um Risse im Beton und Müllhaufen und versuchte, nicht an die Mutter auf dem langen, gefährlichen Weg zur Arbeit in Iqbals klapperigem Auto zu denken. Das passte jetzt nicht. Denn heute musste sie sich wirklich konzentrieren.

Wadjda nahm eine ihrer Lernkarten zur Hand und begann das *tadjwid* zu flüstern, das darauf stand. Das waren Regeln, die ihr helfen würden, die Begriffe im Koran ganz richtig auszusprechen und zu betonen. So viel sie auch geübt hatte, sie konnte es noch besser machen, das wusste sie.

Sing es, denk daran, sagte sie sich selbst und begann:

»*Ich nehme Zuflucht zu Allah vor dem verfluchten Satan. Im Namen des barmherzigen und gnädigen Gottes.*«

Triumphierend zielte sie mit dem Stein ihres Vaters auf eine Flasche am Straßenrand. Ping! Volltreffer. Die Flasche drehte sich wie ein Kreisel und kippte um. Wadjda lächelte, hob ihren Stein auf und ging weiter. Sie zog eine andere Karte aus ihrem dicken Stapel.

Sie bewegte die Lippen, tauchte in den chaotischen morgendlichen Verkehr ein und ließ ihre Schritte dem Takt der unausgesprochenen Worte folgen.

47. KAPITEL

So viel hat sich verändert, dachte Wadjda, als sie von ihrem Platz auf der Bühne über den Saal schaute. Ich habe mich verändert.

Ihr Blick fiel auf ihre Turnschuhe. Die schwarze Farbe an den Spitzen rieb sich langsam ab, das weiße Gummi darunter blitzte hervor.

Na ja, zumindest ein bisschen, dachte sie und unterdrückte ein Lächeln.

Das war dieselbe Bühne, auf der ihre Klasse vor fünf Wochen die Hymne eingeübt hatte. Aber dieses Mal stand Ms Hussa mit verschränkten Armen als Richterin vorne und musterte die nervösen Kandidatinnen.

Auf dem Banner über der Bühne stand in großen Buchstaben *Koranrezitationswettbewerb*.

Darunter saßen neun Mädchen, auch Wadjda. Nur sie waren von den dreißig übrig geblieben, die ursprünglich zum Wettbewerb angetreten waren. Wadjda hatte verschwitzte Hände. Sie rieb sie immer wieder am Rock ihrer Uniform, aber das half nicht recht.

Sie und die acht anderen Mädchen saßen in einer Reihe am hinteren Bühnenrand, für die drei Lehrerinnen, Ms Noof, Ms Jamila und Ms Hussa, war ein Tisch neben den Kandidatinnen aufgebaut worden. Ms Jamila und Ms Noof machten sich am Tisch Notizen, Ms Hussa stand mit einem Mikrofon vorne als Quizmasterin und oberste Richterin.

Die ganze Schule hatte sich anlässlich des Wettbewerbs in die Aula gedrängt. Es war eine Pflichtveranstaltung. Wahrscheinlich wären die meisten nicht freiwillig gekommen. Viele Mädchen wirkten gelangweilt, sie waren zwar froh, keinen Unterricht zu haben, interessierten sich aber nicht für das Geschehen auf der Bühne – und flüsterten miteinander, sobald die Lehrerinnen wegsahen.

Ms Hussa fuchtelte ungeduldig mit dem Mikrofon und wartete auf eine Antwort.

»Äh … Brautgeld?«, sagte die Befragte. Offenbar war das geraten. Und nicht richtig.

»Falsch«, sagte Ms Hussa gebieterisch. »Danke. Setz dich bitte zu den anderen nach unten.«

So höflich das auch war, Wadjda wäre am Boden zerstört gewesen, wenn sie so entlassen worden wäre. Aber das Mädchen war sichtlich erleichtert, die Bühne verlassen zu dürfen. Fluchtartig rannte sie die kleine Treppe runter und setzte sich zu ihren Klassenkameradinnen ins Publikum.

»Die Nächste«, rief Ms Hussa und winkte Noura nach vorn. Noura wirkte selbstbewusst und entspannt, obwohl die Blicke der ganzen Schule auf sie gerichtet waren. Sie strich ihre Uniform glatt und trat mit hocherhobenem Kopf und züchtig hinter dem Rücken gefalteten Händen vor.

Währenddessen versuchte Wadjda, ihre Panik in den Griff zu bekommen. Sie hielt den kühlen, runden Stein von ihrem Vater in den Fingern, rieb ihn und ließ ihn auf der Handfläche kreisen.

Sein Gewicht wird mir den Mut geben durchzuhalten, sagte sie sich. Das muss er.

»Was bedeutet *sadaqa*?«, fragte Ms Hussa.

»Freiwillige Spende«, sagte Noura. Sie schien sich ziemlich sicher zu sein, dass sie damit richtig lag.

»Korrekt.« Ms Hussa schickte Noura wieder nach hinten, bevor sie sich in ihrem Ruhm sonnen konnte. Bei richtigen Antworten gab es keinen Applaus – Klatschen galt als heidnische Angewohnheit und war auf Schulveranstaltungen streng verboten. Wadjda hatte schon als kleines Mädchen gelernt, dass ungläubige Araber klatschten, wenn sie in der *Kaaba* herumgingen, dem schwarzen, quaderförmigen Gebäude im Innenhof von *Masdjid al-Haram*, der Heiligen Moschee in Mekka. Und das entehrte den heiligsten Teil der heiligsten Moschee des Islam. Muslime mussten das Gegenteil von dem tun, was die Ungläubigen taten. Deshalb wurde nicht geklatscht.

Natürlich konnten Muslime *Allahu akbar* rufen, wenn sie etwas sahen, das ihnen wirklich gut gefiel. Aber so begeistert war heute niemand im Publikum.

Dazu gehört wohl mehr, als ein paar Fragen richtig zu beantworten, dachte Wadjda, die wieder anfing zu zittern, als sie die vielen Gesichter vor sich sah.

Ms Hussa hatte Salma nach vorn gerufen. »Was ist *furqan*?«, fragte sie.

Salma wirkte längst nicht so sicher wie Noura, trotzdem hatte Wadjda das Gefühl, dass sie die wahre Konkurrentin war, die es zu schlagen galt. Bei Noura war viel Show und nicht viel dahinter. Salma wusste wirklich viel. Jetzt beugte sie sich über das Standmikrofon und sah Ms Hussa an, nicht das Publikum. »Eine Sure im Koran?«, sagte sie leise.

»Korrekt!«, verkündete Ms Hussa. »Wadjda.«

Ihr schwarzer Glücksstein glitschte in ihren Händen herum. Wadjda schluckte, stand auf und machte sich bereit für den Weg nach vorn. Je näher sie dem Mikrofon kam, desto unruhiger wurde sie, denn plötzlich wurde ihr klar, wie groß diese Sache eigentlich war. Diese Aufgabe war eine riesige Wand und sie ein Auto, das mit Höchstgeschwindigkeit darauf zu raste. Der Zusammenstoß war unvermeidlich. Ihr Herz klopfte so heftig, dass sie es im Hals spüren konnte. Bestimmt hatte sie Schweißperlen auf der Stirn.

Dann stand sie vor dem Mikrofon, es war so weit.

»Welche Suren sind als Schutzsuren bekannt?« Ms Hussas Stimme hallte durch die Aula.

Einen Atemzug lang stand Wadjda stumm da. Ms Noof und Ms Jamila wechselten vielsagende Blicke.

»*Al-falaq* und *an-nas*!«, stieß Wadjda aus. Instinktiv suchte ihr Daumen einen Knopf zum Drücken – wie beim Videospiel.

»Korrekt«, sagte Ms Hussa, die nur schlecht verbergen konnte, wie erstaunt sie war. »Die nächste Kandidatin.«

Das nächste Mädchen kam nach vorn. Benommen setzte Wadjda sich wieder hin. Ihr schwirrte der Kopf.

Ich hab es richtig gemacht? Ich hab es richtig gemacht!

Ihr Gesicht nahm wieder eine normale Farbe an. Sie bekam wieder Luft.

Ich schaffe das, dachte Wadjda, wenn ich mich weiter konzentriere. Wochenlang hatte sie nichts anderes getan, als sich auf diesen Wettbewerb vorzubereiten. Wenn sie sich jetzt noch ein wenig länger zusammenreißen konnte …

»Was behandelt die *sura al-ikhlas*?«, fragte Ms Hussa das nächste Mädchen.

»Das Konzept des *tawhid*?«

»Korrekt«, sagte Ms Hussa. »Die Nächste.«

Lächelnd ging das Mädchen auf ihren Platz zurück. Yasmine trat nach vorn.

»Die wievielte Sure ist die *sura yasin?*«

Yasmine überlegte. Eine Minute verging. Und noch eine. Verzweifelt wanderte ihr Blick über die Menge, als ob sie die Antwort in den Gesichtern ihrer Schulkameradinnen finden würde. Schließlich schüttelte sie resigniert den Kopf und schaute Ms Hussa an. »Tut mir leid, Yasmine«, sagte Ms Hussa. »Setz dich bitte nach unten. Die Nächste. Die wievielte Sure ist die *Sura yasin?*«

Ein dünnes Mädchen, das Wadjda nicht kannte, trat vor dem Mikrofon von einem Fuß auf den anderen. Es war deutlich, dass sie keine Ahnung hatte. Sie versuchte es aber und stotterte: »Die äh … fünfunddreißigste?«

Die Zuhörer lachten. Am Richtertisch musste sogar Ms Noof ein Lächeln unterdrücken.

Falsch, aber nicht schlecht geraten, dachte Wadjda.

»Falsch«, sagte Ms Hussa. »Nimm unten Platz, bitte.«

Sie musterte die schwindende Anzahl Kandidatinnen, die hinten auf der Bühne auf ihren Stühlen kauerten. »Die Nächste. Die wievielte Sure ist die *sura yasin?*«

Mit schnellen Schritten kam Noura nach vorn und beugte sich über das Mikrofon. »Die sechsunddreißigste«, sagte sie sicher. Dann wartete sie mit einem zufriedenen Lächeln.

»Korrekt«, verkündete Ms Hussa.

Und dann waren es nur noch sieben. Wadjda schaute auf die beiden leeren Plätze.

48. KAPITEL

Wadjda konnte es kaum fassen, dass sie mit den Finalistinnen auf der Bühne stand. Sie war eine Finalistin! Irgendwie hatte sie die erste Runde überstanden – und die zweite. Nur drei Mädchen waren noch übrig geblieben – und Wadjda würde als Letzte lesen.

Sie war so nervös, dass ihr alles ganz unwirklich vorkam, so als würde sie das Geschehen aus der Ferne beobachten.

Nouras Stimme holte Wadjda wieder zurück in die Realität.

»*Wir sind ja die Rechtschaffenen*«, rezitierte sie. Ihre Stimme war sicher, aber nicht weiter bemerkenswert. Sie klang wie eine der Aufnahmen, die Wadjda sich zur Übung angehört hatte. »*Ist es aber nicht so, dass sie die Unheilstifter sind? Doch sie merken es nicht.*«

Mit einem Nicken dankte Ms Hussa ihr und winkte Salma nach vorn. Als die beiden Mädchen aneinander vorbeigingen, sah Noura Salma an, grinste höhnisch und schüttelte den Kopf nahezu unmerklich.

Du hast keine Chance, wollte sie damit sagen.

Wenn sie damit Salmas Selbstvertrauen hatte erschüttern wollen, dann hatte es geklappt. Salmas Beine zitterten, als sie vor dem Mikrofon stand. Hinter ihr setzte Noura sich artig auf ihren Platz. Wie eine Löwin, die sich über zwei hilflose Gazellen hermachen will, schaute sie von Wadjda zu Salma.

»Beginne bitte mit der *sura al-baqara*«, sagte Ms Hussa. »Am Anfang.«

Wie es das Rezitationsprotokoll vorschrieb, setzte Salma sich und senkte den Blick zum Boden. »Im Namen Allahs, des Gütigen, des Gnädigen. *Alif lam mim*«, sagte sie. Doch ihre Stimme zitterte. Sie warf einen Blick nach hinten, wo sie in Nouras kalte Augen sah. Noura blinzelte ein Mal, und ein zweites Mal.

Wie eine Schlange, dachte Wadjda.

Salma versuchte weiterzumachen, aber jetzt war sie abgelenkt und geriet immer wieder ins Stottern.

»*Dieses Buch, daran ist kein Zweifel, ist eine Rechtleitung für die Gottesfürchtigen. Die da glauben an das Verborgene und das Gebet verrichten und von unserer Gabe spenden.*« Nervös sah sie sich um. »*Und …*«

Sie brach ab. In der Aula wurde es ganz still.

Ms Noof half ihr aus: »*Und die da glauben …*«

Obwohl Salma verunsichert war, versuchte sie weiterzumachen, sie kniff die Augen zu und atmete ein paar Mal tief durch. Doch als sie ihre Rezitation fortsetzte, war ihre Stimme immer noch wackelig.

»*Und die da glauben an das, was auf uns herabgesandt wurde und von Dir herabgesandt wurde …*«, sie stockte und sah ihre Lehrerinnen hilflos an.

Ms Hussa hob die Hand. Stopp.

»Das genügt«, sagte sie kalt. »Danke, Salma. Wir fahren fort.«

Das war's. Wadjda steckte die Hand in die Tasche und griff nach ihrem Stein. Im Kopf wiederholte sie die Worte, die ihre Mutter ihr am Morgen zugeflüstert hatte: *Gott inspiriere mich, mache die Dinge leichter für mich und löse meine Zunge, damit ich fließend reden kann.*

Beschämt ging Salma an ihr vorbei zu ihrem Platz hinten auf der Bühne.

Wadjda blieb still sitzen und wartete auf weitere Anweisungen.

»Wadjda«, sagte Ms Hussa. »Fang bitte mit der *sura al-baqara* an.«

Wadjda schwebte nach vorn, sie fühlte sich seltsam leicht, so als hätte sie keine Beine mehr und würde von einem Windstoß getragen. Unsicher runzelte sie die Stirn. Vor dem Mikrofon setzte sie sich im Schneidersitz auf den Boden. In dem großen Raum kam sie sich unglaublich klein vor.

Atme, sagte sie sich. Der Augenblick schien sich endlos in die Länge zu ziehen. Wadjda, winzig klein auf der Bühne, bemühte sich, Halt zu finden.

In der Menge entdeckte sie Fatin und Fatima. Sie schauten sie an. Wadjda wollte sich vor Scham abwenden, aber irgendetwas in ihren traurigen Gesichtern gab ihr den Mut, ihren Blicken zu begegnen. Sie sah ihnen in die Augen …

Und ihre Lippen öffneten sich. Sie ließ die Worte in sich aufsteigen und mit ihnen alles, was sie im tiefsten Inneren festgehalten hatte. Die Worte quollen aus ihrem Herzen. Worte für ihr Fahrrad, für ihre Mutter und die lange Fahrt zur Arbeit, für ihren Vater und seinen einsamen Zweig am Familienstammbaum. Für Abdullah, der immer für sie da war, wenn sie in Not war. Für Fatin und Fatima, die so geknickt und verloren waren. Und für sie selbst. Worte, die alle wegschubsten, die meinten, sie würde es nicht schaffen, die allen Leuten, die nur darauf warteten, dass sie unsicher wurde und scheiterte, sagten: Nein.

Zuerst war ihre Stimme leise, aber dann erhob sie sich, stieg und fiel mit der Melodie ihrer Worte. Ihr Vortrag fand seinen Rhythmus, und die Schönheit ihres Tonfalls brachte selbst die skeptischsten Mädchen in der letzten Reihe dazu, sich aufrecht hinzusetzen. Wadjdas Stimme ertönte laut, stieg auf bis an die Decke und wurde dabei immer stärker und eindringlicher.

»*Spricht man zu ihnen: ›Stiftet kein Unheil auf Erden‹, so sagen sie: ›Wir sind ja die Rechtschaffenen.*‹«

Das war das Ende. Wadjda verstummte. Sie blinzelte. Sie sah sich um. Sollte sie weitermachen oder nicht?

Im Raum war es absolut still. Kein Mädchen kicherte oder flüsterte. Niemand schien sich zu rühren. Stattdessen starrten sie alle erstaunt an.

Wadjda hatte es geschafft. Daran zweifelte niemand, jetzt nicht mehr.

»Danke«, sagte Ms Hussa schließlich. »Das war sehr gut.«

49. KAPITEL

Der Ruf zum Gebet schallte von den Minaretten und die sich überlagernden Geräusche waren gleichzeitig chaotisch und wunderschön. Die Gewinnerin des Koranrezitationswettbewerbs war noch nicht ausgerufen worden. Vorher kam das Gebet. Alle Stühle in der Aula waren nach vorn geschoben worden, damit die Mädchen und die Lehrerinnen sich dahinter versammeln konnten.

Die meisten Schülerinnen standen herum und flüsterten, sie holten ihre *abayas* und wickelten sie um ihre Körper. Zum Gebet mussten sie völlig bedeckt sein. Ms Hussa bildete mit den Kandidatinnen die erste Reihe. An ihrer Seite stand die sehr finster blickende Noura.

Fatin und Fatima hatten sich einen Platz abseits von der Gruppe gesucht. Ohne zu zögern, ging Wadjda auf sie zu. Sie legte ihren Schleier ordentlich über ihr lächelndes Gesicht, stellte sich neben Fatin und machte sich zum Gebet bereit. Der Stoff ihrer *abaya* raschelte dabei. Fatin sah zu ihr rüber und zog die Augenbrauen hoch. »Bist du sicher, dass du neben uns stehen willst?« Sie sah Wadjda voller Abscheu an.

Fatima nahm Fatins Arm, als wollte sie die Freundin daran hindern, auf Wadjda loszugehen. »Herzlichen Glückwunsch«, sagte sie kühl.

Wadjda blinzelte erstaunt.

»Der Gewinner ist noch nicht bekannt gegeben worden«, sagte sie.

»Du hast gewonnen«, sagte Fatin nur. »Und du bist ihre liebste Bekehrte, also waren sie sowieso alle dafür, dass du gewinnst.«

Wadjda starrte auf den Boden, sie wusste nicht recht, was sie machen sollte.

Als sie wieder aufschaute, ging Ms Hussas Blick durch die Reihen der Mädchen. Die meisten knieten jetzt und waren bereit, mit dem Gebet zu beginnen. Der Blick der Rektorin fiel auf Wadjda.

»Wadjda!«, rief sie. »Komm her. Wir haben dir einen Platz hier in der ersten Reihe bei den anderen Kandidatinnen frei gehalten.«

Wadjda sah zu Fatin und Fatima. Dieses Mal schauten sie weg und zupften an ihren *abayas*. Weil sie nicht wusste, was sie sonst tun sollte, schlurfte Wadjda zur ersten Reihe.

»Verräterin«, murmelte Fatin leise.

Wenig begeistert kniete Wadjda sich auf ihren Platz neben Ms Hussa. Sie fühlte sich beengt und unwohl, so als würden alle sie anstarren. Es war schlimmer als auf der Bühne zu stehen.

Als hätte sie ihre Gedanken gelesen, packte Ms Hussa den Ärmel von Wadjdas *abaya* und zog sie näher an sich heran, damit sie ihr etwas zuflüstern konnte.

»Gute Muslime müssen dicht zusammen stehen, damit der Teufel …«, sie machte eine Kopfbewegung in Richtung Fatin und Fatima, »sich nicht dazwischendrängen kann.«

Damit stellte sie ihren rechten Fuß auf Wadjdas linken, das war die traditionelle Haltung für das Gruppengebet. Die Imame lehrten, dass freier Raum zwischen den Körpern der Betenden verboten war. Die Betenden mussten eine starke, undurchdringliche Mauer bilden.

Es wurde Zeit anzufangen. Von der Mitte der ersten Reihe aus übernahm Ms Hussa die Rolle der Imamin und leitete das Gebet mit *Allahu akbar* ein. Die Mädchen wiederholten es wie aus einem Munde, die Stimmen verschmolzen miteinander zu einer einzigen.

50. KAPITEL

Und noch immer wussten sie nicht, wer gewonnen hatte.

Das ist fast so schlimm wie auf den Fahrradkauf zu warten, dachte Wadjda. Sie rutschte ungeduldig auf ihrem Stuhl herum, obwohl sie wusste, dass sie das nicht tun sollte. Aber sie konnte die nervösen Zuckungen ihres Körpers einfach nicht unterdrücken.

Neben ihr wartete Noura geduldig – mit erhobenem Kinn und gelassener Miene. Jedenfalls sah es auf den ersten Blick so aus. Wenn man genauer hinsah, bemerkte man, dass sie die Finger nicht stillhalten konnte. Sie war nervös, so sehr sie es auch zu verbergen versuchte.

Am Rande der Bühne diskutierten die Richterinnen im Flüsterton.

Indessen wurden die gelangweilten Mädchen unruhig. Endlich stand Ms Hussa auf und ging zum hinteren Teil der Bühne. Dort holte sie ihr Mikrofon hinter der Tafel hervor und schaltete es ein. Es quietschte. In der Aula zuckten alle zusammen, nur die Rektorin nicht. Sie schritt wieder zum Rand der Bühne, drehte sich in diese und in jene Richtung und musterte die Reihen der schwatzenden Mädchen unter ihr. Verärgert darüber, dass sie nicht schon bei ihrem Anblick kerzengerade und aufmerksam dasaßen, sprach sie scharf ins Mikrofon.

»Seid ruhig!«

Ihre Stimme war wie Stahl. Sofort verstummten die Mädchen und setzten sich ordentlich auf ihre Stühle. Ein Lächeln huschte über Ms Hussas Gesicht und sie begann: »Hier bei mir auf der Bühne sind die drei Finalistinnen des Schulwettbewerbs. Zwei von ihnen werden eine Urkunde erhalten, nur die Gewinnerin bekommt den Geldpreis für den ersten Platz.«

Noura unternahm noch einen letzten Einschüchterungsversuch und warf Wadjda einen gemeinen Blick zu. Schlange. Wadjda sah nach vorn. Noura konnte machen, was sie wollte, es war nicht mehr wichtig.

»Die Zweite im diesjährigen Wettbewerb ist …«, Ms Hussa hielt inne und wartete eine halbe Ewigkeit, bis sie fortfuhr: »Noura Al Markoon.«

Zu ihrem Entsetzen spürte Wadjda, wie ihr die Hitze in den Kopf schoss. Erst als ihr Tränen über die Wangen liefen, merkte sie, dass sie weinte. Vor Freude. Sie wischte sich übers Gesicht. Noura war nicht erfreut.

Aber Salma eilte auf Wadjda zu und schlang begeistert die Arme um sie.

»Du hast es geschafft!«, flüsterte sie.

»Wadjda Al Safan, du bist unsere Siegerin«, sagte Ms Hussa. Ein ganz untypisches Lächeln zeigte sich auf ihrem Gesicht. »Herzlichen Glückwunsch!«

Du hast es geschafft. Salmas Worte hallten in Wadjdas Kopf wider. Ms Hussas kamen dazu: Wadjda, du bist unsere Siegerin!

War das möglich? Ja. Sie hatte es geschafft, sie war die Siegerin.

All diese Wochen, in denen sie gelesen und geübt hatte, all die Stunden, die sie den Koransender gehört und ihr Spiel gespielt hatte, zahlten sich jetzt aus. Das Geld, das sie ausgegeben und die Arbeit, die sie geleistet hatte, hatten sich gelohnt.

Überglücklich dachte Wadjda an ihr grünes Fahrrad, das in der Sonne glänzte. Sie spürte förmlich die Pedale unter den Füßen. Wie schnell sie fahren würde! Gut, dass sie mit Abdullah geübt hatte.

Ihre Beine zitterten, als sie aufstand, um sich neben die Rektorin zu stellen. Sie strahlte übers ganze Gesicht. Nur die Hände zitterten ein kleines bisschen.

Ms Hussa sprach sie an, als sie neben ihr stand, doch sie behielt die Menge dabei im Blick. Wadjda war so etwas wie eine Requisite für ihren großen Auftritt.

»Wadjda, du stehst heute an dieser Stelle, weil du fromm und ausdauernd gewesen bist. Ich hoffe, alle Mädchen, die heute hier versammelt sind, nehmen sich ein Beispiel an dir.«

Wadjda nickte schnell zum Dank, als Ms Hussa ihr die Urkunde überreichte. Sie sah sie flüchtig an, denn sie hatte es eilig, von der Bühne und aus der Schule zu kommen. Das Lob war schön. Die Auszeichnung sah cool aus. Aber so gut wie das Geld – oder ihr Fahrrad – war beides nicht.

»*Alf mabruk, bint* Al Safan«, sagte Ms Hussa. Das war Wadjdas Stammesname und bedeutete »die Tochter von Al Safan«. Das war ein großes Kompliment, das zeigen sollte, dass Wadjda ihrer ganzen Familie Ehre gemacht hatte.

Das geht klar, dachte Wadjda. Ein Grinsen stahl sich auf ihr Gesicht.

Hier auf der Bühne mit der Urkunde in der Hand, und während ihr Name durch die Aula hallte, fühlte sie sich stark und groß, größer als sonst jemand im Raum. Sogar größer als

Ms Hussa, die sie auf ihren teuren, hochhackigen Schuhen überragte.

»Erzähl uns, was du mit dem Preisgeld vorhast!«

Wadjda bekam das Mikrofon in die Hand gedrückt. Nervös schaute sie es an – und dann ging ihr Blick schnell zu Ms Hussa. Die Rektorin nickte – selbstgefällig und erwartungsvoll.

Wadjda holte tief Luft und sah ins Publikum. Ihr Blick streifte Yasmine und die anderen Mädchen, sie suchte aber nach …

Da. Sie hatte Fatin und Fatima entdeckt. Die beiden schauten sie endlich wieder an. Fatin guckte immer noch etwas abschätzig, aber in Fatimas kleinem Lächeln lag so etwas wie … ein Funke von Stolz. Vielleicht war sie froh, dass Wadjda einen Ausweg gefunden hatte, dass sie herausgefunden hatte, wie man in einem starren, ungerechten System siegen konnte. Oder vielleicht wollte sie sich nur über etwas freuen, vielleicht brauchte sie einen kleinen Trost – und Wadjdas Sieg war genau das.

Nur ein paar Sekunden sahen sie sich an. Das reichte.

Ms Hussa schaute ungeduldig aufs Mikrofon. »Nun, Wadjda? Was machst du mit dem Preisgeld?«

Wadjda hielt das Mikrofon an die Lippen, nahm ihren Mut zusammen und tat, was sie tun musste.

»Ich kaufe ein Fahrrad in dem Laden am Ende der Straße!«, verkündete sie und lächelte Ms Hussa unbefangen an.

Im Publikum wurde gekichert und gelacht.

»W… Was?«, stammelte Ms Hussa erschüttert.

Wieder sah Wadjda zu Fatin und Fatima. »Ich kaufe ein Fahrrad«, wiederholte sie ganz sachlich. »Eines ohne Stützräder, denn ich kann schon Rad fahren.«

Jetzt lachten Fatin und Fatima mit dem ganzen Publikum. Ein Sturm der Erheiterung fegte durch die Reihen der Schülerinnen und das Lachen schallte durch die ganze Aula.

»Nun, Wadjda«, Ms Hussa gewann die Fassung zurück und räusperte sich: »Würdest du das Geld nicht lieber unseren kämpfenden Brüdern in Palästina spenden?«

Palästina. Das war wie ein Schlag in die Magengrube. Von Geburt an hatte man Wadjda gelehrt, dass es da keine Einwände gab, dies war die einzige Bitte, die man nicht abschlagen konnte. Palästina war das Zauberwort, das Gehorsam einforderte. Alle saudischen Muslime wussten, dass sie diesen Kampf fraglos zu unterstützen hatten. Wenn Ms Hussa »Wohltätigkeit« oder »die Moschee in unserem Viertel« gesagt hätte, dann hätte Wadjda vielleicht eine Chance gehabt.

Aber Palästina? Das Geld war weg!

Der Kummer zerriss ihr das Herz. Die Worte, die sie sagen wollte, dröhnten ihr durch den Kopf: Nein! Das ist mein Geld. Ich habe es mir ehrlich verdient, indem ich so hart gearbeitet habe, wie ich nur konnte. Und jetzt werde ich mir davon mein Fahrrad kaufen!

Aber so gern Wadjda dieses Wort stolz ins Mikrofon gerufen hätte, sie wusste, dass es unmöglich war. Es war passiert, sie konnte nichts mehr dagegen machen. Sie hatte Ms Hussas Autorität infrage gestellt, und damit hatte sie gegen die wichtigste von allen Regeln verstoßen. Nun konnte sie die Rektorin nur noch ansehen und abwarten, was als Nächstes kommen würde.

Bereute sie, was sie gesagt hatte? Nein.

Das ist mein Geld, dachte Wadjda. Und das heißt, ich darf entscheiden, was ich damit mache.

Ms Hussa starrte auf sie nieder, ihre Augen glühten vor Zorn. Doch obwohl sie wütend war, hielt sie ihre Gefühle im Zaum.

»Ein Fahrrad ist nichts für Mädchen, Wadjda.« Jede Silbe war deutlich und klar. »Schon gar nicht für gute muslimische Mädchen, die ihre Ehre beschützen müssen.«

Die Worte trafen Wadjda wie kleine Bleigeschosse. Das Gekicher der Menge verstummte sofort, als hätte jemand den Pausenknopf gedrückt. Ms Hussa nutzte diese Stille, um Wadjda noch länger auf der Bühne zu behalten und ihre Qualen zu verlängern.

»Abgesehen davon bin ich sicher, dass deine Familie das nicht erlauben würde.« Sie hob die Stimme. »Wir werden das Geld – in deinem Namen – unseren kämpfenden Brüdern und Schwestern in Palästina spenden.«

Ein Wutschrei stieg in Wadjda auf, den sie nur mit großer Anstrengung unterdrücken konnte. Sie wollte kreischen und brüllen und ihr Geld verlangen, aber …

Aber das konnte sie nicht. Das war unmöglich. Sie konnte Ms Hussa nur ungläubig anstarren.

Das tat das Publikum auch. Alle starrten die Rektorin an, mit schockierten, wütenden Blicken. Eine stumme Solidarität war zwischen ihnen entstanden, eine stille Rebellion hatte von ihren Herzen Besitz ergriffen. Für einen einzigen Moment waren sie vereint in der Ablehnung von Ms Hussas absoluter Macht.

»Du darfst die Bühne jetzt verlassen«, flüsterte Ms Hussa Wadjda grimmig zu. »Und ihr dürft alle in eure Klassen zurückgehen«, verkündete sie den anderen.

Mit einem Klick wurde das Mikrofon abgestellt.

Wadjda blieb wie angewurzelt stehen, sie wusste nicht recht, was sie machen sollte. Sie war so darauf fokussiert gewesen, mit fliegender *abaya* zum Schultor hinauszurennen, geradewegs zum Spielwarenladen zu laufen und das grüne Fahrrad zu kaufen.

Nichts davon würde jetzt geschehen. Ihr ganzes Preisgeld ging direkt nach Palästina. Sie würde das Geld nie sehen, nie in den Händen halten, nie die Scheine auf ihrem Bett zu Bündeln ordnen und ihr Vermögen vor sich ausbreiten können.

Plötzlich packte sie eine Hand an der Schulter.

»Ich dachte, du hättest dich verändert«, flüsterte Ms Hussa. »Aber nein, du bist noch immer derselbe durchtriebene kleine Dämon, der du immer gewesen bist. Glaubst du, du kannst machen, was du willst – und die Leute merken es nicht? Du irrst dich. Dies hier wird dich für immer verfolgen.«

Wütend wirbelte Wadjda herum und schüttelte die Hand der Rektorin ab. »So wie Sie der gut aussehende Dieb, meinen Sie?«

Ihre Stimme war durchdringend und laut. Die Mädchen vor der Bühne verstummten – genau wie die schockierte, gedemütigte Ms Hussa.

Ohne ein weiteres Wort stampfte Wadjda die Treppe runter und schloss sich den Mädchen an, die die Aula verließen. Nicht ein einziges Mal schaute sie zurück.

51. KAPITEL

Abdullah lugte um die Ecke des Hauses, das vor der Mädchenschule stand. Wo war sie? Was machte sie nur so lange? Nun drückte er sich schon fast eine Viertelstunde hier herum. Es war peinlich, wenn man beim Herumlungern vor einer Mädchenschule erwischt wurde.

Abdullah zog sich wieder zurück in seine Ecke und richtete seine *taqiya*. Nein, jetzt war sie zu weit vorn. Er schob sie zurück. Den Rucksack hatte er neben sich auf den Boden fallen lassen. Er kickte den Staub zu seinen Füßen und seine Sachen waren von einer Dreckschicht bedeckt.

Seine *taqiya* rutschte nach hinten. Er rückte sie wieder zurecht.

Endlich kam Wadjda durchs Tor, sie fegte um die Ecke wie ein wütender Wirbelsturm, rannte an Abdullah vorbei, ohne auch nur einen Blick in seine Richtung zu werfen. Erschrocken schnappte er sich Rucksack und Rad und rannte hinter ihr her. Warum war sie so wütend? Hatte sie etwa verloren?

»Was ist denn? Hast du nicht gewonnen?«, fragte er. »Wo ist das Geld?«

»In Palästina!«, antwortete Wadjda verbittert und ging genauso schnell weiter.

Abdullah konnte es nicht fassen, er brauchte ein paar Sekunden, bis er sich wieder gefangen hatte. Dann sprintete er hinter ihr her. Er konnte sehen, dass Wadjda trotz aller Wut am Boden zerstört war.

Abdullah preschte vor und blieb direkt vor ihr stehen.

»Was redest du da?«, fragte er schroff. Das würde sie vielleicht zur Besinnung bringen. »Hast du denn keinen anderen Plan? Du hast doch immer einen Plan.«

Es funktionierte nicht. Sie drängelt sich an ihm vorbei und rannte weg. Mit dem Rucksack in der Hand und dem Rad an seiner Seite ließ sie ihn auf der Straße stehen.

Aber ehe sie Wadjdas Viertel erreichten, gingen sie auch schon wieder zusammen. Wadjda schlurfte traurig voran, so niedergeschlagen, dass sie kaum die Füße vom Boden heben konnte. Abdullah schob sein Rad und nur das rhythmische Klicken der Reifen war zu hören.

»Ich schenke dir mein Rad«, sagte er plötzlich. Das war ein großes Opfer. Aber mittlerweile war er zu allem bereit, das Wadjda wieder aufmuntern konnte.

Betrübt schüttelte sie den Kopf. »Dann können wir doch nicht um die Wette fahren.«

Ihre Stimme brach und sie lief ein Stück voran, auf ihr Haus zu. Auf der anderen Straßenseite bauten Arbeiter das Zelt ab und sammelten den Müll von der großen Wahlparty zusammen. Die Lichterkette, die Abdullah so mühsam aufgehängt hatte, war schon abgenommen worden.

Irgendwie, dachte Abdullah, muss ich einen Weg finden, alles wieder in Ordnung zu bringen. Er nahm seinen ganzen Mut zusammen und rief: »Hey, Wadjda!«

Sie drehte sich um, ihr Gesicht war ganz traurig.

»Du weißt doch, dass ich dich heirate, wenn wir erwachsen sind, oder?«

Wadjda lächelte ihn traurig an. So sah sie viel älter aus als elf. Ohne ein Wort zu sagen, wandte sie sich ab und schob ihre Haustür auf. Wieder stand Abdullah ganz allein auf der Straße.

52. KAPITEL

Die Haustür war nicht abgeschlossen gewesen. Wadjda war überrascht. Wer konnte denn so früh schon zu Hause sein? War die Mutter schon von der Arbeit zurück?

Und spielte das eine Rolle? Nein. Sie ließ die schwere Tür ins Schloss fallen und schleppte sich ins Wohnzimmer, sie wollte sich hinwerfen, das Gesicht in ein Kissen drücken und weinen.

Aber – noch ein Schock – der Vater war da. Er saß auf der Couch, drehte nervös die Daumen und spielte mit seinen blauen Gebetsperlen herum. Als er sie sah, zuckte er zusammen und fuhr sich mit der Hand durchs frisch gekämmte Haar, das an den Seiten kurz geschnitten war und cooler und moderner gestylt war als sonst.

»Hey, endlich! Du bist zu Hause.« Das klang, als habe er den ganzen Tag auf sie gewartet.

Wadjda sah ihn argwöhnisch an. Wenn ihr Vater vor Einbruch der Nacht zu Hause saß, war das in etwa so, als würde man in den Gassen von Riad ein Einhorn entdecken. So etwas passierte einfach nicht.

»Und was hat es auf sich mit der neuen Frisur?«, fragte sie zickig. Ihr Vater antwortete nicht.

»Deine Mutter nimmt meine Anrufe nicht an«, sagte er.

Wieder fuhr er sich mit der Hand durch die Haare. »Ich versuche schon seit Stunden sie anzurufen. Wo ist sie?«

Nun antwortete Wadjda nicht. Wortlos zog sie ihre Siegerurkunde aus der Tasche und reichte sie ihrem Vater. Verwirrt sah er sie an und las. Als er begriff, worum es ging, änderte sich seine Miene.

»Du hast gewonnen?«, rief er aufgeregt. »Nicht zu fassen. Das ist ja fantastisch!«

Er sprang auf, zog seine Tochter an sich und umarmte sie stolz. Wadjda legte den Kopf auf seine Schulter. Er fühlte sich sehr stark an. Ein paar Tränen liefen ihr aus den Augen, obwohl sie sich so sehr um Beherrschung bemühte. Überrascht hielt ihr Vater sie auf Armeslänge vor sich. Er runzelte die Stirn.

»Hey, warum weinst du? Du hast gewonnen. Du solltest dich freuen!«

Da war Wadjda bereit, ihm alles zu erzählen. Vom Geld und vom Fahrrad, von Fatin und Fatima und von Abeer. All das wollte sie in einem Strom von Tränen rauslassen. Aber als sie den Mund aufmachte, klingelte das Handy des Vaters. Er ließ ihre Schultern los, schnappte sich das Handy und ging zum Telefonieren auf den Flur.

Das Gespräch war kurz. Währenddessen wandte sich der Vater von Wadjda ab. Er schaute sich nicht zu ihr um, nicht ein einziges Mal. Nach wenigen Augenblicken flüsterte er der Person am anderen Ende etwas zu und legte auf. Dann ging er mit energischen Schritten in den *madjlis* und sammelte seine Sachen zusammen. Als er fertig war, kniete er sich vor Wadjda hin und legte ihr die Hand zärtlich auf die Wange.

»Sag deiner Mutter, dass ich auf sie gewartet habe. Sag ihr, ich wollte mit ihr reden. Sag ihr …«

Wadjda sah ihrem Vater in die Augen. Seine Gefühle brachten ihn aus der Fassung, stellte sie fest. Der Vater bemerkte ihren Blick und räusperte sich.

»Sag ihr, ich liebe sie.«

Er rang sich ein Lächeln ab. Für einen Moment war das jungenhafte Funkeln wieder in seinen Augen. Dann zauste er Wadjda die Haare.

»Ich bin so stolz auf dich, meine kleine Siegerin«, sagte er.

In der Tür drehte er sich noch einmal um, die untergehende Sonne schien ihm ins Gesicht, als er Wadjda entschuldigend zulächelte.

Als er weg war, wurde das Haus sehr still. Wadjda ließ sich auf die Couch fallen. Noch ein paar Tränen liefen ihr die Wangen runter und wütend wischte sie sie weg.

Als das Telefon klingelte, dauerte es ein paar Sekunden, bis das Geräusch Wadjdas Sorgen durchdrungen hatte. Rrrring – rrrring. Das Klingeln hatte schon aufgehört, als Wadjda begriff, was los war. Doch kurz darauf klingelte es noch einmal.

Wadjda schniefte und riss sich zusammen. Sie wischte sich die Nase und räusperte sich, dann nahm sie den Hörer ab.

»Hallo?« Ihre Stimme klang trotz allem noch wacklig. »Hallo, Tante Leila. Nein, ich weiß nicht, wo sie ist.«

Unwillkürlich sah sie sich im Zimmer um, so als könnte ihre Mutter plötzlich aufgetaucht sein, während sie abgelenkt war. Wo steckte sie nur?

»Ja, bestimmt … Ich sag ihr, dass du angerufen hast.«

Leila legte auf und das Rufzeichen tönte Wadjda ins Ohr. Seufzend warf sie den Hörer auf den Boden und sank wieder auf der Couch zusammen. Ihr Blick ging zur tickenden Uhr an der Wand. Sie wollte wach bleiben und auf die Mutter warten, um ihr die seltsame Nachricht des Vaters zu übermitteln. Aber sie war erschöpft. Der Tag mit seinen unglaublichen Höhen und Tiefen hatte ihr alle Kraft geraubt.

Langsam fielen Wadjda die Augen zu. Über ihr tickte die Uhr, als sie – immer noch in ihrer Schuluniform – auf der Couch einschlief.

53. KAPITEL

Es war dunkel im Raum und die Uhr zeigte neun, als Wadjda die Augen aufmachte.

Neun! Sie sprang auf und sah sich verwirrt um. So spät schon! Warum hatte die Mutter sie nicht geweckt oder ins Bett gebracht? Sie blinzelte und rieb sich die Augen. War irgendetwas anders? Die Siegerurkunde lag noch immer vor ihr auf dem Tisch, wo ihr Vater sie hingelegt hatte. Wadjda nahm sie in die Hand.

Irgendwo in der Nachbarschaft wurde gefeiert. Komisch. Sie hatte gar nicht gewusst, dass etwas geplant war. Aber die Geräusche waren eindeutig, Gewehrschüsse knallten und durchs Fenster war Feuerwerk zu sehen.

Im Haus brannte kein Licht, nur unter der Tür des Zimmers ihrer Mutter drang ein heller Schein hervor. Vorsichtig tappte Wadjda den Flur entlang und schaute zu ihr herein. Sie blinzelte erstaunt.

Die *abaya* der Mutter lag achtlos hingeworfen auf dem Bett. Das war normal. Aber nicht das, was daneben lag. Ein neuer weißer Laborkittel, noch immer in der Plastikhülle. Wie in *Matrix*, dachte Wadjda, sie hob den Ärmel an und ließ ihn fallen. Ihre Gedanken rasten. Wo war die Mutter?

Sie schaute im Badezimmer nach. Niemand. Sie sah sich im

Spiegel und seufzte. Ihr Gesicht war rot und schmierig von Staub und Tränen. Wadjda ging zum Waschbecken.

Doch als sie sich Wasser auf die Wangen spritzen wollte, erstarrte sie. Im Waschbecken klebten frisch abgeschnittene Haare. Mit gerunzelter Stirn nahm sie einen seidigen schwarzen Haufen aus dem Becken, doch bevor sie ihn sich genauer ansehen konnte, erschütterte eine neue Salve Freudenschüsse und Feuerwerk das Haus.

Nun aber schnell. Wenn die Mutter zu Hause war, dann gab es nur einen Ort, an dem sie sein konnte. Wadjda rannte die Treppe hoch aufs Dach, ihr Herz klopfte wie wild bei jedem Schritt.

54. KAPITEL

Vorsichtig schob Wadjda die Tür zum Dach auf. Da hinten stand die Mutter, ihre Silhouette hob sich vor der Dunkelheit ab. Sie rauchte eine Zigarette, deren Spitze rot im Dunkeln glomm.

Wadjda ging näher heran und sah, dass die Haare ihrer Mutter auf Schulterlänge abgeschnitten waren, ein bisschen unregelmäßig. Der Wind wirbelte sie hoch.

Die Mutter starrte in die Ferne, zu dem großen Fest am Ende der Straße.

Daher muss der Lärm kommen, dachte Wadjda. Tausend Lichterketten schienen das Haus zu erleuchten, das wie ein Lichtkreis in den sonst so dunklen Straßen lag.

Große Menschenmengen strömten in den Hof. Ihr Lachen war noch auf ihrem Dach zu hören, immer wieder wurde es von Gewehrsalven unterbrochen. Alle paar Minuten gingen weitere Raketen hoch und glitzernde Farben ergossen sich über das ruhige Viertel.

Wadjda lehnte sich neben die Mutter an die Mauer und beobachtete das Geschehen. Die Mutter schaute zu ihr rüber, unauffällig drückte sie die Zigarette an der Mauer aus.

»Ich hab die Neuigkeiten gehört.« Sie lächelte Wadjda traurig zu. »Herzlichen Glückwunsch. Ich bin so stolz auf dich.«

»Sie haben mir das Geld nicht gegeben.« Wadjda ließ die Schultern hängen. Die Enttäuschung hatte sich in einen hohlen Schmerz in ihrem Bauch verwandelt. Sie war am Boden zerstört und müde. Der Traum vom Fahrrad war ausgeträumt.

Genau wie der Vater am Nachmittag, zauste ihr jetzt die Mutter das Haar.

»Vergiss es.« Ihre Hände waren sanft, doch ihre Stimme klang scharf. »Du brauchst ihr Geld nicht.«

Wadjda blinzelte erstaunt. Sie wusste nicht, was sie sagen sollte, also schaute sie runter auf das Treiben am anderen Ende der Straße.

»Ist das nicht Großmutters Haus? Aber ich dachte, der Onkel heiratet erst nächsten Monat?«

Sie schaute ihre Mutter an.

»Sie feiern nicht die Hochzeit deines Onkels«, sagte die Mutter. Ihre Stimme klang rau, so als müsse sie sich zum Sprechen zwingen.

Wadjda schaute runter zum Fest, dann zu ihrer Mutter. Sie dachte an den weißen Kittel auf dem Bett. An die im Wind wehenden Haare ihrer Mutter und die abgeschnittenen Strähnen im Waschbecken. Das Fest.

Und dann begriff sie es. Ihre Augen wurden ganz groß. Wadjda warf die Arme um ihre Mutter und drückte sie mit aller Kraft. Panik und Schmerz durchzuckten sie, als sie sich vorzustellen versuchte, wie ihre Mutter den Tanz der verzweifelten Frauen tanzte. Ihre wunderschöne Mutter, ein bemitleidetes Wesen!

Der Schmerz brachte sie zusammen und sie umarmten sich lange. Die Mutter schlang die Arme um Wadjdas Kopf und Schultern, und Wadjda spürte, dass sie am ganzen Körper zitterte.

Sie drückte sie fest an sich, so fest es nur ging. Sie fühlte sich wieder wie ein ganz kleines Mädchen. Aber auch wie eine Erwachsene.

In der Ferne hörte man Schüsse und aufgeregtes Geschrei. Die Mutter trat einen Schritt zurück und wischte Wadjda die Tränen aus den Augen, dann nahm sie ihr Kinn in die Hand.

»Es ist in Ordnung«, sagte sie leise. »Er hat seine Entscheidung getroffen. Von jetzt an sind wir zu zweit. Wir schaffen das.«

Wadjda schaute zu ihr auf, noch mehr Tränen stiegen ihr in die Augen.

»Komm, wir kaufen das rote Kleid, gehen hin und holen ihn!«, sagte sie. Ihre Stimme war zittrig, aber entschlossen.

»Das rote Kleid nützt nichts mehr«, sagte die Mutter zärtlich. »Abgesehen davon habe ich mein ganzes Geld schon ausgegeben.«

Wofür?, wollte Wadjda fragen. Aber ihre Mutter lief schon auf die andere Seite des Daches und zog an der Schnur, die neben der nackten Glühbirne an der Wand baumelte. Das Licht flackerte kurz und dann schien es auf …

Das grüne Fahrrad!

Unmöglich! Aber da war es, es stand auf dem staubigen Betondach. Und es glänzte im Licht der Glühbirne.

Wadjda atmete ein, bekam aber keine Luft. Es war, als würde sie das Fahrrad zum allerersten Mal sehen. Als würde alles, was sie sich erträumt hatte, alles, wofür sie so hart gearbeitet hatte, genau hier vor ihr stehen.

Jetzt war es mehr als ein Fahrrad. Es war das einzige Risiko, das ihre Mutter je eingegangen war, das einzige Mal, dass sie gewagt hatte, aus der Reihe zu tanzen. Wadjda wusste, wie sehr sie sich bemüht hatte, sich anzupassen und so zu sein wie alle anderen. Aber es hatte nichts genützt. Wadjda starrte das Fahrrad an – die Zeit war stehen geblieben.

Nichts wird je wieder so sein, wie es war, dachte sie traurig. Dann fing sie sich und lief zu ihrer Mutter. Wieder umarmte sie sie zärtlich. Aber nicht verzweifelt und traurig wie bei der letzten Umarmung. Und auch nicht zum Dank. Diese Umarmung war eine, mit der sie sagte: Ich verstehe dich und ich liebe dich.

»Hoffentlich ist es das richtige Rad«, flüsterte die Mutter unter Tränen. »Der Ladenbesitzer sagte, er halte es schon seit Wochen für ein mutiges kleines Mädchen zurück.«

Feuerwerk erhellte den Himmel, während sie einander ganz fest umarmten und weinten.

55. KAPITEL

Am nächsten Morgen schwang Wadjda sich auf ihr neues grünes Fahrrad und radelte durchs Viertel.

Ihre Füße brachten sie voran. Sie fand ihr eigenes Tempo, ihren eigenen Rhythmus. Zum ersten Mal in ihrem Leben spürte Wadjda die Freiheit ungehinderter Bewegung. Der warme Wind glitt unter ihren losen Schleier und wehte ihre Haare zurück, als sie durch die Straßen und Gassen fegte und die Gehwege rauf und runter rumpelte.

Dieses Gefühl will ich für immer behalten, dachte sie und trat noch fester in die Pedale.

Vor dem Haus ihrer Großmutter bremste sie und blieb am Rinnstein stehen. Die Lichterkette baumelte noch über ihrem Kopf, aber sie leuchtete nicht mehr. Die Straße war still und menschenleer. Nur ein paar Wimpel und Dekorationen erinnerten noch an die Festlichkeiten des vergangenen Abends. In Wadjda stieg Wut auf, als sie auf das stille Haus sah. Sie wollte ihren Vater anschreien, ihm laute Vorwürfe machen. Nein, mehr als das. Sie wollte ihn an den Schultern packen und ihn schütteln, so lange, bis er wieder der Mann war, der er früher einmal gewesen war, bevor er diese blöde Entscheidung getroffen hatte. Bis er wieder einfach nur ihr Vater war, den sie mehr liebte als sonst jemanden auf der Welt.

Stattdessen trat sie die Pedale und fuhr weiter, weg von diesem Ort und allem, was mit ihm zusammenhing. Die Worte ihrer Mutter klangen ihr noch in den Ohren: Er hat seine Wahl getroffen.

Ich auch, dachte Wadjda. Ich treffe meine Wahl ebenfalls. Und zwar die, glücklich zu sein. Diese Wahl traf sie auch für ihre Mutter.

Sie trat schneller, und als sie um die Ecke fuhr, sah sie Abdullah, der mit anderen Jungen Fußball spielte. Sie kickten hinter dem verlassenen Einkaufszentrum, genau dort hatte sie ihn auch angetroffen, bevor sie zu ihrem verrückten Abenteuer bei Iqbal aufgebrochen waren. Sie bremste und sprang vom Rad. Vorsichtig näherte sie sich den Jungen. Aber dann richtete sie sich ein bisschen auf und schob ihr Fahrrad trotzig direkt an ihnen vorbei.

Ihre Aufregung ließ sich nicht verbergen. Man sah sie in ihren Augen, in ihrem Lächeln, an ihren geröteten Wangen. Sie glühte förmlich. Und irgendwie hatte der Traum vom Fahrrad immer mit Abdullah zu tun gehabt. Jetzt konnte sie neben ihm fahren. Zusammen konnten sie überall hin, so weit ihre Kraft reichte.

»Hey!«, rief sie.

Abdullah schaute hoch, er blinzelte gegen die Sonne. Wadjda lächelte ihn an und sprang auf ihr Rad. Er grinste erfreut zurück und gab den anderen zu verstehen, dass sie ohne ihn weiterspielen sollten. Dann sprintete er über den staubigen Platz zu seinem eigenen Rad, dabei winkte er ihr immer wieder zu.

Es kümmerte ihn nicht, ob die anderen Jungen ihn mit Wadjda sahen. Wadjda war seine Freundin, die beste Freundin, die er nur finden konnte, und ihm war ganz egal, wer das wusste.

»Dann los jetzt!«, rief er, sprang aufs Rad und gab alles, um Wadjda einzuholen, die vorausgefahren war.

Mit offenen Mündern glotzen die Jungen hinter ihnen her. Sie hätten nicht erstaunter sein können, wenn ein Elefant auf den Hinterbeinen aufs Spielfeld gekommen wäre und den Ball ins Tor geschossen hätte.

Aber innerhalb von Sekunden hatten Wadjda und Abdullah die Jungen hinter sich gelassen. Sie sausten durch die Straßen auf den Spielwarenladen zu. Als sie näher kamen, sahen sie den Besitzer davor sitzen und mit einem Freund Tee trinken. Er lächelte die Kinder stolz an, als er Wadjda vorbeifahren sah.

Der andere Mann jedoch war genauso geschockt wie Abdullahs Freunde. Ein Mädchen auf einem Rad! Verwirrt blinzelte er den Ladenbesitzer an. Der alte Mann lächelte nur achselzuckend. Wadjda und Abdullah verschwanden am anderen Ende der Straße.

»Wahrlich, eine neue Welt«, murmelte der alte Mann schmunzelnd.

Hinter der nächsten Ecke bog Wadjda in eine Gasse ein, die sie hinunterraste, um dann wieder auf die Hauptstraße abzubiegen. Sie trat in die Pedale, so fest sie konnte, fuhr schneller und schneller – und ihrem Freund voraus. Ab und zu drehte sie sich um und sah nach, ob Abdullah aufgeholt hatte.

»Fang mich doch, wenn du kannst!«, brüllte sie und raste an ein paar Männern vorbei. Sie drehten die Köpfe und schauten ihr missbilligend hinterher. Aber Wadjda war längst weg.

Sie legte noch einen Sprint ein und sauste Abdullah davon, der hinter ihr herkeuchte und sein Bestes tat, um mitzuhalten. Aber Wadjdas Vorsprung war schon viel zu groß. Endlich fuhr sie ihren Traum – und nie würde sie jemand einfangen.

So. Sie hatte es geschafft. Sie hatte das Ende der Straße erreicht. Hier begann die Autobahn. Wadjda bremste, hielt an und beobachtete die vorbeirumpelnden Lastwagen und Autos. Ein Gefühl von Freiheit überwältigte sie, ein Glücksgefühl, ein Gefühl tiefer Dankbarkeit.

Leicht ist nichts im Leben, dachte sie. Aber der Preis, den ich hierfür bezahlt habe, war es wert!

Die Autos sausten vorbei. Das grüne Fahrrad wartete, es war bereit, sie überall hinzubringen, wohin sie nur wollte.

Wadjda schaute nach vorn und richtete den Blick auf einen Punkt in der Ferne. Sie konnte ihn nicht so ganz genau sehen, doch sie wusste, dass er da war. Und dass die Zukunft ihr gehörte.

GLOSSAR

abaya – langes, meist schwarzes Übergewand für Frauen
abayat ar-ra's – abaya, die auch den Kopf bedeckt
abu – Vater
alf mabruk – 1000 Glückwünsche
alif lam mim – Buchstabenfolge am Beginn einiger Suren im Koran
Allahu akbar – Gott ist groß
bint – Tochter
bisht – langes Übergewand für Männer
burqa – langes Übergewand für Frauen, das der vollständigen Verschleierung dient und auch das Gesicht bedeckt
dhuhr – islamisches Mittagsgebet
djama'a – Sparsystem
djarish – arabische Speise
furqan – eine Sure (Kapitel) im Koran
glaba ful – jemenitische Speise
ghutra – Kopfbedeckung für Männer. Quadratisches Tuch, das dreieckig gefaltet getragen wird. Befestigt wird es mit einer taqiya oder einem iqal
habibti – meine Liebe
habub – Wüstensturm
haddj – islamische Pilgerfahrt nach Mekka

haram – im Islam verboten
helwa – schön
hidjab – Kopftuch
hummus – Kichererbsenmus
Imam – Islamischer Prediger
iqal – schwarzer Ring zur Befestigung der ghutra
iqama – Meldebescheinigung
Kaaba – würfelförmiges Gebäude im Hof der Heiligen Moschee in Mekka
kapsa – arabische Speise
kerk chai – Tee mit warmer Milch
madjlis – Wohnzimmer, das dem Vater und seinen Gästen vorbehalten ist
marquq – arabische Speise
Masdjid al-Haram – Heilige Moschee in Mekka
Mekka – saudi-arabische Geburtsstadt des Propheten Mohammed und der wichtigste Wallfahrtsort für Muslime
mihrab – Gebetsnische in Moscheen, die die Gebetsrichtung anzeigt
Minarett – Turm an einer Moschee für den Gebetsrufer
mubkhar – kleines Räuchergefäß
muezzin – Ausrufer, der die Muslime zum Gebet ruft
mufattahat – arabische Speise
niqab – Gesichtsschleier
oud – kleine Räucherholzstückchen
Riyal – Währung von Saudi-Arabien
Rub al-Khali – Leeres Viertel. Bezeichnung für die Sandwüste, die Riad umgibt
Sabier – eine bis ins 13. Jahrhundert bestehende monotheistische Religionsgemeinschaft

sadaqa – freiwillige Spende
shalwar kamiz – traditionelles pakistanisches Gewand
suq – großer Markt
sura – Sure, Kapitel im Koran
tadjwid – Regeln zur Rezitation des Korans
tahera – sauber, rein
taqaka – Hochzeitssängerin
taqiya – gehäkelte Gebetsmütze der Männer
tamis – arabisches Fladenbrot
tawhid – Glaube an die Einheit Gottes (»Es gibt keinen Gott außer Allah«)
thawb – knöchellanges, meist weißes Gewand der Männer
ummi – meine Mutter
wudu – rituelle Waschung vor dem Gebet
yalla – arabischer Ausruf (Los geht's)
zakat – verpflichtende Geldspende für die Armen

Der Koran wurde zitiert aus folgender Ausgabe:
Der Koran: arabisch-deutsch / aus dem Arabischen von Max Henning; 3. Auflage, Istanbul 2009.

Hayfa Al Mansour ist die erste Frau in Saudi-Arabien, die Filme macht, sie gilt als eine der wichtigsten Filmschaffenden des Königreichs. Sie hat einen Bachelor-Abschluss in Literatur von der American University in Kairo und einen Master in Regie- und Filmstudien der University of Sydney.

Der Erfolg ihrer drei Kurzfilme sowie die internationale Anerkennung für ihren preisgekrönten Dokumentarfilm »Women Without Shadows« hat eine ganze neue Welle von saudi-arabischen Filmemachern beeinflusst und führte dazu, dass auf den Titelseiten der Zeitungen über die Eröffnung von Kinos diskutiert wurde. Im Königreich wird ihre Arbeit sowohl gelobt als auch verteufelt, weil sie Diskussionen über Themen anregt, die allgemein als Tabu angesehen werden, wie Toleranz, die Gefahr des Orthodoxen und die Notwendigkeit, die traditionelle und restriktive Kultur mit kritischem Blick zu betrachten.

Durch ihre Filme und ihre Arbeit für Fernsehen und Printmedien hat Al Mansour sich den Ruf erworben, die Mauer des Schweigens zu durchdringen, die das Leben der saudi-arabischen Frauen begrenzt, und ihnen ein Forum für ihre ungehörten Stimmen zu schaffen.

2016 wurde *Das Mädchen Wadjda* für den Deutschen Jugendliteraturpreis nominiert.

ca. 250 Seiten, ISBN 978-3-570-16408-2